U0927236

滕老总讲段子

滕征辉◎著

民主与建设出版社 博集天卷 CS-BOOKY

序：段子时代

我写作《段子》系列，也是机缘巧合。2009年，我醉心于写博文，一媒体朋友甚为欣赏，帮忙推荐给了出版公司。没想到，书出版后，一进机场书店，《段子》便以幽默简洁的风格，对上了旅客的胃口，很快火了起来。出版公司很高兴，成天督着我快写，还把这种写法叫作“段子体”。出版界容易跟风，一时间，“段子”风格蔚然成风。不过，我对段子有着自己的理解。

在人类进化史上，有两个重大事件：一是学会了使用火，二是发明了文字，开始进入文明时代。在世界范围内，最初出现了古埃及、古巴比伦、古印度和中国四大文明古国。虽然处在不同的区域，但各地区思想的传播有着惊人的相似性，西方学者雅斯贝尔斯据此提出了著名的轴心时代理论。

公元前600至前300年间，在北纬25度至35度区间，是人类文明的重大突破时期，欧洲、中东、印度、中国几乎同时出现了一批伟大的圣贤，古希腊有苏格拉底、柏拉图、亚里士多德，以色列有犹太教的先知们，古印度有释迦牟尼，中国有老子、孔子，这个时代叫轴心时代，也有称作黄金时代的。

他们提出的思想原则造就了不同的文化传统，并一直影响着人类生活，留下的那些经典成为我们最宝贵的精神财富，如《圣经》《金刚经》《道德经》《论语》等等。我在阅读中发现，中国的经典往往都很短，由一段段精彩的文字组成，或是耐心的讲解，或是很妙的譬喻，貌似散乱，却围绕着主体思想组合在一起。这种传统一直在延续，用今天的眼光来看，《庄子》就是精彩的博客，而《世说新语》无不是绝妙的微博。

到了21世纪，互联网很快解构了我们的世界，新的交流方式开始应运而生。段子，原意不过是相声里抖落的笑料，而在今天，却以各种形式渗入了社会生活，或心灵鸡汤，或坊间传闻，或幽默搞笑，或寓教于乐。在微信朋友圈里，越来越多的人们感叹：“我们已经进入了段子时代！”

如前所说，段子的表达方式不足为奇，古代经典早已有之，虽然不可企及，但也不能过度庸俗化，而失其真味。记得小时候去酒铺打酒，回家一喝，老爸就知道加了多少水；而现代不少人，却喜欢往拉菲里加雪碧的搞法。段子和酒是一样的，不去品尝，怎么能知道它的滋味呢？

不管怎样，段子时代已然到来，而人们也有自我选择的权利。一位好友和我谈到这个话题时，很有感慨地说：“段子如水啊，堵是堵不住的，在今天的时代，太需要大禹治水的智慧了！”

是为序。

目 录
CONTENTS

名人逸事

人生哲学

江湖规则

圈子趣闻

奇人奇事

书里乾坤

佛家智慧

名人逸事

某日，张兆和愤愤然地来到校长办公室，将一大包情书交给了校长胡适，说一个叫沈从文的无赖公然侮辱了自己，比如这句：“我不仅爱你的灵魂，我也要你的肉体。”胡适慢慢地听着，随手翻了翻那些信，温和而诚恳地说：“你和家人商量商量，我劝你嫁给他。”

安身立命的绝活

在北方的大小餐馆，一般都有道“老虎菜”。究其来历，还真没几个人能说清楚的，据说，这事与自诩为“老虎”的张作霖有关。有段时间老张茶不思、饭不想，厨师就把黄瓜、大葱、尖辣椒切成丝，配上香菜段，然后用糖、醋、盐凉拌，没想到大帅一尝便食欲大振，问是什么菜，厨师顺嘴言道：“是老虎菜。”后来，老虎菜作为开胃菜开始从东北流行开来。

其实，不光是菜品有地方特色，人品也是有地方特色的。我最近研读民国史，发现当时的军阀林林总总，各有其安身立命的绝活，而这种绝活无不带有地方色彩。比如袁世凯，纵横当世罕有敌手，最后却败在了河南人根深蒂固的封建思想上，一旦称帝，则身败名裂。

直系冯国璋、曹锟、吴佩孚老哥仨，分别为河北人、天津人、山东人，拼命争权、争利、争女人，但有两条底线：一是相互遵守江湖规则；二是绝不做汉奸。皖系的段祺瑞、徐树铮、靳云鹏几位多少还算正统，讲究些忠君爱民之情，整个圈子文化氛围较重，个人素质可能是北洋军阀中最高的。

阎老西就不用说了，机会抓得又准又稳，但绝不出手，总能坐享其成，发债修了铁路，偏偏是窄轨的，但火车轮子是可伸缩的，别人进不来，他却可以出去，我认识不少山西大佬，无不对其钦服之至。西北的冯玉祥又别树一帜，细处几乎无可挑剔，但整体就是不对劲，他对政令一致的阎锡山很推崇，可阎锡山一直在防着他，有次跟蒋介石说：“您翻开历史看看，哪个没吃过冯的亏。”

其他的派系特色更明显。粤系的喜欢钱、信风水；桂系的内部纷争而对外一致；川系的大哥林立、相互不服；滇贵系的小富即安、开门揖盗。最后成就大事的是以蒋介石为首的江浙帮，论财力有上海、江苏、浙江的财阀，论军事有黄埔军校的大批江浙子弟，论政治有CC系，论江湖有青红帮，论外援有世界新霸主美国。

但中国之大，人杰地灵，号称“江湖”的江西两湖子弟岂可小觑。毛公二十八年潜伏高山大川，一朝得手、江山换代，终究建立了民族独立的红色政权。至于我们东北人，其实土著很少，大多是山东人、河北人的后人。最后讲一个张作霖的故事，一个很有性格的故事。

第一次世界大战德国战败，克虏伯兵工机械拆卸出售，在上海拍卖。东北兵工厂厂长韩麟春在投标期间进了赌场，将巨资全部输光，然后发电报请罪，说要投江自杀。张大帅急了，大骂：“妈了个巴子的，孬种！输了就赢回来嘛，死什么？”马上让人汇去了双倍的钱，指示说一半仍买机器，另一半捞本。老韩眼睛都红了，杀回赌场，赢回了四倍的赌资，并全部买了机器。就这样，东北军拥有了亚洲最大的兵工厂。

张作霖手黑

我的老家在辽宁盖州，据县志记载，百年前的森林覆盖率达到全境50%以上，而后被日本人砍伐一空，剩的那些小林子在“文革”时期也被祸害了，“棒打獐子瓢舀鱼，野鸡飞到饭锅里”的情形再也不复出现了。张作霖的老家究竟在哪儿？台安、大洼、海城几个县市都在争，都建有纪念馆，但有一点是可以肯定的：离我的老家都不远。

张大帅是河北人，后来迁到辽南，本姓李，过继到了老张家才改姓张，所以张作霖这个名字也挺偶然。但有一点不可否认，一个人的成功绝对不会是纯属偶然的。为了能和达官贵人搭上关系，老张效仿宋江的老路，故意截了盛京将军赵尔巽的姨太太，然后做出误会痛悔之状将其送回，终于得以接近权贵。人家问他为什么接受招安，老张爽快地大声回答：“回禀大人，我想升官发财！”

实话实说有时是一门很高的做人技巧。皖系失败后，徐树铮与张作霖喝酒，借着酒劲说：“大哥，你现在地盘大、兵力强，我是打不过你了，可有一宗，我可以带日本兵来收拾你。”知道这江苏老泡动不动就拿小日本说事，老张一边敬酒，一边打着哈哈：“老弟这又何必呢，我的兵不就你的兵吗？来来，干杯！”

老张有一个特性：用人不疑，疑人不用。手下报编制，要装备，从不多问，但一直讨厌郭松龄：“郭鬼子纯属王八羔子，来沈阳扛个行李包，里面俩茶碗，还有一个没把儿。小六子（张学良）非要用他，我一次就给了他两千大洋的安家费。”平定郭松龄叛乱后的庆功宴上，弟兄

跟小日本打交道，手不黑行吗

们喝到一半，有人抬来了一个箱子，说里面都是与郭鬼子联系的密件，看到举座惊慌，老张一挥手就让烧掉了。据说，这是老张听评书“官渡之战”时，跟曹孟德学的招数。

东北军有家航运公司，一直经营不善，有个小职员写了封信给张大帅，提出了好些意见。张二话没说，直接提拔他为总经理，让他全权负责，周围的人都觉得不合规矩，张却说：“我觉得这小子行，他就肯定行！”一年后，这位总经理将赚来的十万块大洋亲手交给了张作霖。张哈哈大笑，拍着他的肩膀说：“好小子，这十万大洋就奖给你了。”

老张虽然绿林出身，可向来把公事看得极重，从不像韩复榘、张宗昌那样乱来。有一回，张宗昌从黑龙江来沈阳，刚走到张大帅的办公室门口就喊："老爷子，我回来喽……"张作霖立马翻脸，喝道："出去！你当这是在家里呢？重进！"张宗昌马上立定站好，向后转，然后在门口行军礼："报告，张宗昌到！"

有一次参加酒会，一日本高官请他赠字，张作霖基本就会写个"虎"字，一挥而就后，落款写着"张作霖手黑"。回家后，有人提醒说写错了，应该是手墨，少了个"土"字。张开口便骂："妈了个巴子的，墨字我还不会写吗？有土，有土也不能给日本人啊！再说了，跟小日本打交道，手不黑行吗？"

仆人没有好东西

一个人想长大成人，总得经历无数次的考试，我个人觉得最难的是中考。1979年夏天，我所在的第一中学，860名初三毕业生仅有16名考上了高中，后来降低了分数线，也仅仅只有30人上线。我运气好，蒙对了一道15分的物理题，所以排在第14名。那时候，我还不清楚什么是文理科，懵懵懂懂就被分到了文科班，班里除了十几名高二的留级生外，主要都是一些曾经的落第生。

我一年内背熟了六本历史书和四本地理书，把书上的内容都写在废弃的火车票上，上厕所背，走路时也背。记得有回考试，我填了个“孙传方”，老师批了个大红叉，我不服气，去争辩说：“这个军阀又不是女的，本来就不应该是那个芳。”直到这几年读了十来本北洋军阀方面的书，才知道这位孙传芳可是大有来历。

孙传芳父亲早亡，留下他和母亲及三个姐姐，母亲由于受不了妯娌的排挤，带着四个孩子从老家历城去了济南。当时，袁世凯任山东巡抚，袁手下王英楷的妻子有癫痫病，因此娶了孙的三姐做填房。十五岁的孙传芳从此搭上了北洋的船。他天资聪颖，念军校，上武备学堂，还被选派去了日本留学，同学校友多是阎锡山、蒋介石、唐继尧这种实力派，自己也逐渐累积起了军功，想不发达都难。

让他真正崭露头角的是湘鄂之战。此战孙率军血战了八天八夜，对手鲁涤平这样评价他：“这家伙简直是孙猴子转世，日后必成大事。”孙曾说过一句在北洋时期广为传颂的话：“秋高马肥，正宜作战消遣。”为了入浙，孙搞了本手册全军发放，让全体官兵白天念，晚上背。其实这本手册归根到底就一个意思：打进杭州，大家伙才有出路。

在北洋历史上，孙留下了几段极著名的妙论。张继奉蒋介石之命，找孙谈合作，结果两个人不对劲，说话也不投机，张继就有点气急败坏，说道：“我看你不像一个军人，而像一个政客。”孙传芳马上予以回击：“我不是政客，我就是军阀。政客算什么东西，全是朝三暮四的妓女，我的儿子以后都不许当政客。”这话把对方臊得满脸通红。

孙传芳不屑孙中山的“做官要做人民的公仆”之说法，称他自己就是“民之父母”，还说：“凡是做仆人的没一个好东西，不是偷主人的钱，就是勾搭主人的姨太太。而天下的父母对子女都是真心的，父母官，父母官，爱民如子才能真正为老百姓办事。”

孙传芳手下有个负责采购的军官对回扣向来是拒绝的，孙却跟他说：“这种回扣，你应该要。当官的一般分三种人：要钱又能办事，是好官；要钱而不办事，是坏官；所谓办事不要钱的，连官都做不成。”

孙传芳达到自己人生顶峰的时期是做五省联军总司令之时，但后来终究还是挡不住南方军队的革命洪流，只好选择与张家父子合作。孙的部队在去东北的途中，常遇到飞机空袭，但孙每次都处之泰然，照常下车散步。张学良杀了他的密友杨宇霆，他当场说：“英雄！英雄！要干大事不杀几个人能行吗？杀得好！”第二天，他却不辞而别地溜到大连，再坐船去了天津。

在天津，孙传芳皈依了佛门，法号“智圆”，大有放下屠刀立地成佛的劲头。1933年的中秋节，孙家抓住了一个窃贼，孙不仅没将那人送官或私自处罚，还送了他一袋米。早年，有算命先生预言他活不过五十岁，所以孙传芳早早在北京卧佛寺买了地准备着。过五十一岁生日那天，他很开心，写道：“自料寿数不过五，不料五十又加一。”然而命数无常，造化弄人，过完生日的第二天，孙传芳就在居士林被一女子刺死了。

想当年，孙传芳与张宗昌拜过把子，却在第二年开仗，生擒了老张的济南镇守使施从滨。有人说打内战杀俘不祥，孙毫不在乎，直接在火车站旁把施的脑袋砍了下来。施的女儿施剑翘潜伏十年为父报仇，从背后连开三枪杀了孙，然后淡定地撒开写着缘由的传单，成了轰动一时的民国第一侠女，被判刑十年，后遇特赦。后来，在某年过生日那天，施剑翘在诗歌中忽有感悟：

四十年来一梦长，牺牲自我为谁忙？
醒时顿觉佛缘近，心印菩提万丈光。

在三颗鸡蛋上跳舞

十年前，我随社科院博联会去过山西，程序依然是老一套：见见省长，看看开发区，再逛逛五台山，其中印象最深刻的还是参观阎锡山故居。陪我们同行的秘书长对这里如数家珍，自称每一次来都有新的收获，他站在故居的顶楼上四处远眺，说道："要了解中国人，就得明白山西人；要明白山西人，必须搞懂阎锡山。"

想当年，同盟会在东京发展了第一批会员，其军事组织叫铁血丈夫团，共有28条好汉，名号无不如雷贯耳：陈其美、蒋介石、黄郛、李烈钧……当然还有阎锡山。太原举事，阎一直按兵不动，静观其变，等到大局已定时，才不慌不忙地出来摘桃子。为了让这个29岁的年轻人当上山西都督，孙中山给袁世凯打了23次电话，声称如不答允，宁可议和破裂。

阎锡山一生最钦佩的人就是孙中山，最怕的却是袁世凯。1913年，阎锡山进京见袁时，吓得色变汗流，回来犹自心悸不已。他说，有个算命的说他八字极贵，还有帝王相，只有袁世凯压得住他；不过，医院的一位德国医生说他肺部很大，能活到百岁，这让他十分宽慰。

到底是留过洋的，老阎治理山西那是一套一套的：1.提倡新式作风，男人不再留长辫子，女人不再裹脚；2.大量兴办新式学校；3.推行"村本政治"；4.发行债券建设窄轨火车；5.实行居民身份证制度：正方形的为好人证，圆形的为次好人证，椭圆形的为中人证，三角形的为坏

人证。他建设窄轨铁路、扩编军队，自己的家族也开了许多产业，大肆赚钱。他还特别喜欢发行纸币，认为："钱赚钱，是不用管饭的孝子。300块钱一年的利息，比一个孝子下地干活一年的收入还多。"

抗战前后是阎锡山最忙的时候，他在老宅子里接待八方宾客，还准备了许多画像，来哪方面的客人，就在屋里挂上哪方面的伟人肖像。当时阎面临多方势力的压力：日本军方面很多曾经的同学、老师对其不停威逼利诱；革命党方面自然更不用说了；共产党缺钱缺粮也来找他。他曾自嘲："我是在三颗鸡蛋上跳舞，踩破了哪颗也不行。"

别看阎老西对外一派圆滑，对内却是极狠的。他曾将心怀二心的李生达一家杀了个光；曾以自己为领袖，在山西与青红帮分别建立堂口；他的军队里，每个军师长身边都藏有两个阎的眼线"服务生"，定期向他汇报情况。一位大将说，跟阎会长共事，一不要动他的权，二不要动他的钱，让你干甚就干甚，不让你干甚就不要干甚。

阎锡山的名字是五台县的一位姓曲的秀才取的，据说源于杨载的两句诗：“道人卓锡向名山，路绝岩头未易攀。”锡山二字，端的是很不平凡。1949年，时任行政院院长的他忙着送达官贵人去台湾。好不容易料理完了，登机前，手下人问他去了台湾该怎么办，他说：

“儿要亲生，土要深耕，存在第一啊！”

人生就像打麻将

20世纪80年代中期，我们在香山招待所做课题，经常海阔天空地瞎聊，有次不知怎的扯到了冯玉祥，大家都说这个人或忠或奸没人能说明白，仿佛具备了所有北洋军阀的优点，但这些优点反过来看，又都是缺点。我们头儿读书巨多，觉得冯玉祥最大的错误就是把皇帝赶出故宫，说到这儿，他抽了口烟幽幽说道："否则，中国可能就是君主立宪制了。"

冯玉祥在1928年上过《时代》杂志的封面，据说他为人和蔼，平时口袋里总是装着本《圣经》，并且拥有世界上最多的私人武装力量：19.5万人的军队。他名号甚多，有基督将军、布衣将军、反戈将军、爱民模范等，手下也都不是等闲之辈，像韩复榘、孙连仲、佟麟阁、石友三等。与此同时，他几乎背叛过所有跟过的大哥及盟友，像袁世凯、曹锟、吴佩孚、段祺瑞、张作霖和蒋介石等。

驻扎常德期间，老百姓与日本商户经常发生冲突，日方要求政府提供保护。老冯欣然答应，派了俩马弁守在日本人开的商铺外面，见人来买东西，就上前盘问："干啥来了？带证件了吗？"弄得真买货的人都上不了门，日本人只好求他把人撤回去。

中原大战前的军事会议上，冯夸起了孙殿英："殿英老弟，你的革命精神我很佩服，咱俩是好朋友、好同志！在反清斗争中，我干的是活的，你干的是死的。"挖了清东陵的孙殿英，最忌讳别人提这事，可拿这位冯大爷一点辙也没有。陈公博说，都传西北军骁勇善战，可每次谈判代表来武汉，无不大嫖大抽。

吴佩孚过五十大寿，各路军阀无不重礼捧场，冯玉祥送的是一个大坛子，吴家以为是什么好酒，尝了再尝，竟然是水！还是吴帅懂他的意思：君子之交淡如水嘛。到了1938年，阎锡山五十五岁寿辰，冯派人送了一封信，劝他积极抗日，不妥协，不投降，随后奉上一红绸包袱，慢慢打开来，原来是块生铁疙瘩，寓意为“团结如铁”。

在陕西做督军时，衙门附近的商铺遭抢劫了，冯玉祥自己戴上了脚镣，表示不破案就不摘下来。治安司令急了，把西安翻了个底朝上，连夜破了案。老冯让人押着罪犯到商铺前，就地枪决了，一下子镇住了当地的黑道。他还常和士兵一起吃饭，有次吃到沙子，立马叫来了司务长：“当兵的就是你爹，你就让你爹吃沙子？”

老冯念过十几个月的私塾，平生最爱读书。当士兵时，夜里找个大木箱，把头伸进去，靠根小蜡烛的微光坚持看书。当了旅长，还坚持每天早晨读两小时英语，进去时，门外悬一块牌子，上面写着“冯玉祥死了”；学习完毕，字牌换成“冯玉祥活了”的字样，别人方可进入。

张敬尧想把女儿嫁给冯玉祥的儿子，冯鄙视其为人，回信婉言拒绝了他：“虎女岂配犬子。”原配过世后，来向冯玉祥求亲的络绎不绝，总统曹锟也想把女儿嫁给他，老冯却公开开出了三个条件：一是只穿粗布衣裳；二是会纺纱织布；三是要抚养他前妻的三个孩子。这样一来，千金小姐们都望而却步了，最后老冯娶了一个牧民的女儿。

早年间，冯玉祥身边有个苏联顾问乌斯马诺夫，整天缠着他问这问那，后来冯有些烦了，说道：“顾者，看也；问者，话也。顾问者，就是我看着你问话的时候，你再回答。”那家伙从此老实了。

著名相士彭涵锋这样看待冯玉祥：“焕章（冯玉祥字焕章）先生这个人，貌如刘备，才如孙权，志比董卓，诈如吕布，可惜运如袁绍。”

我觉得，人生就像打麻将一样，有人一听到底，有人见好张就换，冯玉祥的名字没起好：

焕章焕章，总是“换张”，很难和得上大牌。

把钱看得像命一样，能干啥大事

有个河北的朋友文凭不高，溜须拍马的功夫却很上乘，硬是从一个查电表的小工爬上了电业局局长的位置。最近几年，他工作起来感到很吃力，索性发扬钉子精神去打麻将，没事就呼朋唤友地泡在宾馆。单位里他就打发自己的三个亲信假公济私地看摊，弄得下面的员工怨声载道。这三人名字里各带了一个麻将名，分别是“中”“发”“白”，员工们私下给他们取了个绰号：“中发白”组合。后来，局长换岗到了某开发区，这几人干过的那些糗事才被查办。

麻将是中国国粹，很多人喜欢没事摸八圈，而有两类人最痴迷之：一是闲人；二为官员。当官的打麻将固然是为了休闲，但往往另有深意，这些年因之引起的案件着实不少。不过既然上级都睁只眼闭只眼，老百姓也大可不必求全责备，因为这件事的确是官场的一大传统，各位读者且听我从民国慢慢道来。

韩复榘在山东留下很多笑料，其中有这么一件事，说是某次他去某县微服私访时，一大早就坐在衙门等着，看大家都是何时来的，结果发现到得最早的是科长，到得最晚的是县长。于是，老韩手拍惊堂木，直接给俩人换了位置。事后，只有升官的家伙心里明白：哪里是什么敬业啊，自己是打了通宵的麻将，才直接去了衙门。

民国初年，有个粮店伙计一不小心发了笔横财，某天在妓院潇洒完毕，因大雨不得离开，正无聊时，忽听隔壁嚷嚷“三缺一”，于是见猎心喜，自愿入围，不料手风甚盛，一下赢了近四万大洋。这小子不愧是

把钱看得像命一样能干啥大事

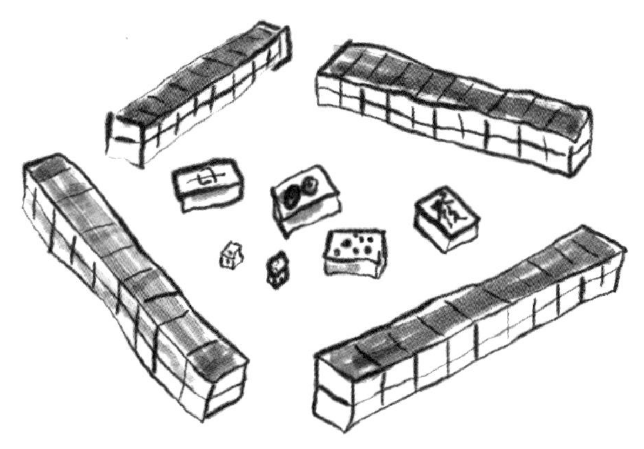

基层业务员出身，看出这几位甚是不凡，于是分文不取，和这几位牌友交上了朋友。后来，就因为牌友倪嗣冲等的大力提携，这个叫王郅隆的小伙计得以官至内阁财政总长。

靳云鹏做总理期间，各地因缺兵饷不时告急，他被逼得没招，最后组局请了三位牌友：张作霖、曹锟、王占元。那天几位牌友好一场大战，玩得十分尽兴。老靳看火候差不多了，于是提起了财政枯竭的现状。看着身旁赢来的一堆金条，三大巨头有的大笑，有的苦笑，只好答应去想想办法。

还有一位麻将发烧友是号称“洁身自好”的段祺瑞，据说他专门在牌桌上进行人事考察，善于跟风的傅良佐一再得到提拔，而有的人就没那么幸运了。老段说：“打牌虽是游戏，也可以看出一个人的品质。

别人的票子都放在桌面上，只有陆宗舆装在口袋里随时摸取，还经常欠钱，这种鬼鬼祟祟的样子很令人讨厌。”

无独有偶，张大帅也有这习惯，只不过看人的标准不同。有次改组财政部，两位候选人在不知情的情况下，与老张搓了局麻将。事后，他把有意喂牌的朱有济推上次长位置，认为死活不点炮的那位不行，说道：

“把钱看得像命一样，能干啥大事！”

马桶将军

小时候听评书，开场白总是那一句："话说天下大势，合久必分，分久必合……"有句俗话一语道破其中玄机：乱世出英雄。中国历史久远，人物多，故事也多；有各种书本记载的，也有口口相传的。过去我对北洋军阀并无太多好感，但是后来看了很多史书资料之后，知道了段祺瑞曾经资助过吴清源，为刘和珍等死难学生下过跪，并因此而终身食素，于是看法渐渐有所转变，眼里的民国历史也逐渐立体起来，颇有了些亲历其境的意思。北洋人物良莠不齐，细品起来，都挺好玩，比如这个"马桶将军"王怀庆。

王怀庆是河北宁晋县人，由于家道中落，八岁就开始种庄稼、放牛，十五岁不堪继母虐待，离家投奔了聂士成，在军中以忠义著称。在滦州，他诱杀了革命党王金铭，由于怜才释放了二十二岁的青年军官冯玉祥。后来外蒙古闹独立，他率兵镇压，迫使外蒙古改为自治。在北洋派系中，他算是徐世昌的头号马仔。

不知怎的，老王对上厕所这事格外上心，甚至连办公室都设在了厕所里。据史料记载，王的厕所分两大间，内有多人伺候。屋子中间放一把"大便椅"，下面装饰豪华，铺些细净炉灰；前面部分为班台，上面有一应的办公用具。王在这里批示文件，召集下属，一坐就是大半天。据说，周总理也在厕所里办过公，但那可能是因为便秘，而且也只是临时放个小桌而已，哪儿有这么大张旗鼓、郑重其事的。

这样办公可以，出兵打仗怎么办呢？老王眉头一皱计上心来，差人做了个巨大的马桶，上面刷着红漆，并在上面写了一个斗大的“王”字，还烫上金，派了一个班抬着上战场。打仗进攻时，老王大模大样地坐在上面发号施令，士兵们玩命地往前冲，就这样，打了一个又一个胜仗。所以，一看到那鲜红的硕大马桶，人们都知道“马桶将军”驾到了。

一般特出格的人都比较迷信，老王更不例外。直奉二次战争之时，王怀庆好长一段时间按兵不动，原因是没有黄道吉日。大帅吴佩孚也信这个，不但不责怪他，还亲自给挑了个好日子。到了出兵那天，一位专门选出来的军官站在路边，跑步到马桶前，大声报告：“王得胜迎接将军。”王上将这才点点头，下令进军。

曹三哥当总统时，让王怀庆巡阅热察绥，驻守在承德，但老王一直找各种借口拖着不去，细问原因，原来那里有座棒槌山，“棒槌打磬（庆）”嘛，太不吉利了。对这种重将，曹三哥也没办法，只好让一名中将参议代他前往，而在北京成立了家办事机构，老王自己照旧坐在马桶上办他的公。

王怀庆的部队战斗力很强，这与他的用人观有关。老王一般不用念过书的人，就算是留学生、军校高才生也不用；也不用城里人，专用农民，老家越偏远的越好，所以他身边的军官多是农民出身。据说他这人有些喜怒无常，经常无故打骂手下，那些任由他打骂的通常能很快得到提拔，不能忍受的则很难，这几乎成了在他手下做事的潜规则。于是经常会有这样的画面：一个被打得鼻青脸肿的军官笑容满面地设宴庆功，一班好友不无嫉妒地拱手恭喜，主人嘴里还不停地客气：

“同喜同喜！”

天下第一堂会

京城有一位大佬，是京剧超级发烧友，达到了每天无戏不欢的程度，以至于在长安街的某大厦内，专门建了座剧院，作为私家使用。其实在旧中国，比他疯狂的票友多的是，闹出人命都不足为奇。那时候最时髦的是办堂会，把名角请到家里来演出，不仅体面荣光，同时也是一种高级的社交方式。

公元1888年8月22日是阴历七月十五鬼节，一男孩出生于松江府川沙厅的一个贫寒之家。四岁以前母亲父亲相继去世，由继母和舅父养大。十四岁到上海水果行当学徒，不久被开除，练得一手削梨的绝活，后来加入青帮，逐渐发迹，并由大师章太炎提议，将原名杜月生改为杜月笙。

作为上海滩老大，杜月笙自己涉黑，却对自家的八子三女要求甚严，绝对不允许沾惹黄赌毒。为了家运昌隆，他在老家大肆修建占地10.5亩的杜家祠堂，在1931年6月9日至11日的落成典礼期间，几乎请齐了国内所有京剧名角，陆续登堂献艺，同时摆了上千桌酒席，宴请了数万宾朋，时称“天下第一堂会”。

杜家祠堂内石坊林立，藏书几万册，收到的屏条书画不知其数，礼品堆积如山。送匾额的计有张学良、何应钦、徐世昌、曹锟、段祺瑞等，蒋委员长送的是“孝思不匮”，班禅活佛则为“慎终追远”，不少外国人也跟着锦上添花。那几天堂会风光无限，主事的分别为黄金荣、虞洽卿及张啸林等几位大佬。不过，最出彩的还是京剧名伶的大会串，杜月笙的如夫人姚玉兰曾是京剧名伶，对于此次堂会，决心“要么不办，要办就天下第一”。

当时，整个中国都轰动了，四大名旦梅兰芳、荀慧生、程砚秋、尚小云分别从各地赶来，杨小楼、马连良、周信芳、金少山及李万春等57位三代名伶，连场献艺，外面的人都来疯了。三天来，每次开饭1000桌左右，每天要开四五次，算起来，一天就近5000桌酒席，新朋旧友、三教九流，吃不尽的山珍海味、喝不完的世间美酒，盛况一时无两。最后一天的压轴戏，是四大名旦合演的《五花洞》，同时宴请万余名宾客，用八人一桌的八仙桌，摆了1200多桌酒席，上海报界称为“古今天下第一酒宴场面”。

唯一拒绝来沪的名角是余叔岩，青红帮威胁说：“这次不来，以后甭到上海了！”余则顶了一句：“不来就不来，我又不愁没饭吃！”不过，他的弟子孟小冬是杜的红颜知己。1949年去香港前，杜月笙计算船票，派人给孟小冬送了一张，孟拒绝说：“我算他的什么人啊！”杜当即定下要娶孟小冬，然后5月1日一起离开上海，后来在香港补行了婚礼。

其实，蒋介石一直拉拢杜月笙去台湾，但杜深知黑社会就是政客们用的尿壶：内急了，使一下；用过了，踢到一边；用坏了，肯定被抛弃。到了香港，杜月笙很客气地拜了码头，把道上兄弟欠的钱，一把火当面全烧了，彻底了断了江湖恩怨。1951年8月16日，杜在香港病逝，他留给女儿的话，很有意思：

“不抽烟不喝酒的男人一般靠不住，不可托付终身。”

复生不复生矣，有为安有为哉

近一百年的华夏人物中，最为慷慨壮烈的应该算是谭嗣同了，有位湖南人评价说：湘人既不愿像驴一样任劳任怨，也不能如骏马般驰骋豪迈，南人北相的最佳比喻，是更像暴烈而能干的骡子。左公、毛公自不必说了，而谭公则是天生豪迈之扛鼎之士。

有心杀贼，无力回天

死得其所，快哉快哉

坐落在北京宣武门浏阳会馆的北套间，是谭嗣同的书房，上有他亲题的“莽苍苍斋”，此语出自《论衡》之《变动篇》：“况天去人高远，其气苍莽无端末乎？”以郊野景色之迷茫空旷，来表达高远的变法意志。作为湖北巡抚的公子，谭嗣同遍历中华，经常率维新派仁人志士前来聚会，一起壮怀激烈。

书斋的题联为“家无儋石，气雄万夫”。康有为劝他不可“露圭角无静穆之致”，哪儿知谭老弟不仅不听，反而更加露骨地写道：“视尔梦梦，天胡此醉；于时处处，人亦有言。”房内的对联也写道：“一朝马革裹尸日，绝胜牛衣对泣时。”

戊戌变法中，谭嗣同被袁世凯出卖，他将著作文稿都交给梁启超，断然拒绝流亡国外。90年后，我们这帮后生小子都是流着眼泪读着他的话：“各国变法，无不从流血而成，今日中国未闻有因变法而流血者，此国之所以不昌也。有之，请自嗣同始！”

大刀王五等江湖英雄想劫法场，同样被谭嗣同拒绝，他给这位刎颈之交作诗明志：“望门投止思张俭，忍死须臾待杜根。我自横刀向天笑，去留肝胆两昆仑。”1898年9月28日，六君子同赴菜市口刑场，谭公大义凛然，问监斩官变法有何罪，为何不审而斩。被砍之时，年仅34岁的他仰天大笑：“有心杀贼，无力回天；死得其所，快哉快哉！”

当时已任湖广总督的父亲谭继洵哀痛莫名，撰挽联曰：“谣风遍万国九州，无非是骂；昭雪在千秋百世，不得而知。”寥寥二十二字，心曲难抑！谭嗣同死后，安葬在老家浏阳县城西门外，“苟且偷安”的康有为专程前来拜祭，并为这位表字“复生”的同志兄弟撰写了墓联：

复生不复生矣，有为安有为哉！

我本楚狂人

春风浩荡，晴空万里，忙完一天的公务，才发现当日是青年节；神州风雷，弹指百年，我望着两米半高的满架图书，一时竟有了“此中有真意，欲辨已忘言”的满怀情绪。虽然每周都去北大听课，那里依旧的青屋红窗，只是不知才子们的北大精神，如今安在哉？权且讲一个北大狂人黄侃的故事吧。

黄侃乃国学大师，年轻时拜访帝王学大家王闿运，王对其赞赏有加之余，说自己的儿子与他同年，至今一无所成，真是“钝犬”啊。黄听罢怪目圆睁，傲然道：“你老先生尚且不通，更何况你的儿子！”王闿运哈哈大笑，反以这位楚狂人为忘年知己。

留学日本时，住在楼上的黄侃因内急而夜起，顺着楼边畅快地往下小便。不料，楼下的房客正在挑灯夜读，见状大骂，黄当然要反唇相讥。骂着骂着，两人竟听出了对方的学问来，于是就一起考究起国学，结果越谈越惺惺相惜，黄侃折服之下，就拜了自己一生的导师——章太炎。

我们知道胡适世称“胡博士”，他在现代学术史上的影响力无人能及，有人却敢一而再地骂他，这个人就是黄侃。话说某次宴会上，胡适大谈墨子的兼爱、非攻，聊兴正浓时，一旁的黄侃骂道：“现在讲墨学的人，都是些混账。”胡很尴尬，才说了没几句，又听黄再骂：“便是他的父亲也是混账！”胡教授大怒，准备揪打黄侃，后者却仰天打了个哈哈说：“息怒息怒！墨子兼爱，是无父也；你有父，何足以谈墨学？”一时举座哗然。

黄侃崇尚文言文，非常反感支持白话文的胡适。有一次在北大讲课，他举例说，如果胡教授的太太死了，用白话文发电报要11个字：“你的太太死了！赶快回来啊！”而用文言文仅需四个字：“妻丧速归！”他还调侃过胡适的名字：“如果真心提倡白话文，你就得改名叫胡到哪里去。”气得胡适无言以对。

陈独秀也被这位老弟骂过多次，却宽容待之。1920年陈在武汉高师演讲时，十分感慨地说：“黄侃学术渊邃，惜不为吾党所用！”

黄侃在武昌任教时，其原配王氏去世，继配黄女士也因小事分居。当时他大女儿的高师同学黄菊英常来家玩，不数月，两人突然宣布结婚。面对满城风雨，黄侃坦然不惧，转到南京中大任教，约定：下雨不来，刮风不来，降雪不来。他的书房曰“量守庐”，藏书兼以藏娇。

黄侃事母极孝，京鄂之间千里往返必从之，其母又必带一口棺材，于是，北大人瞥见重棺，就知道黄母又到了。

黄侃曾发誓“不满五十不著书”，在五十寿诞那天他显得格外高兴，章太炎为此撰联相赠：“韦编三绝今知命，黄绢初裁好著书。”意思是期待弟子的“绝妙好辞”。在场之人多为文人骚客，有人指出联中的“黄绝命”三字大为不祥。

半年后，黄侃果然病逝，章太炎为此自责不已，难以释怀。

追求就追最漂亮的女子

前几日，一帮朋友周末小酌，话题五花八门，谈到婚恋问题，观点出奇地一致：门当户对。一朋友女儿在英伦游学八年，情感上始终空白，回京看望初中老师，意外地遇到了留美的男同学，聊起来，竟有那么多的相同话题。于是，两人相约回国，各去了金融机构，然后定情、结婚、生子。众人听罢，共同举杯为之祝福。

聊起婚姻的差异性，我举了沈从文的例子。当年，这位只有小学文化的湘西才子，实在混得不怎么样，郁达夫去小旅店探望，见他冻得用流血的手坚持写作，甚为感动，领他吃了一顿热气腾腾的酒饭不说，连外套都留给他御寒。徐志摩也很仗义，把沈从文力荐到中国公学当大学老师，算是一步登天。

这么一位落魄书生，偏偏喜欢上了白雪公主，就是张家四美中的老三张兆和。从留下来的照片看，张确为古典美人：五官匀称、下巴稍尖，显得清丽脱俗。那时校园里有好多张兆和的追求者，有时会接连收到十几封情书，她无暇顾及，只好编成了“青蛙1号”“青蛙2号”“青蛙3号”，二姐张允和取笑木讷笨拙的沈从文，大约可以排为“癞蛤蟆第13号”。

沈从文那时为低年级上语文课，追求公主成了他日常生活的一部分，那些信里面，混杂着仰慕、真诚，也不乏自怨自艾乃至疯狂的成分，甚至威胁要自杀。他找到张兆和的闺密王华莲，讲到动情处，有时如孩子般伤心痛哭。然而姑娘们并不为所动，只以为是乡下人的矫情。

沈从文写道：“我行过许多地方的桥，看过许多次数的云，喝过许多种类的酒，却只爱过一个正当最好年龄的人。”

某日，张兆和愤愤然地来到校长办公室，将一大包情书交给了校长胡适，说一个叫沈从文的无赖公然侮辱了自己，比如这句：“我不仅爱你的灵魂，我也要你的肉体。”胡适慢慢地听着，随手翻了翻那些信，温和而诚恳地说：“你和家人商量商量，我劝你嫁给他。”这位胡校长很喜欢乱点鸳鸯谱，已经证婚了好几对，譬如：赵元任和杨步伟，千家驹和杨梨音，还有徐志摩和陆小曼。只不过对于徐陆二人，胡适多少有些酸楚，曾说过：“情人结婚了，丈夫不是我。”

好女怕缠郎啊，经过近四年的努力，张家终于接纳了沈从文，按照俩人的约定，张兆和给在老家的沈发出了一份电报：“乡下人，喝杯甜酒吧。”电报员很奇怪，还以为是敌特的联络暗号呢，后来传开，圈里人大笑不已。有人很佩服吃了天鹅肉的沈从文，想请教一些秘诀，沈只是说：“打猎要打最凶猛的狮子，摘星要摘最亮的星星，追求就追最漂亮的女子。”

说起来，他们过得并不好。抗战时期分居北京云南，张兆和带着俩孩子，吃了不少苦头，心里也不乏怨尤。后来年纪大了，政治运动接二连三，一家人相互扶持，倒也还好。张兆和1995年在《从文家书》的《后记》里写道：“从文同我相处，这一生，究竟是幸福还是不幸？得不到回答。我不理解他，不完全理解他……真正懂得他的为人……是在整理编选他遗稿的现在……为什么在他有生之年，不能发掘他，理解他，从各方面去帮助他，反而有那么多的矛盾得不到解决！悔之晚矣。”

在朋友们的感慨中，一名大龄女叹道：“什么时候才能找到属于我的感情啊？”我当即表达了自己的看法。爱情和婚姻是不同的，前者以情感为主，后者靠信任。说白了，婚姻不是寻求什么感情，而是得到一个合伙人，经营一家无限责任公司，主要产品是孩子。我说：

“成功的婚姻，一定是可盈利的，在漫长乏味的经营中求得生存。张兆和最后没有说爱，而是反复强调了理解，这才是关键词啊！”众皆言是，乃散。

老头看包寻常事

1917年1月9日，在北京大学开学典礼上，蔡元培对学生约法三章：一是抱定宗旨：大学就是研究高深学问的地方；二是砥砺德行；三是敬师爱友。他认为，大学之大，是因其无所不包，言论和思想必须是自由的，可讨论或争辩，但不能打压或取消。

辜鸿铭刚来北大，同学们看他脑后长得长长的辫子，忍不住哄笑起来，而辜老见此状，慢条斯理地走到讲台上，悠然说道："你们笑我，无非是因为我的辫子，我的辫子是有形的，可以剪掉；然而诸位同学脑袋里的辫子，就不是那么好剪的啦。"一席话，全给镇住了。

胡适一直希望自己的学生"多谈些问题，少谈些主义"，五四期间，他与蒋梦麟联名发表《我们对于学生的希望》，表示："荒唐的中年、老年人闹下了乱子，却要未成年的学生抛弃学业，荒废光阴，来干涉纠正，这是天下最不经济的事情！"

梁启超推荐陈寅恪去国学院当导师，询问之下，陈既无学位，又无著作，很难下聘书。梁启超急了："我的著作算是等身了吧？但加起来还没有陈先生的几百字有价值。"上课前，陈对学生们说："前人讲过的，我不讲；近人讲过的，我不讲；我自己讲过的，我不讲。我只讲，未曾有人讲过的。"

1924年，梁漱溟离开北大，原因是痛恨先生对学生毫不关心。他说："教育应当是着眼一个人的全部生活，而领着他去走人生大路，于身体的活泼、心灵的活泼两点，实为根本重要。""文革"期间，他的

《人心与人生》手稿被抄，于是直接写信给毛泽东："若此稿毁却，我生于斯世何益?！"终于保住此书。

1930年，钱穆被校长司徒雷登请来任教，开门见山地发表意见，认为楼房叫什么M楼、S楼不妥，应改为中国名。不久校方开会决定：M楼改为穆楼，S楼改为适楼，B楼改为办公楼。钱穆余兴未尽，为校园的一个小湖取名为"未名湖"。

有一北大新生拎着很大的包裹入学报名，看到路边一个老头，就叫他过来说："老人家，您是北大的吗？给我看会儿包吧，我得去报名。"那老头等了一个多小时，安然不动地为他看包。开学典礼上，新生一眼认出了坐在讲堂上的那个老头，原来他叫季羡林。历经百年风云，感叹老人不在，我曾写道：

莲花纷纷落净土，鹤驾难离未名湖。

老头看包寻常事，冰心一片映玉壶。

苏格拉底

苏格拉底生于雅典，诞生之时恰值正午，故一生崇拜太阳神，他经常站在太阳下出神，沉思经常使他忘记了周围的一切。他的母亲是接生婆，父亲是石匠，他年轻时子承父业，手艺精湛，据说阿克洛城入口处的三美神就出自他手。

苏格拉底一生乐于助人，勤于思考，在所有的事情上都追求最好，没有人能够像他那样，对周围的事物都能给予准确而合理的判断。

有位富豪邀请苏格拉底来家，夸耀自己拥有大片土地，苏格拉底向他要了张世界地图，请他标出土地的位置。富豪张口结舌地说："开玩笑，这是世界地图啊，我那点地怎么可能找到。"于是苏格拉底说："那你实在不能夸耀在地图上都找不到的财富。"

苏格拉底经常跑到城邦的最高处，疯子似的大声疾呼："人们啊，你们在朝哪儿走？为了钱，你们已费尽了心机，但对于将要继承这些钱的孩子们，你们反而漠不关心。"

一次，苏格拉底被人踢了一脚，却表现得若无其事，边上的人感到不解，他就说："*如果你被驴给踢了，是否也要回头去踢驴呢？*"

在一次辩论中，对方说："我反驳不了你，苏格拉底。"苏格拉底马上纠正说："哦，不，应该说，你反驳不了真理。因为苏格拉底并不难反驳。"

有人问，我是否应该结婚？苏格拉底回答，这是一件你做或不做，都肯定要后悔的事。

苏格拉底的妻子克珊西普是城邦中有名的暴脾气，有一次苏格拉底忍无可忍，准备溜之大吉，他妻子正在洗脚，就一盆脏水泼在了他身上。尴尬中的苏格拉底脱口而出：“响雷之后，果然有暴雨。”

有人问苏格拉底，怎么能和这么招人烦的女人过日子呢，苏格拉底回答说：“驯马师的志向，是驯服最烈的马；我的抱负是，对付各种各样的人，如果我连克珊西普都能忍受，就没有什么人不能打交道了。”

对于妻子的唠叨，苏格拉底对朋友说：“我已习以为常了，就如起锚机咔嗒咔嗒的响声一样。你也不会在乎你家里的鹅嘎嘎地叫吧。”朋友回答：“但我家的鹅，能给我下蛋和孵小鹅。”苏格拉底接着说：“她可是我孩子们的母亲啊！”

苏格拉底请了几个富人朋友来家吃饭，妻子为饭菜的简陋而羞愧，苏格拉底就安慰她说：“不要担心。如果他们是理智的，就可以忍受；如果他们不理智，对于这种人，我们何必去自寻烦恼呢。”

在市场上，克珊西普扯掉了丈夫的衣服。认识他们的人，就怂恿苏格拉底打她，苏格拉底平静地对妻子说：“咱们还是别打了。否则的话，他们一定会说：‘使劲打，克珊西普！’‘加油，苏格拉底！’”

苏格拉底说：夫妻应共享一切；不得使你的妻子，对家里的要事一无所知；夫妻之间要防止：冷漠、懒惰和粗心；家庭应避免奢侈。

一位朋友说，自己吃什么都没有味道。苏格拉底给了一个偏方：暂停饮食。

阿尔基比亚德想给苏格拉底一大块地去盖房子，苏格拉底却说：“假如我需要一双皮鞋，你却给我一整张牛皮，那样岂不荒谬。”

一位穷人拜苏格拉底为师，自愧没有钱，苏格拉底说：还有比“好学习”更好的礼物吗?

有人想学演讲术，为了演示口才，就滔滔不绝起来。于是苏格拉底向他要双倍的学费：看来我得多教你一门功课，除了怎样演讲，还得告诉你怎样闭嘴。

有个人老说苏格拉底的坏话，苏格拉底就说：确实这样，这个家伙从来就没有学会好好地说话。

苏格拉底被指控有罪：不敬国家所敬的神而信奉新神；蛊惑青年。在狱期间，学生们劝他逃亡，苏格拉底心平气和地说："一个好的公民就要遵守本邦的法律，与其违法而生，莫如尊法而死。"

最后，苏格拉底没有和朋友们过多地告别，接过毒芹汁一饮而尽，痛苦中，还不忘嘱咐克里托：别忘了找一只大公鸡，那是有一次祭祀时，欠药神的，代我还给他。然后，平静而去。

一个人的伟大程度，与他的幽默感成正比

林肯是美国第16任总统，人们普遍关注他那篇解放黑奴的宣言，其实那部《宅地法》或许更为重要。在美国人的国民性中，肯定有着林肯的深刻烙印：坚定、勇敢、智慧，尤其是幽默。无数位伟人的故事表

我实在没有什么可依靠的

唯一可靠的财产就是——你们

明：一个人的伟大程度，与他的幽默感成正比。

有一次口试，老师发问："你是选一道难题呢，还是选两道容易点的？"林肯马上回答："选一道难的。"老师问的是鸡生蛋蛋生鸡的老套故事，想测出学生的情商，于是问道："请回答，鸡蛋是怎么来的？"林肯答："鸡生的。"老师再问："那鸡又是怎么来的呢？"想了一会儿，林肯严肃地说："对不起，这是第二道题了。"

林肯做律师的时候，原告律师把一简单论据，翻来覆去地讲了两个多小时。轮到林肯了，却不说话，先是慢慢腾腾地脱下外衣并放好，然后悠悠哉地拿起水杯，喝了一口，接着又穿上外衣；慢点也就罢了，他又脱下外衣、再喝水、再穿衣服，如是者五六次。法庭上的人对这种隐喻式的讽刺，再也忍不住了，连法官先生都笑得前仰后合。

1847年林肯竞选国会议员，对手是位传教士，故意请林肯参加宗教集会。传教士先是侃了一大通，然后说："不想下地狱的站起来。"结果只剩林肯没有站。对手幸灾乐祸地问："你这是要去哪儿？"林肯站起平和地说："今天我旁听，但宗教应该严肃，你既然问了，那我告诉你，"他一字一顿地回答，"我打算到国会去。"

在一次演说中，助手忽然递过来一张纸条，上面写着"傻瓜"。林肯知道这里是对方的主场，有人在故意发难，便笑了笑说："各位先生女士，过去我经常接到忘记签名的条子，但这回有些特殊，这张纸条只有签名而没有内容，是不是这样，傻瓜先生！"对于投机取巧或者不客气的家伙，他的回击往往是有力的，但也有例外。

林肯的相貌很丑，不少人拿这说事，他表示长相是父母给的没有办法，某位议员当即反驳："是没办法，但你可以待在家里别出来。"接着又攻击他是个骗子、两面派。于是，林肯便装作一副无辜的样子，难过地说："请各位评评理，如果有两张面孔，那我会带这张出来吗？"全场哄堂大笑，议案得以顺利通过。

在出任总统之前，拥趸们举行盛大庆祝活动，有人问他有多少财产，这位贫寒的总统很爽快地回答：“我有一个妻子和一个儿子，都是无价之宝；此外，我租的办公室里有一张桌子和三把椅子，墙角有个大书架，上面的书值得每个人去读。本人又高又瘦脸又长，想来不会发福。”说到这里，林肯挥动着拳头，大声吼道：

“我实在没有什么可依靠的，唯一可靠的财产就是——你们！”

像我这样的人需要打击

回头看来，20世纪80年代是真正的思想启蒙时期，那时的人们充满了好奇心和求知欲。我曾经狠狠地喜欢过莱蒙托夫和普希金，他们身上交织着赤裸裸的欲望和对人类终极命运的思考，吸引了当时无数的热血青年。但今天不知谁还记得“无所求、无所惧”“路人一声叹息，她就随之而去”之类的名句?

有个老兄告诉我：“了解中国，一定要读懂毛泽东；认识世界，一定要了解俄国文学。”

19世纪的俄国文坛群星灿烂，陀思妥耶夫斯基就是备受关注的一位，正如有人所说“托尔斯泰代表了俄罗斯文学的广度，陀思妥耶夫斯基则代表了俄罗斯文学的深度”。这位医生的儿子，终其一生都没有摆脱掉早年生活中莫斯科的荒郊野岭、犯人公墓、精神病院和孤儿院等对他的影响。

陀思妥耶夫斯基患有癫痫病，九岁首次发病，之后间或发作伴其一生。在1844年退伍后，他开始了写作生涯，处女作《穷人》广受好评。据说一杂志社主编读完小说后兴奋地大叫：“又一个果戈理出现了！”他的代表作《罪与罚》被视作近代世界推理小说的开山之作。

陀思妥耶夫斯基服过四年苦役，他认为每个人只有两种选择：压迫和被压迫；做不了奴隶主，那就只好做奴隶。而他本人理性地选择了：宁做牺牲者，不做刽子手；宁可被人践踏，也不践踏别人。他的那本《死屋手记》，是每一个热爱生命的人都应该去读的。他的文笔精练，经常妙语如珠：

对于我们这一种类的人来说，最让人生气的莫过于告诉他：你，不过是个普通人。

穷人最重要的美德就是会赚钱，道德就是一个人不应该成为其他人的累赘。

我想干一番事业，我有这个权利。

失败了的时候，什么事情看起来都是愚蠢的。

只要能活着、活着、活着！不管怎样活着——只要活着就好。

一百只兔子永远也凑不成一匹马，一百个疑点永远也不能构成一个证据。

我爱人类！但是自己奇怪的是：我对全人类爱得越深，就会对单独的一个个人爱得越少！

谁胆敢自杀，谁就是上帝。

陀思妥耶夫斯基经常出国旅行，虽然用了种种借口，但他把自己的一切都交给了外国的赌场，达到了嗜赌如命的地步。他一边不断地输钱，一边拼命地写书赚钱，哪怕是同时写几部小说，仍然跟不上轮盘机转动的速度，那是一种真正意义上的生命力的过度透支。心力交瘁的陀思妥耶夫斯基曾感叹道：

“我现在明白，像我这样的人需要打击——命运的打击、用套索套住，靠外界的力量捆绑起来。否则，我自己是永远不会改邪归正的！”

只有一个贝多芬

我读研究生时的一位教授王毅先生，当年下乡前迷上了贝多芬，哪怕在讲课间隙，他也陶醉在自己的贝多芬世界，据说对每支曲子都听了几百遍。有一次下课，先生带我们几个去音像店淘了好多古典音乐碟，无疑从那开始，我打开了灵魂的另一扇小窗，那种音乐的魅力超越了一切存在，后来我几乎没有为流行音乐感动过。

贝多芬的父亲是宫廷男高音歌手，母亲为宫廷大厨师之女，一个嗜酒如命，一个温良顺从，但都希望自己的孩子成为音乐神童。老贝请了一位旅行音乐家当老师，哥俩先是喝到大半夜，然后揪起贝多芬，逼着四岁的小孩一直学到天亮。贝多芬八岁就开音乐会，13岁加入宫廷乐队，那是一种失去天性快乐的童年。

贝多芬26岁听力开始下降，30岁开始创作交响乐。在人类史上，一个聋子能创作如此多的伟大作品，简直是不可思议！所有这些都使他的外表看起来更加怪异。贝多芬身高1.62米，标准的五短身材，举止笨拙又表情苦闷，他的头发经常被风吹起如火焰一般，好听点说像狮子，难听点说来近乎恶魔，车尔尼说他：“这人可不像欧洲第一大音乐家，怎么看都像那荒岛上的鲁滨孙。”

贝多芬一生没有建立家庭，人际关系也很糟糕，尤其是经常搬家，甚至同时为四个公寓付房租，因为他在创作高潮时如痴如狂，常常把弹得发热的手指放进身边的水盆，碰翻了不说，还直接浇到自己的身上，弄得楼下经常发水，自己只好换地方；再创作、再发水，就再换个地方。

他比一般的天才更笑傲公侯。一次他和歌德散步，看到这个伟大作家对皇室成员的恭顺和讨好，他十分不屑，并痛心地对哥们说：“你对他们过于尊敬了。”罗曼·罗兰的《贝多芬传》中，记载了他写给公爵的那封著名的信，预言了“公爵有的是，但贝多芬只有一个”；他更在一次演奏会上拂袖而去，吼道：“我没有兴趣对猪弹琴。”

丰子恺认为莫扎特的音乐是感觉的艺术，贝多芬的音乐则为灵魂的声响。《第九交响曲》留下了很多疑团，通篇洋溢着“命运之力”，尤其是尾声中所表现的席勒的诗《欢乐颂》：“在你温柔的羽翼之下，人人都彼此结成兄弟。”贝多芬的葬礼参加的人数有三万，与之相比他死前却没有亲人陪伴，他最后喃喃地说道：

“到了天堂，我就能听见了！”

谁是有史以来最好的球员

可能和个性有关，我喜欢的球星都挺另类，比如网球的阿加西、拳击的泰森、相扑的贵花田、围棋的武宫正树，但真正肯做粉丝的只有一个——马拉多纳。最初让我钟情于他的是一个小故事：海关人员故意不放他过去，他拿出一颗橘子，用肩、头、膝反复地颠来颠去，橘子竟然没坏。普拉蒂尼为此曾说：“我能用一个足球做到的，马拉多纳用一个橘子就能做到。”

我和聂卫平曾是好朋友，原因并非围棋，他让九子也照样赢我，喝清酒也不是主要的，其中的缘由是一种情结：老聂是我们那代人心里的英雄！马拉多纳也是一样，正因为当年有马岛战争的背景，“上帝之手”才不是闹剧，而是剧情高潮。对世界杯来说，马拉多纳的出现就是成功！

1986年看球那会儿，拥挤的小房间分为两派：以我为首的马派，以老周为首的普派。一帮学者坚挺普拉蒂尼的学院派打法，而我们这伙踢球的只喜欢马拉多纳的大哥范儿。那是令人难以忘怀的一个月，老马横扫千军如席卷，一次次如大树般被伐倒，一次次如旗帜般挺立，还不忘问韩国后卫许丁茂：“您这是玩跆拳道吧？”

令我印象最深的是1994年的世界杯，饱受吸毒、私生子等新闻困扰的老马，在打进一球后疯狂怒吼的样子：那张大的嘴好像能塞进一只足球。同样历经八年沧桑的我，在那一刻也几乎狮子般吼起来：成功并不重要，但必须做得像个爷们！正如老马自己宣称的那样：我宁愿被人讨厌，也不愿被人可怜！

老马胳膊上的刺青是切·格瓦拉，他喜欢这种为了自由而献出生命的斗士。他最大的知己是古巴的卡斯特罗，很多人对这件事感到很迷惑，其实没有什么奇怪的，卡斯特罗一辈子遭受了上百次暗杀而不死，马拉多纳遇到的又岂止上千次的暗算，相信他俩既可以同榻相谈几昼夜，也能默然无语地待上几个月，那是种心的契合。

如果没有老马，那届世界杯我不会熬夜；因为有了老马，真正的球迷才产生了本能的激情。现在的阿根廷队再难回到1986年，因为撕云的闪电梅西比不了裂空的狂雷老马。他们其实算不上什么艺术足球，有点像周星驰搞的“少林足球”，不一定赢到底，但肯定过瘾。找了一些老马的零散语录，供马迷们温习：

谁是有史以来最好的球员？我妈妈说是我，你应该永远相信一个母亲的话。

阿根廷敌不过的，是黑手党。

我一生最痛恨两个人：普拉蒂尼和贝利。法国人永远那么冰冷而没有激情，巴西人则是个虚伪的政客。

我一直认为，真正的友谊是不需要语言的，有时，一个眼神，就表达了一切，一个拥抱，胜过千言万语。

尽管我有很多朋友，但我始终觉得，人是孤独的，尤其当你既是个天才，又是个斗士的时候。

是的，我经常这么说：如果有人攻击我的家人，那我会像拉登一样对他不会客气。

我觉得他们出价高没什么了不起，因为我踢得实在太好了，而这是无价的。

企业家千万别玩政治

我见过的最大的企业家，应该是韩国现代集团的郑周永。那是1996年，参加《现代之路》新书发布会，郑周永像岩石一般坐在中央，左手是他的儿子郑梦准等，右手则是王蒙、丁聪等国内大家，我恰巧坐在他的正对面，那种气场确非常人可比。席间，白发大叔起来坐下有几十回，与印象中严谨的韩国人形成鲜明对比。

在经济生活中，我印象最深刻的一件事，是1999年经济危机爆发，韩元贬值了一半以上，而这时韩国人排着队将美元换成韩币，承受了巨大的经济损失，却让世人体会到了什么叫“韩国精神”。我在那年带领中国团参加了釜山摇滚节，面对满街清一色的现代汽车，心里有一种说不出的情绪：这帮韩国人，真团结呀！

郑周永生于1915年，家中八兄妹中排行老大。十岁开始，他每天凌晨四点起床，赶15里的夜路，随父亲下地干活。但他不满足这种脸朝黄土背朝天的农民生活，四次离家出走，有一次竟然卖了家里的两头牛，父亲拿他没办法，只好让他独自去闯天下。

他先在码头做苦力，后来在米店做学徒，因老板重病、老板的儿子又游手好闲，就由他接管了米店，商业天才终于有了用武之地。日本侵华以后，对粮食实行配给制，所有的米店都关了门，郑周永审时度势，改行做了汽车修理业，等到日本投降，他已逐渐做大，挂出了“现代自动车工业社”的招牌。

他的发家得益于朝鲜战争，其二弟任美军翻译，推荐哥哥拿下了大

现在想起来真无聊
看来政治还是应该由政治家去搞

批的美军工程。1952年艾森豪威尔访韩，不习惯当地的如厕方式，从未见过抽水马桶的郑周永拍了胸脯，15天就赶制了出来。当时天寒地冻，美军要求铺设草坪，他用卡车将附近农田的冬小麦拉了过来，看上去倒也是绿油油一大片。一下子，他成了大能人。

一般的生意经是“做熟不做生”，但郑周永、李嘉诚、王永庆这种大高手根本不理这一套，地产、汽车、造船、电器，什么赚钱做什么。而他们的生活方式也都十分相似，说好听一点叫节俭，实际是抠门。郑本人出门的衣服就一套春秋装，登山裤也缝了又缝，一双皮鞋穿了30多年，青云洞的住宅没有任何装饰品，家具也用了几十年。

他认为：“只要我活着，而且身体健康，可以有考验，但绝不允许失败！”这是典型的上位者逻辑，但有一次栽得很惨。1992年韩国大选，郑周永像干企业一样搞起了政治，四处游说，大拉选票，结果排在金大中之后列第三，等到金泳三上台，他差点被送进监狱。与《商道》的主人公一样，玩到心跳的郑周永后来心有余悸地说：

“现在想起来真无聊，看来政治还是应该由政治家去搞！”

冯仑之“歪理邪说”

我一直觉得冯仑是一个怀才不遇的人：学得治国安邦术，无门卖入帝王家。是幸运，还是不幸？恐怕历史都给不出答案。他自称是一个盖上了时代印戳的人：工作在资本家的岗位，怀着无产阶级的理想，沾染着流氓无产者的习气，享受着士大夫的精神传统。

20世纪90年代初，我们几个在海南的人返回北京考托福出国，而冯仑却穿着拖鞋满怀激情地来海南创业。据说，他的老板牟其中十分窝火，派干将王功权将之召回。孰料两人彻夜长谈后，王功权干脆留下来共同搭伙，连北京都没回。

万通不光有六大股东，还有四梁和八柱，在90年代创业的知识分子的眼里，它代表着大家的追求和方向。记得他们说，干民企就三件事：拉杆子、排座次、分金银。“江湖方式进入，商人方式退出”，十八员大将分分合合，虽不乏恩恩怨怨，倒真的没有为钱伤了和气。我想有几个原因：

一者都是很自信、很有本事的人；

二者大家不光挣到了钱，还都没出事；

三者打折了胳膊往里弯的江湖面子；

最后是超乎金钱的共同价值观。

狗走千里吃屎，狼行万里吃肉，民营企业家没有怕事之辈，都是流血流泪靠自己打拼出来的。为了一桩业务，原在万通的一位仁兄请我帮他讲数。落座后，万通当时的总裁也带了一名老弟兄，大家愉快地扯着闲淡。虽然事情圆满解决，但他们对利益底线的执着，令我印象十分深刻。

冯仑在圈子里的名声不是靠有钱得来的，而是凭超群的活动能力和幽默感，不管多复杂、多棘手的事情，他三言两语、一个妙喻就说得明明白白，尤其善于拿男女关系来说事，著名的“妈咪理论”就是他的发明。不过，许许多多的精彩语言估计他自己也忘了，我辑录了一点供大家品赏：

回海口看见那些烂尾楼，就像看到了当年的初恋情人，如今已满目疮痍；而看见那些新起的楼盘，就像看到了初恋情人的女儿，猛地一看有点眼熟，仔细一看又不是。

我和潘石屹不叫分家，是“协议离婚”。为什么“离婚”？因为大家对下一步怎么走都没有底。他坚持往东走可以活，我说往西走才可以突围。谁也说服不了谁，结果只好兵分两路。

跟谁一起做事决定事情的性质。民初名妓小凤仙，她要是找一个民工，扫黄时就挂了；她找蔡锷，就流芳千古；她要是跟华盛顿，就成国母了。所以，不在于你接客不接客，而在于你跟谁做。

做生意从别人那里拿钱，无异于夺人贞操。不能照直说：我就缺钱，你要给我投。这就像谈恋爱，不能上来就讲：我缺个老婆，你干不干？总还要谈些风花雪月，扯上半天，而实际就是一个老婆的事。

时间决定一件事的性质，包括企业的性质。比如赵四小姐十六岁去大帅府跟张学良，她去一年，是作风问题；去三年，是瞎搅和；而去三十年，那就可能是爱情啦。

人在脱离轨道的那一刹那，关键是对采取姿势的态度，而不在于这个姿势是“脱”是“穿”。

做房奴活该是指：你的愿望和能力要匹配，五岁就娶媳妇，那是做不好老公的。

儿子公司到处找项目，又没有钱，就去找他爹（总部）要，结果，这样的儿子往往不孝顺。

谈起那些创业往事，冯仑说，作为男人很享受那种东奔西突的感觉，很像半夜急行军被前呼后拥着时的担心和兴奋。这位频频在各种媒体露面的老兄最近总说：老男人要玩，小男人要多思考。但我最喜欢他的一句话是：

“只有站着的男人才配当梦中情人，躺下的肯定不算。”

潘石屹“卖艺”

几年前的一天，我被一哥们拉进了电影院，看潘石屹主演的电影《阿司匹林》，在中国，亿万富翁亲自操刀娱乐行业，并扮演一个并不讨好的角色，这应该是首例。走出影院，也说不上是什么心情，那位带着全公司人来看电影的哥们，还是忍不住给潘石屹发了个短信：“这已经不是你原来在我心目中的形象了。”

那哥们当年圈了好大一块地，捂在手里无所事事，人家小潘开玩笑似的从他手里拿来一溜，转眼就盖成了长城脚下的公社，又是获奖又是赚钱，叫人不得不服。以前他自称为“地产界的章子怡”，眼下又被冠以“鬼子进村”的雅号，据说他再三跟小区的人解释：“我是陪小孩来上课的，没有拆你们家房子的意思。”

小潘的故事很多，但随着房子越卖越多，故事版本却越来越少，因为有太多的媒体用那点素材，人们都耳熟能详了。这也是让人很奇怪的事，觉得鸡蛋好吃也就罢了，何必非要认识那只下蛋的鸡？

在一个场合，潘总对圈子里的朋友讲述北京新地王的产生过程，他用甘肃口音说：“中化方兴的代表安静得不得了，也没见他算账，任务就是举牌。不管谁举一下加价，一秒钟之后，他继续举。”

说起来，潘总已经是风向标似的人了，选了几段他曾说过的话，列举如下：

我是一个纯粹的商人，不管做什么行业，只要纯粹就好，人就怕不纯粹。

不赚钱的商人是不道德的，不赚钱你就只能确保自己的生活，不能给员工好的工资福利待遇，不能给国家上缴利税，不能给客户带来实惠。

如果什么事情你都在乎，你就什么事情都做不成。

我们还是坚持原则，财务部不做一分钱的假账，不偷税漏税。咱们安心地做生意。现在中国市场环境这么好，只要稍微勤奋一点，挣的钱比你挖空心思偷漏税得到的高得多。

实际上谈到中国房地产业的风险，我觉得第一不偷税漏税，第二不行贿受贿，就没有太大的风险。

我骑自行车，有人说路太远，你骑自行车走不到。但我走了一段换成了汽车，天黑以前我到了。我开汽车时他们又说，前面没路没桥，有一座山，你过不去。我照样往前走，到了山前我换了一架飞机飞过来了。

我们家的小孩喜欢看《米老鼠和唐老鸭》，我就给他买光盘，然后还有唐老鸭的卡片、玩具、书包等。我就想，一个虚构的卡通人物，光挣我们家的钱就挣了多少！看来，人物的影响力是巨大的。于是我就想，我应该不比卡通人物差，干脆我就做唐老鸭吧。

水流风转、与时俱进，注重形象的潘总转眼又变成了唐老鸭。作为中国最成功的夫妻店的掌柜之一，他在圈子里的一种说法更具备代表性：“我们俩就是打把式卖艺的，张欣负责练活，我负责敲锣。”如果有一天，他们二位真到银幕上演这么一出，倒也好玩：小潘打扮地道，满脸堆笑地对观众说：“各位父老乡亲，有钱的捧个钱场，没钱的捧个人场，SOHO中国这厢有礼了。”

黎叔不生气

在成都的一次围棋活动上，葛优负责抽最后两个大奖，对着话筒笑眯眯地说："这事挺让我为难，演电影吧，可以让所有人高兴；而抽奖，只能让几个人高兴。"随后，主持人问：如果和王元下棋会怎样？他认真地回答道："我们俩下，基本上就是：我抓一把子放上去，最后输的还是我。"

演艺圈出书成风，在我期许的几个人中，葛优绝对是其中之一，不仅演出的片子大多经典，而且戏里戏外都透着一种葛氏幽默。有个朋友说，他是那种怎么看都不起眼，怎么咀嚼都有味道的纯爷们。据说一影迷翻了半天兜，才拿出一张皱皱巴巴的纸，他一边认真地签，一边安慰说："没事，只要不是欠条就行。"

好的演员很多，但奉献精彩时刻最多的无疑是葛优，比如：《甲方乙方》里的老地主那句"地主家也没有余粮啊"，《非诚勿扰》里的小教堂忏悔，《手机》中数小女孩的样子，《天下无贼》的老贼腔调，《活着》中吓得撒尿，《围城》里的小人形象，《编辑部的故事》中的小知识分子。连赵本山都拿他打岔："蔫得跟葛优似的。"

葛优出身电影世家，父亲葛存壮以演坏蛋出名，母亲是电影文学编辑。据说1957年他出生时，医生告知他父亲："大人小孩只能保一个。"父亲只好回答："保大人。"结果并不坏，但生下的男孩只有四斤重，直接被送进了暖箱。受了一惊的葛存壮给孩子起名为"葛忧"，后来为了好听，才改成了“葛优”。

我对葛优最早的印象，来自他与张国立、梁天三剑客出演的《顽主》，电影中“三T公司”的名头比今天的《非诚勿扰》栏目还要有名。后来他与冯小刚组成黄金搭档，成了票房之王，更凭着《活着》拿到戛纳影帝。由于绯闻少、身体好，葛优受到的关注其实比成就小得多，这是一位新时期电影的见证人。葛优说话很实在，但其中透着京味的弯弯绕，令人难忘：

不让我接，原来有人送，车不好，人好。

拜托你个事，跟我结婚！

我出生的时候就长得比别的孩子老。

本色演好了，别人没法代替。

我可以很负责任地告诉你：黎叔很生气，后果很严重！

你看我们是先把生米煮成熟饭呢，还是等秋收的时候再说？

哭出声的，多给他一袋化肥！

在前进的道路上有困难要上，没有困难创造困难也要上！

如果您买了我们的保险，会让您有一种因祸得福的感觉。

葛优在方方面面都很真诚，比如他曾对记者说：“我从小就喜欢动物，小时候养猫，插队时养猪，狗也养过，不过就养了一个月。大概是1995年在商场门口买的，从260元还价还到120元，刚买时很可爱，但拉屎拉尿的实在受不了。送走那晚，我媳妇还背着我哭了，后来没敢再养。等60多岁戏不多时再说吧。”

据说葛优很爱喝酒，但很难喝醉，一般敬人上来就一半，然后客客气气地再来一半，反正极少干杯。

有一个段子在网上很流行，说他上厕所回来，面色无奈而裤子湿了一大块，熟知的朋友打趣说：“又湿了！”新朋友则追问怎么回事，他的哥们只好解释，原来是撒尿时，边上的人看到葛优，常常吃惊地转过身打招呼：

“哎哟，这不是黎叔吗！”

江湖王家卫

一次有个酒局临时取消了，路过影城时，带着求解的心情重温了《东邪西毒》。观后的感觉，就好像宫崎骏翻拍了《查拉斯图拉如是说》：油画一般幻化的场景，剥蚕抽丝般的情节，缓缓道来的心灵呓语。众多影星在自己最鼎盛的时期，成就了经典的王家卫。

王家卫是我们时代的另类，据说影星们对他又敬又怕，一方面谁演谁火，另一方面拍起来没准，因为王导根本就没剧本，想到哪儿拍到哪儿，想到更好的就推翻以前较好的，一般演员尤其是大牌，哪里受得了这个呀，周润发他们拍戏已经是按小时收费了。所以除了那个比他还闷的梁朝伟，很少有人能适应他。

冯小刚念念不忘的是贺岁档的票房，张艺谋凭的是可靠的回收，他们觉得自己拍的都是好片子，而王家卫不同，他从不拍好片子，因为他拍的每一部都是经典。观影后和影城的工作人员闲聊，几个小孩都说自己看不懂，但来看的人又挺多，我说这就是王家卫呀，看不懂才要来看啊。

《东邪西毒》是经典中的经典，王家卫用卢梭《忏悔录》一般的手术刀，无情地解剖着人类，而这一切是用紧张得透不过气的情节和时快时慢的魔幻节奏来完成的。说实在的，当华丽雍容的张曼玉两眼空洞地说“在我最好的时候，我爱的人不在我身边。要能重新开始，那该多好啊”时，令人直想哭。

和大唐的诗人们一样，江湖豪客无不善饮，西毒张国荣道出了个中奥妙：酒越喝越暖，水越喝越寒。所谓的情，无不与温度有关，是一种取暖的需要。只是大侠们刀剑在手，就浑身是刺，更像一群严冬下洞穴里的刺猬，既要彼此扎堆，又不能相互扎着。

记得中学作文时，写过“相濡以沫，不如相忘于江湖”的句子，受到老师的表扬。直到前几年重读《庄子》，才知道这个句子的原意，是说小水坑里的鱼儿们，为了苟延残喘，嘴递嘴地喂着泡沫，这是成全他人的生存，但又何尝不是保持自己的存活呢？这才是真正的江湖啊！

据说王家卫很喜欢江湖上的朋友，不怎么理会那个演艺圈，他的招牌是永远戴着墨镜。有个十分好奇的家伙，终于看到过他摘下镜子的样子：两只小眼滴溜溜地乱转，像极了精明的老鼠，与外表的酷烈太不般配。显然，墨镜可以拒绝别人，也可以掩藏自己，就像影片里告诉我们的：

要想不被人拒绝，最好的方法就是先拒绝别人。

人们不介意被人所用，他们介意的是不被别人重视。伟大的事业就像伟大的战争，只要做出牺牲，就需要进一步牺牲。让你的事业成为他人的希望所在，那份希望是他们账上的资产，也是你成功的机会，他们在你身上投资越多，就越有可能一次次地投下去。赢得一个支持者的最好的办法，就是让他为你做点什么。用本杰明·富兰克林的话说就是：“如果你想交一个朋友，那么就请他帮你一个忙。”

人生哲学

算好自己的人生账

改革开放以来，历经了数次致富浪潮：最早开始练摊、倒买倒卖，随之皮包公司、批文走私，然后炒股坐庄、企业兼并，最近则为圈地运动、海外上市。现在，连老外都知道政府角色之重要，从发许可到监督实施，一直是招商的庄主。但凡谁想赚钱就得像打通关一样，不把那些红圈圈的章子盖齐，游戏没法玩。

其实，今天赚到最后一桶金的大富大贵们，多少都与当年国企拍卖有关系：有的退二进三，拿到黄金地段搞开发；有的换汤不换药，直接海外上市；有的搞管理者收购，由公仆变资本家；有的低买贵卖，拿钱走人。

世界是靠公平法则运转的，月圆月缺、潮起潮落之后，往往露出狰狞的礁石，有暴富的，当然就有破产的。有一利益团伙因干得太过分而锒铛入狱，其中一个副市长感慨地说："我们卖破产企业发了大财，由于缺德也进来了，现在妻离子散，在这个意义上，我才是一个人生的破产者！"单就算账而论，这话不无道理。

某市建设局局长入狱后，习惯性地算起了账，他们一家年收入几十万，有着多种合规合理的待遇，而今整个人生完全改变了，从七笔账中，可以看出损失惨重：

第一笔政治账：终结了前途无量的政治生涯；

第二笔经济账：原有财产没收，丧失收入来源，可谓倾家荡产；

第三笔名誉账：全家人已无法面对社会，彻底身败名裂；

第四笔家庭账：夫妻入狱，儿子在美国打工度日，无法享受天伦之乐；

第五笔关系账：帮过的人形影不见，得罪的人幸灾乐祸，被踢出了过去的势力圈子；

第六笔自由账：进来才知道，失去自由是人生最大的痛苦，平平安安、团团圆圆成了最大的奢望；

第七笔健康账：心理的崩溃造成多种疾病缠身，治疗也得不到保障。

冯导在《甲方乙方》之前，拍过一电视剧《月亮背面》，讲述两个恋人闯海南，陷入灯红酒绿而酿成人生悲剧的故事。这部电视剧原著小说的作者王刚警醒人们：月亮的圆满温柔背后，充斥着崎岖的圆坑。就像富丽堂皇的酒会上，将军戴的哪一枚勋章不是无数条生命换来的呢?！生命的账永远是无法精确计算的。

江湖上传说有一本奇书《人生核算》，作为教材发到一位位官员手中，书中告诫所有的上位者一定要算好自己的人生账，千万别犯一失足成千古恨的错误。作者提出两大警戒线：一是坚守正确的权力观，别把公众信托当成私人权力；二是别自作聪明，要像处女般守身如玉，并痛心疾首地反复叮嘱：

“千万不要干那致命的第一次！”

你至少值一千万

经过三年的忙碌，许多人进入大学以后都松懈起来，究其原因有很多：一是失去阶段性目标而放松；二是青春期的心理躁动；三是对专业和职业缺乏认识。不少孩子资质平常、家境平常，考入的院校一般，专业也一般，所以谈谈恋爱上上网，学业马马虎虎过得去，也就行了，尤其在巨大的就业压力下，不少人觉得读书并无多大用处。

霍霍正是这样一个孩子，口头语为："大学生比土豆都便宜，学习好还不如关系好。"有一天，在政府部门工作的老姑父把他叫到了家里，吃得差不多了，从筐里拿出了两个土豆，然后说："大学生肯定是贬值了，土豆却是越来越贵了。即使都是土豆，行情也是不一样的。"

说着，老姑父指着那个大土豆说："这种至少1.8元一斤。"同时，拿起那个又青又小的问道："这种要多少钱呢？"霍霍眨了眨眼，迟疑地说："一元钱？"对方抬手把青土豆扔进了垃圾桶，大声地说："白给也不要！这种货色不光肉酸皮厚，而且长有青芽，这是有毒的。"说完，俩人回到了沙发上。

老姑父沏了两杯茶，语重心长地说："不论繁荣还是危机，人总要吃饭，所以土豆不会没人要的。贵也好，贱也好，土豆必须得成熟，毒土豆谁也不敢碰！同样道理，学什么专业并不重要，关键是学通学透，成为一个有用的人。"打这之后，霍霍变了许多，一直到结婚生子，都保持着成熟稳重。

婚后不久，老姑父自己来做客，听霍霍谈些婚后生活的单调无聊，

大学生肯定是贬值了
土豆却是越来越贵了
即使都是土豆
行情也是不一样的

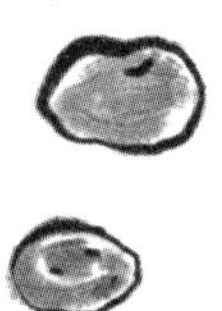

他没说话，然后走到阳台，夸起那盆盛开的君子兰。这下可有了话题，从施肥、浇水，到剪枝、换土，还有刮风下雨的搬来搬去，霍霍说起来没完。老姑父一直在微笑，突然插话说："噢，多么细心周到啊！那么，你为自己的婚姻又做了些什么呢？"

春节期间，霍霍全家来看姑姑，两家人其乐融融。霍霍说现在一切都好，就是挣得太少了。老姑父品着酒，半天没说话，忽然问道："给你200万，让你变成我这样的老头，干吗？"霍霍想了想，摇头不干。老姑父接着发问："那就1000万，今年年底就死，你干吗？"霍霍当即表态："不干！"老姑父哈哈大笑起来，言道：

"想想，你这不是很富有吗？至少还值一千万哪！"

在高处立、着平处坐、向阔处行

北京堵车的原因很多，环路的建设格局就是其中之一，有车族都知道，在没有事故的情况下，环路会莫名其妙地堵着，然后毫无征兆地顺畅起来。为什么呢？这是“幽灵效应”造成的：在西直门某辆车用了两秒钟变道，所引起的连续短暂停顿，使东直门的车至少受到几分钟的波及。繁忙高速一新手的急刹车，可能影响80公里以外。

有人说香港怎么不堵车啊？那是因为人家素质高、反应正确、出口安排合理，每辆车几乎都以固定速度行驶，形成一种优化的交通模式。而咱这圪垯，新手多、插队多、出租多、管理部门多，加上有俩糟钱就买车，怎么可能不堵呢！限行、高收费等措施都是拿纳税人耍着玩，有点用的只剩下交通台的“大家帮助大家”了。

等车的经历人人有过，越等越不来，越不来就越等，然后是后悔没坐地铁什么的，这就很像股市上的套牢。

原因在于人们总是做出好的预期，而无视相反的情况。所以按照职业经理人的做法，是必须设立止损，理智地设置时间点或风险线，因为经济学的逻辑是：“止损线可能就是你的生命线！”再来看几个小段子：

美国脱口秀可以尽情调笑总统和明星，但绝不敢嘲笑残疾人、肥胖症和精神病患者。

小孩子不用多想，是因为不知道；老人不用多想，是因为都知道。

马拉多纳的儿子来某队试训，接过一个橘子没有颠，而是直接剥了皮吃掉。

极致的爱永远和死亡有关，老舍说：“爱什么就死在什么上。”

韩国某集团为与盗贼殊死搏斗的清洁工庆功，他解释道：“每次总经理路过，总夸我一句。”

德川家康是人类史上最善于忍耐的人物，他的遗训不可不闻：人之一生，如负重远行，不可急于求成；以受约束为常事，则不会心生不满；常思贫困，方无贪婪之念；忍耐乃长久无事之基石；愤怒是敌；只知胜而不知败，必害其身；常思己过，莫论人非；不及尚能补，过之无以救。

美国有位移民，丈夫去世留给她三个没上小学的孩子，十年后她却当上了大公司的科技长。原因是采用“妈妈管理学”处理所有的琐碎事情：将家务全部外包；全家人在厨房贴需要添购的物品，然后雇工读生去买；旅游只去一固定地点待几天；工作上分级授权；从不自悲自怜；信任别人而不挑剔，简单的事情就简单处理。

《时尚先生》2010年9月刊有篇陈道明的访谈，他坚持不愿与别人甜如蜜，“人真到掏心窝子的时候，就离分开不远了”；男人的责任是于国、于家、于子、于友“不欠”；我戴着墨镜是表示，偷窥这种恶应当适可而止；如果所有该回家的人都回家，社会就会安定很多。最后，陈道明谈到了在西北某寺院记得的一副对联：

在高处立，着平处坐，向阔处行；

存上等心，结中等缘，享下等福。

再穷无非讨饭，不死总会出头

儿子小的时候，我总想给他灌输一些中国古典文化，连试了几种方法，后来发现，还是我自己小时候用过的招数最为管用：看小人书。四大名著买全了，我和儿子一起看，发现他最感兴趣的，还是《三国演义》和《水浒传》，对《红楼梦》至今还是不屑一顾的态度。至于《西游记》，远没有奥特曼令他喜欢，这一点让我很恼火，也很无奈。

有了共同爱好，就有了共同话题，爷俩开始互相考试。比如，把三国里姓张的、姓李的、姓刘的各数出二十人：张辽、张飞、张昭、张松、张任、张鲁、张布等，越往后数越费劲，往往是那小子记得比我多。再如，算算三国里的成语和俗语有多少：像什么赔了夫人又折兵、千里走单骑、三英战吕布、吕布戏貂蝉、温酒斩华雄、草船借箭、刮骨疗毒、三顾茅庐、万事俱备只欠东风、鞠躬尽瘁死而后已、华容道、走麦城等，多了去了。记得他上初一时，他们班让同学自办讲座，他和吕华晨谈三国，吕讲孔明、郭嘉、庞统、陆逊，儿子则卖起了老爹的那一套：一吕二赵三典韦四关五马六张飞。小哥俩侃了一小时，同学们听得兴高采烈，无奈要上别的课才草草收场。

我们爷俩喜欢的人差不多一样，三国里最爱张辽：一句“吕布匹夫！死则死耳，何惧之有”令人澎湃。白狼山力斩蹋顿，扭转乾坤；逍遥津一战，杀得东吴小儿不敢啼哭；最后护主战死，令人唏嘘不已，真是忠勇无双的千古烈士啊！而对水浒，偏偏都喜欢鲁智深。

我们认为英雄、豪杰、好汉是有差别的。鲁智深是真正的英雄，三

拳打死镇关西、倒拔垂杨柳、大闹野猪林、三山打青州、独力擒方腊，帮的是弱者，揍的是狠人。他从来未为自己打过架，至情至性，真乃罗汉也。武松属于豪杰，景阳冈打虎、翠云楼杀人、怒斩西门庆、醉打蒋门神，他是一个天生的杀手，对朋友亲人咋都好办，如果是对手，对方肯定倒霉。想起他为吃一只鸡，把孔亮打个半死，对这位老兄，内心里只有敬而远之。李逵是好汉，虽有孝心，失母喂虎；虽忠虽勇，嗜好血腥。每当看到书上，这位老兄光着上身，手提两把板斧，一路砍杀过去，心里就直打鼓。无论是江州劫法场，还是三打祝家庄，他杀死的群众肯定比砍死的战士多，真是好一条汉子！要是放到现代社会，还是早点枪毙算了。

说到现代社会，流氓、无赖、痞子也是有区别的。流氓属于黑社会的下层，有非法牟利的成分，而且成帮成派，王作家的一句“我是流氓我怕谁”有些借招牌唬人的意思，但至少说明：即使是对政府，他们也是有些不在乎的。无赖是在法律之内、道德之外的无理取闹之徒，比流氓的层次低，专门欺负些小商小贩，王作家的另一个段子，像是说的这些人：

话说北京城，一无赖喝高了，晃着膀子骂咧子：“谁敢惹我？谁敢惹我？”这时一彪形大汉凑过去，小声而很肯定地对他说：“我他妈就敢惹你！”无赖立马抱住大汉的胳膊，大声喊道：“谁他妈敢惹咱俩！”

痞子的称谓现在不怎么用了，过去指的是那些说话不算数还油嘴滑舌的人，尤其是那些没有工作四处乱窜的家伙。他们顶多是泡泡酒吧，欺负欺负学生，而没有专门的生财之路。

不管是古代还是现在，太平还是乱世，人类总要活着，而且要好好地活下去。最后，想借明贤法师和建欢他们的一句家乡话结束本文：

再穷无非讨饭，不死总会出头！

如果你想交一个朋友，那么就请他帮你一个忙

第二次世界大战期间，一个富有的犹太家庭召开紧急会议，一个小时后，他们将全部被送到有去无回的集中营，因此必须把两个后代送到可靠的朋友那里保护起来。大家争论不休，最后只剩下两个可以投靠的人选：一个是使他们富起来的商人，另一个是这个家庭一手扶持起来的银行家。最终家长拍板，分别送一个儿子到这两个人处。结果出人意料，受其恩惠的银行家，将他们的儿子送给了纳粹；而一直帮助这个犹太家庭的商人，把那个孩子送到了美国并安置好。2003年，已成为亿万富翁的那个幸存者，在《纽约时报》的头条上发表文章：不要期望你帮助的人，一定会给你回报；而一直帮助你的人，差不多总会帮助你。这是一种人性的轮回！

早在五个世纪前，意大利政治家马基雅弗利就发现了人类的一种天性：你在一个人身上付出越多，你就会变得对他越忠诚。他注意到，当一座城市被围困，人们在城墙内经历困苦的时候，当他们为保卫国王而经历恐惧与饥饿的时候，他们对国王的忠诚不是减少，反而进一步加深了。从此以后，他们甚至会感到自己与国王的关系更加紧密了。马基雅弗利的一句睿智的格言是："施恩与受恩一样，都能使人产生义务感，这是人的天性。"

美国前众议院多数党领袖托马斯·S.弗莱就有过这样的经历。一次，他乘坐的小飞机在华盛顿州东部的一个乡村失事，当地一个人救了

他。虽然那个人以前从未听说过弗莱的大名，但从此以后，却为弗莱的竞选出钱出力，任劳任怨。在其他一些场景，也会产生同样的纽带：那些伸手帮助过你的人，往往会养成习惯，在你未来的道路上一直关注你、照看你，努力证明他们当初的“发现”是多么有远见。

当你开口向某人请求帮助时，你隐含的意思是，让别人在你身上下赌注。然而，很多人不愿启齿请人帮忙，他们觉得那样做，等于承认自己弱小，他们固执地认为，依靠自我才是强者的行为。这种“一切靠自己”的心态，有时可能是十分致命的。对于一个参与竞争的人来说，那意味着，他将被限制和孤立，而没有同盟者。

一个人在被追求的时候，总会产生快感。高明的政治家都懂得，当你向一个人提出请求时，并不等于你只是在要求他付出，其实，你也把他想要的东西给了他：让他有了一个参与其中的机会。对此，来自加利福尼亚的议员杰斯·鲁昂有一句最粗俗的褒奖：“如果你不能喝干他们的酒窖、拿走他们的存款、骗走他们的女人，并且第二天一早就投出对他们不利的票，如果你做不到这一切，你就不配站在这里谈政治。”

人们不介意被人所用，他们介意的是不被别人重视。伟大的事业就像伟大的战争，只要做出牺牲，就需要进一步牺牲。让你的事业成为他人的希望所在，那份希望是他们账上的资产，也是你成功的机会，他们在你身上投资越多，就越有可能一次次地投下去。

赢得一个支持者的最好的办法，就是让他为你做点什么。用本杰明·富兰克林的话说就是：

“如果你想交一个朋友，那么就请他帮你一个忙。”

蒲公英的自在

做个都市人其实挺麻烦的，这个证、那个卡的，就那些密码，我已经不知忘了多少回了，所以如今都随身带着个硬盘，把一些容易忘记的事情记在上面。在城市里，房子车子也是个麻烦事，养孩子固然是系统工程，养房养车也不容易。

张发财有次在微博上说，楼下买了五年的房子终于开始装修了，把

蒲公英看似身不由己
却有着机缘成熟之后的自在

他改造成早上八点准时醒的正常人了。听那激昂高亢的电钻声撕心裂肺地怒吼着：嗒嗒嗒嗒，嗒嗒嗒嗒，嗒嗒嗒，嗒嗒，嗒嗒嗒嗒嗒嗒，就把它当歌听：我在遥望，月亮之上，有多少梦想，在自由地飞翔……

这些无法回避的烦恼很多，像作家这样把电钻声当歌听的应该很少，其实他私底下指不定气得大骂，抑或急得撞墙。打小都市长大的人基本都习惯了，适应了林林总总的丛林规则。与生活中的那些方便相应，付出被约束的成本是必须的。所以，地铁里总有些拿着佛书的人，可能是着相，只要能自安即可。

那天从外地回京，已经是晚上九点多钟，我写了一条微博：地铁门打开，两位上宽下窄大红大绿的女子炮弹般冲入，然后夸张地奔过来，指着头顶的地铁运营图，大声地讨论起来："我们上的是哪站啊？这是什么站啊？"骑驴找驴的事常有，可连自己骑驴都不知道，却是令人奇怪。

网上有人讲了件亲身经历，则多了些温馨的味道。他有次从地库出来，忘记带钱包了，被卡在了出口。后面车里是一位年轻漂亮的女孩子，问了情况，就大方地帮他把钱垫了，还将剩下的钱塞给他，笑道："指不定你再进地库，就碰不上我这种雷锋了。"那哥们感动得不得了，非得要人家电话好还钱，姑娘却摆手笑着说："钱都给了，就别惦记人了。"

先哲说："有所为，有所不为。"这话是至理名言。它最基本的意思是，有的事能做，有的事不能做；再往深了说，意思是有能做的事、就必然有不能做的事，反之亦然。佛教认为，为是入世的、不为是出世的，所有的为都是为了不为。网上有言："生活就像蒲公英，看似自由，却身不由己。"我却以为："蒲公英看似身不由己，却有着机缘成熟之后的自在。"

浮生若茶

据说找工作的人，有三种境界：找饭吃，找酒喝，找茶饮。生活无着的人，工资就成了命根子，把肚皮填饱是头等大事。衣食无忧而想有所发展的人，对团队就会有选择了：喜欢大碗喝的，去找凉啤酒；喜欢小杯饮的，最好有茅台；土的米酒，洋的葡萄酒，更是各取所好。而所谓的成功人士，更喜欢品茶：龙井的清，普洱的醇，铁观音的味，猴魁的形。茶不仅代表档次，更是入道的途径。

茶的发现，按照中国的说法，当然是与神农氏分不开的。神农氏尝百草而得“茶”。日本和印度还有一种说法，一苇渡江的达摩祖师，面壁十年而不睡觉，有一次不留神睡着了，祖师很生自己的气，就把自己的眼皮割了下来，丢到地上。过了几日，丢眼皮的地方居然长出棵小树，而祖师再困的时候，嚼几片树上的叶子就不想睡了。这棵小树，就是茶树。

关于茶的故事，不知凡几，选几则有趣的，供大家玩味。

浮生若茶

释圆和尚接待一个屡屡失意的年轻人，他用温水沏了一壶名茶铁观音，年轻人呷了两口，表示毫无茶香。释圆让小和尚再拿来沸水，重新沏了一壶，这时只见茶叶翻滚沉浮，一股股清香袅袅溢出；如是注了几次沸水，更醇更醉人的茶香，开始在禅房弥漫。释圆告诉小伙子说，用水不同，茶叶的沉浮就不同，如果用温水，茶叶都浮在水之上，无法散逸它的清香；而用沸水，茶叶就在滚沸之中，释出了它春雨的清幽、夏阳的炙热、秋风的醇厚以及冬霜的清冽。

茶道如此，人生之路何尝不是如此！年轻人释然而去。

牵牛花与一枝梅

日本战国时期，丰臣秀吉听说大茶人千利休茶庭里的牵牛花争奇斗艳，就派人通知千利休：明天过去看看。第二天，丰臣秀吉来到庭院，却连一枝牵牛花的影子也没见到，心中颇为不快。穿过茶庭，从狭小的入口钻进茶室，秀吉猛一抬头，唯一的一枝牵牛花巧巧地装点在那里，刹那间，秀吉品味到了在满园盛开的花丛中，所无法感受的另一种美感和意境，那是一种枯寂之美！这正是千利休的用意所在。

又有一天，丰臣秀吉心血来潮，命人准备了一个注满水的黄金大钵，钵旁放一枝怒放的红梅，然后对千利休说：请用它们装点这座茶室。钵大花小，秀吉成心看笑话。却见千利休从容不迫地来到大钵前，一只手倒拿起那枝红梅，另一只手顺着枝条撸了下去。一时间，红梅花瓣和蓓蕾纷纷飘落，在黄金大钵的映衬之下，极其灿烂地映照了整个茶室：好一幅绝妙的景致！秀吉不由得惊呆了。

咸淡滋味

有一天，夏丏尊拜访刚刚出家的弘一法师李叔同，见他吃饭时只用一道咸菜，忍不住说：“你不嫌只吃这一道菜太咸吗？”法师回答：“咸有咸的味道。”饭后，法师端着一杯开水，夏居士又不由得皱眉说：“没有茶叶吗？整天喝这种开水，受不了的。”法师又笑笑说：“淡有淡的味道。”

自幼锦衣玉食的李叔同，出家后极尽简朴，一条毛巾用了三年。个中滋味，唯心自知。

保富法

俗话说：发财不难，保财最难。旧上海总商会会长聂云台对这句话感悟颇深。作为曾国藩的外孙，聂云台秉承“宁可讨饭也不为官”的遗训，以家族智慧翻云覆雨，终成上海滩第一商人。但五十年风云变幻，聂居士屈指算来，最初的富豪能存活下来的，几乎百无一二。

当年湘淮两系平定太平天国之后，封爵的有六七家，做总督巡抚的有二三十家，将军以上的数不胜数，先升官后发财，每一家都是威势赫赫。而最后能维护家族传统的，仍不过曾、左、彭、李这几家，究其原因：一不从政；二不积财；三鼓励子弟从事学术。忘记了耕读这个根本，其他家族之败亡也就不足为怪了。

曾文正公在位二十年，未曾造过一间新房、买过一亩新田，死后只留下两万两银子。他亲创两淮盐票，价低利高，每张原价两百两，后卖到两万两，每年的利息就有三四千两，而曾国藩特别谕令曾家人，不准承领一张。像这种合法收入尚且严戒，何况其他。

当时中国首富为上海哈同花园的老板，因无子女，八万万银圆的遗产最终归了他人。按当时利率，每年的利息就有1600万元，足以接济江浙两省的贫民，可惜这个大富翁生性吝啬，不仅生前所有变成梦幻泡影，更带了一身罪业往见阎王，而且在历史上留下了一个不好的口碑。真是首富难当，何苦来哉！

何谓富？富为丰厚有余之意。何谓富之标准？以现金来算，价值总在变动中；以货物来算，终不可恃；以身家性命来说，终不脱《红楼梦》里的“好了歌”。“大富由天，小富由人”，人为之富是自私的、物质的、暂时的；天然之富是大公的、精神的、永久的。

聂云台认为：“聪明的发财者，是以财养善，以钱护道，以金济贫，由助人之中发现自性的爱心与快乐。这种人能够以有形之钱，换取无形的功德，吾说这才是真正的‘保富法’。”

作为大居士和弘一法师的同门，聂居士始终认为，没有慈悲心的富人，是这个时代的悲哀。他说：“希望自己的子孙发达，这是人人同此心理；然而结果却是多数适得其反，为什么呢？因为都是不明白‘积善之家，必有余庆；积不善之家，必有余殃’的道理啊！”

打狗不如喂狗

古时候的通信交通都不发达，行走在江湖上的人主要是靠一张嘴和两条腿，也就是嘴要能说、腿要能走，既要懂得拜码头的潜规则，还须善加利用才是。记得武侠小说中，每逢弟子出门，师父总要谆谆教导：“有几种人不要惹啊，残疾人、出家人和女人。”

不惹女人很好理解，因为能出来混，肯定后面有一个硬硬的靠山：师父、老爸、老公或一伙子亡命徒，比如孙二娘、扈三娘、风四娘，这帮子老娘们不惹别人就不错了，懂点门道的哪里敢招惹她们。像灭绝师太就更厉害了，势力大、手段狠，心理又变态，况且还是位修行人。修行人分好几种，峨眉派师出郭襄，属于道家，武当、青城、崆峒等都是，而少林派为佛家，一般称作出家人。

出家人之所以出家，是为了修行，按照某种法门探索生命本源，同时与人为善，帮助所有可能帮助的人。他们不好惹，一是所求无多、持规守戒；二是都有本事；三是团队观念强；四是有道德的人往往尊重有信仰的人。我曾经与一位法师谈及利益纠结问题，他一笑说：“我们出家人连家都不要了，还在乎这些吗？”所以说，所谓的亡命徒是比不过出家人的，人家才是真正“不要命”的人。

小说里常有些天聋地哑一类的高手，出手往往惊人，他们肯定自卑过，或受到过一些非人待遇，心理可能扭曲，所以这种混江湖的人，不光对别人狠，对自己更狠。另外出于道德考虑，官府、士绅乃至强盗，大都不为已甚，奉行“得饶人处且饶人”的原则。

我从小到大，对一类人始终缺乏好感：乞丐。这似乎是中国人的某种传统。别看洪七公、苏乞儿在银幕上那样英雄侠义，在现实中，我一个也没遇到。地铁里、红绿灯下、地下通道旁，随处可见乞讨的人群，或残疾或褴褛或衣冠整齐，干的都是同一件事：影响公共秩序的同时，滥用人们的同情心。

过去的东北农村，家家户户都养狗，见到熟人会凑过去，而只要是生人，一定狂吠不止，咬得最厉害的就是乞讨者。那时天灾人祸不断，一到立春左右，关内人隔三岔五地来讨饭，老人们都会多少给点，但家里妇女即使给了，也得数落几句，孩子们在一旁起哄，狗们更叫起来没完，心里可能在想：又抢我口粮来了。对要饭的较凶的，往往是些水陆码头，在辽南流传这样一句话："金复海盖，辽阳在外。"虽然有好几种解释，但金州、复县、海城、盖县几处确实对人家不够友好，没像辽阳那样赢得口碑。

村里还流动着一个秘密的群体：耍钱鬼。他们在夜深人静的时候，约好到某村某户，用帘子遮住昏暗的灯光，兴致不减地开始赌博。村人很瞧不起这帮妄想不劳而获却往往倾家荡产的人，但狗很喜欢。为了掩人耳目，赌鬼们兜里都揣几块碎肉骨头，狗一叫，就抛出去一小块，狗颠颠地走了，他也赶快溜了。

在一个饭局上，沈阳一帮老板说起在社会上受人欺负的事，既觉得惹不起，又咽不下这口气，结果四处托人，花了好多冤枉钱。某位运输大哥说，自己的三舅为旧社会有名的赌徒，专门做个皮兜装骨头，传授他说："你拎根打狗棒，打一条来两条，把主人还招来了，能有你的好吗？混社会千万记住：打狗不如喂狗啊！"

高处不胜寒

当年王石身体不好，甚感灰心，理了理自己未了的心愿，竟然是爬山。经过了好一番准备，他发觉这事不比做企业轻松，凭着过人的执着，一发不可收地翻过了一座又一座高山，包括世界上最高的珠穆朗玛峰。一班小兄弟见猎心喜，纷纷加入攀登大军，而后又纷纷半途而废，冯仑曾总结道："说好了晚九点睡觉，我们都聊到快后半夜了，只有王石按点睡起而一丝不苟，这份严苛无人能比。"

高处不胜寒

人生一世，草木一秋，追求成功是世人的本能，比如当官要干到省部级，经商须进入福布斯，搞体育则要以刘翔和姚明为榜样。这种心态使得不少人以为，在高科技的帮助下，只要有钱且身体好，人人都能攀登珠穆朗玛峰。其实大谬不然。

有一天，何新遇到一位消瘦清奇的七十长者，此公为著名“驴友”，屡历大难而不死，刚刚从珠峰登顶而归。于是问道：“当您站在世界最高峰上，感受如何？”老人淡然一笑说：“只想快点下来！”周围的人都有些吃惊，何新又问：“途中风光如何？印象最深的是什么？”老人沉默了一下，答道：“登山遇难者的冻尸。”

于是，众人追问这样的尸体多吗，老人说在海拔七千米以上不时可见，有的还面貌如生。众人听后叹息不已。老者过了一会儿，又说，其实这些人多数是因为丢失墨镜而死的，因为积雪反射的紫外线极强，镜子脱落的刹那即可致盲，所以每个人都要准备许多副雪镜，以备不测。

在此次攀登中，他带了十副雪镜，路上或损坏或丢失，下得山来只剩下最后一副。当时路上，有一人丢掉最后一副眼镜后，独自闭目倚岩，所有人从他身边默然而过，谁也无言，谁也无奈！那人很快将成为冻尸的一员，在这条追求征服的道路上永不瞑目。

曾几何时，五星红旗、星条旗、太阳旗等插到代表世俗最高成就的珠峰，关乎国家的荣誉与尊严。在所谓的一次次征服的背后，人们再去审视，很难怀有占领者般的自信，因为只有在大自然的默许之下，人类才可浅尝。对许许多多的登山者来说，当年的征服之心早已变成了对大自然的敬畏和感恩，老人最后一声叹息：

“高处不胜寒啊！”

七年之痒

现实生活中，越是说不清道不明的事情，往往越需要表达，比如金钱，比如婚姻。讲究科学的人士，对内涵及外延都喜欢严格地界定，但在社会科学范畴内，这样是行不通的。比如“爱”，确实与氧气一样无所不在，不过氧气可化验，可解析，得出共性；爱却很难，如人饮水，冷暖自知。为什么会这样呢？是因为个人的体验问题。

体验也是经验，同一杯酒，不同的人喝了，反应肯定不同，今后对待的态度也会不同。离婚也是如此，据说女的第一次离痛苦万分，以后越离胆越大；男的第一次离像离开樊笼的鸟儿一样，以后便如同惊弓之鸟。有几个时间点很容易造成离异：一是新婚不久，二是子女离家之后，还有就是七年之痒。

造成七年之痒的因素很多，主要是外在因素的不和谐，例如性生活、金钱态度、婚姻方式的不适应等，现在社会舆论又十分宽松，所以好多在外地工作的年轻人，对婚姻并不严肃。还有就是内在因素的不和谐，但双方顾及道德、财产等诸方面因素，隐忍而冷战，到了子女离家，俩人年近天命，想明白了，索性离了清净。

《七年之痒》是玛丽莲·梦露主演过的一部电影，英文为“The Seven Year Itch”，随着电影的卖座，这名字成了外遇的代名词，并衍生成了西方谚语。婚姻到了第七年，感情都从激情期过渡到了平缓期，就像左手握着右手一样。有一种说法，认为人体的细胞经过七年才能全部更换，所以这时候的双方，完全不是相识时的那个人了。

我在微博上写过："所谓生气，无非两种情况，一是自己想得太多了，再就是想自己想得太多了。"一位老大哥现任文化厅厅长，很喜欢我的那本《淡定的人生处处禅》，常跟老伴说，这段话也道出了婚姻的真谛。据我观察，造成婚姻障碍的主要有五种不正确的心理：

1.自贪：斤斤计较，关注自身的利益、名誉，在生活里想得太多。

2.自恋：自己永远是对的，听不得半点不同意见。

3.自负：凌驾于别人的价值观之上，每件事都用"我"的尺子去衡量。

4.自纵：杀盗淫妄酒，沾染恶习，毁掉了自己的家庭。

5.自缚：在家跟办公室一样，总要讲理不顾情，不懂得感恩。

上述问题的核心是"自我"，就是不节制贪嗔痴，难以处理复杂的环境。现代人举办婚礼，有个交换戒指的仪式，就是把戒指相互戴在对方的无名指上时刻提醒自己：戒指，就是节制。一个只容得下自己的人，不可能拥有美满的家庭生活。记得子曰乐队有一首歌，主唱怪腔怪调地在台上拉长了声音说："痒儿……挠！"

家庭不是法庭

有一位朋友特别孝敬父母，但与兄弟姐妹的关系却处得不好。老父亲看在眼里、急在心上，在一次单独的聊天中，他问孩子：“你对哥哥姐姐们为什么不能像对我们那样宽容？”那位朋友当然举出了不少例子，以证明自己的尽力和委屈，等他说够了，老爷子站起来拍拍他肩膀，忽然十分严肃地说道：“家庭不是法庭，这是一个相互理解的地

家庭不是法庭这是一个相互理解的地方

方，要想讲理，直接去法院算了！”

我听到这件事，也很有感触。在中国家庭，老大多是勤勤恳恳，老小多是奸懒馋滑，而最不受待见的老二往往是最孝顺的。有一位张老二就说：“这就像三明治，最香的都夹在中间。”老人们也很怪，他关心谁不是看谁最孝顺，而是看谁最没能耐、最需要帮助，不少企业家哥们没少提到这类事情。

过去有个邻居家有三个小孩，两个女儿干得好，嫁得更好，老爸去世后，对老妈特别关心，隔三岔五地给钱或买些好吃的。后来，她们听小孩说姥姥把钱都给舅舅了，就十分生气，每次见面都要叮嘱半天，数落自己那不争气的弟弟。二姑娘更绝，买来好东西，逼着老妈当面吃光，才肯离去。老人夹在中间左右为难，最终郁郁而终。听到邻居们夸那两个姑娘，我始终不以为然，孝顺孝顺，不顺着老人来，那叫什么孝？

某富豪一家是开矿的，那是相当地有钱。一家人20多年同舟共济，相互之间没有什么大的矛盾，但我很奇怪的是，他们一家打麻将相互之间总是骂骂咧咧，不了解情况的还以为要打起来。我劝过大儿子几次：“孝顺固然重要，孝敬也是必需的，不敬，就意味着不孝。”后来，第三代逐渐长大，情况才得以好转。

还有一家有钱人，父母争着掌权，最终闹了离婚。本来五个孩子，最后分成了两帮，每逢过年过节，左边大院子是父亲带着大儿子二儿子过，右边大院子是母亲领着另外一帮过。我那哥们被母亲堵在公司大楼门口，又吵又闹地说他不孝。了解情况的我也只有摊摊手，这事谁也帮不了。

有一哥们前几年就收山了，最近却分外忙碌起来，原来是被自己儿子给刺激的。他和儿子看电视，探讨18岁以后要不要独立的问题，小孩始终心不在焉，被问急了，就说：“靠谁？还能靠谁，靠你呗！”哥们说：“我一想起还他妈要再养两代人，手里这点钱哪儿够啊！”

朋友们家庭聚会，偶尔会开玩笑说，如果配偶互换将如何如何，大家热烈讨论后，都付之一笑。其实，两个勤快的凑一块未必过得好；两个懒人在一起也一定饿不死。夫妻也好，父子也好，说穿了就是一种缘分，而且是大缘，如果双方都能追缘、惜缘、随缘，那家里没准就成了共同的净土。诚如人说：

男人是用来靠的，所以要可靠；女人是用来爱的，所以要可爱。

瞎子点灯

俗话说：瞎子点灯白费蜡，哑巴做梦永不提。古时候，有一天深夜，一个盲人从朋友家里离开，那位好友给了他一盏灯笼，盲人笑他多此一举，但朋友坚持说：“你看不到路，但别人可以看到你。”盲人觉得有理，高兴地打着灯笼往家走。半路上，盲人还是与别人撞到了一起，他生气地说：“我瞎你还瞎？没看到我打着灯笼吗？”对方回答：“哪儿有什么灯啊，你那蜡烛早就灭了。”

记得有一次，有人向登山专家发问：“如果我们在半山腰，突遇大雨，应该怎么办？”出乎大家的意料，专家说：“继续向山顶走。”那人再问：“山顶的风雨不更大吗？”专家耐心地回答：“往山顶走虽然遇到的风雨更大，却不足以威胁你的生命；在大雨中往山下跑，却可能遇到山洪暴发，而被淹死。”人生，有时就像登山遇到的这种情况一样，你逃避风雨，却可能被卷入洪流；勇敢面对，反而能赢得生存。

有一个日本人的习惯很独特，他在上班前总喜欢到酒馆喝杯酒。一天，大雪过后，他正走着，发觉有人跟踪，回头看去，九岁的儿子正踏着他留在雪中的脚印尾随而来：“爸爸，你看，我正踩你的脚印呢。”孩子的话突然使他为之一怔。他拥抱了可爱的小家伙，从此——戒酒了。

在一个村庄，有个人特别较劲，就是想把自己的影子赶走，但不管是打滚、跳水、行住坐卧，影子仍然亦步亦趋。一位乘凉的老人看着他觉得可笑，大声喊他说：“二柱子，你小子傻啊，来，站在树荫下不就行了嘛！”

黄昏，北大未名湖畔，一位哲学教授路遇一个失恋的学生，教授拊掌大笑：“糊涂啊糊涂。”学生很气愤，说：“你是老师，就可以取笑别人吗？”教授摇摇头说道：“不是我取笑你，是你自己取笑自己。”然后，教授很专业地给他分析说：“你如此伤心，可见你心中还是有爱；既然你心中有爱，那对方就必定无爱，不然你们又如何分手？而爱在你这边，你并没有失去爱，只不过失去一个不爱你的人，这又何必伤心呢？该哭的是那个人，她不仅失去了你，还失去了心中的爱，多可悲啊。我看你还是回去洗洗睡吧。”学生破涕为笑，向老师深深地鞠了一躬，转身离去。

在北京一家监狱的牢房里，关着十几名重刑犯。某天他们翻着一本《时尚》杂志。一名犯人指着一张珠宝图片感叹：“我妈要是能戴上这些首饰，一定很漂亮。”另一名犯人指着房地产广告说：“我妈要是能住上这么宽敞的房子该多好啊。”边上的一个犯人也跟着发感慨：“我妈要是有这么一辆好车，就可以经常来看我了。”最后，一个年轻的杀人犯捧着杂志良久不语，忽然掉下眼泪，小声地说了一句：“我妈要是有个好儿子，就好了！”牢房一片寂静，众人泪如泉涌。

生活如同密码锁

一位好友在妻子怀孕时，与妻子一同去农贸市场买土鸡，这哥们一眼就看上了那只高大、有着漂亮羽毛的芦花公鸡，可逛了一大圈下来，妻子却坚持买了一只秃头无翅的灰母鸡，并面对他的陈词，冷冷地回了一句："漂亮有个屁用，那些羽毛还占重量呢！"

说起来，好友是搞文学的，而他媳妇则是我们经济学院的师妹，这一类的争吵相伴了他们20多年，却始终没有影响彼此的感情。我一边感到好笑，一边回想起上企业管理课时，一位老师讲的一个非常好的营销故事，虽然没有什么浪漫的情怀在内，却令人至今难忘。

北京商学院某教授带班里20多名学生去双安商场实习，突然遇到中雨，教授看到大家只带了一把伞，就伸手接了过来，然后说："今天我们上一堂现实的营销课程，要求你们每一个人花最少的钱，用最合适的方式，自己想办法回到学校，看谁能做得最好。"说完，潇洒地走了。

教授没走几步，班里最漂亮的那个女孩子突然冲了过去，笑着对他说："老师等一下，正好我有几个问题想问，让我们一起回去可以吗？"得到许可后，两个人消失在雨幕之中。剩下的同学也都不甘示弱，纷纷行动起来。吃过晚饭，大家围坐在教室内，教授开始了最后的点评：

有六名用大塑料布回来的同学，虽然花钱极少，但起点太低，而且淋得半湿，得不偿失；

还有合伙买伞回来的同学，花钱也不多，同时合作精神挺可贵；

南方的那个女生，用五元钱买了一具草编枕席，今后还可使用，获得最佳创意奖。

产生争议的是北京的一个男生，他用120元买了双皮鞋，获得赠品伞，本来买鞋就是计划之中的事，他自己认为一举两得，比前面的同学要更合算。不少同学表示反对，毕竟有能力掏钱买鞋的人是少数，但老师认为“算是一种路子”。

最后，教授把最佳营销奖给了那名与他同行的女生，他说商机无处不在，同时也转瞬即逝，这名女生不仅率先抓住了最佳时机，而且不花分文成本，顺带着还请教了许多学业上的问题，增进了与大客户的关系，所有这些都是营销必要的因素。至于最差，他笑道：“还有三个同学没回来呢！”同时把脸一绷，严肃地说：

“生活就像一把密码锁，不仅要找到合适的数字，更要有正确的顺序！”

财、色、名、食、睡

上小学和中学的时候，一般都很羡慕那些进文艺队的同学，大凡进去的人，不光有特长、长相好，还有股子机灵劲。不言而喻，文艺界的人绝对都是人精，我以前的老板投了2000万元拍电视剧，后来和我说叫人蒙了，我问为什么，他说，人家掉眼泪是正常业务，咱也跟着掉，那是傻帽。

眼下的文艺圈有两位爷绝对是了不得，一位是赵本山，一位是郭德纲。前者是乡村的代表，后者为市井的典型。留心的人们就会发现，本山的小品和电视剧很少有性，羞羞答答、磨磨叽叽地几十集过去了，那男女主人公连手都没拉过。看本山的剧贫得过瘾，但很难感动，这是一个重要原因。其实在农村的广阔天地里，在世风日下的今天，那点破事早就不算什么了。奇怪的是，郭德纲的相声里从头到尾地黄，经常还叫你听不懂，过一会儿再傻乐，弄得边上的人觉得你有病。

一次在酒桌上，一南方朋友对我说，他就佩服两个东北人：一个是张作霖，一个是赵本山。而我佩服的天津人好像也有两个，一位是李叔同，另一位就是郭德纲。郭这个人是自己熬出来的，有股子担当劲。像前几年的藏药广告，有人想给他下套，结果反叫郭德纲给涮了，他不仅敢做，在相声里还敢说：咱十几岁就出来混，什么事不门清？我不害别人，那已经是对社会做贡献了！其实代理什么广告，代言人大多没有什么选择，给钱就上呗，废什么话啊。就像你总不能每次卖菜刀的时候，都去叮嘱顾客说："别去杀人啊！"那不是自己找砍吗？

马斯洛认为人有五种需求，分别为：生存需求、安全需求、交往需求、尊重需求和自我实现需求。佛学里对人的需求分析更简单：财、色、名、食、睡。我个人觉得，这是根据人的欲望程度来划分的，而且越琢磨，越像是说文艺界的人。

比如说导演，不管拍古典名著的，还是拍都市情感的，首先个人的算盘，大多都是打得叮当响。据说有一位仁兄拿到了300万元投资后，100万元给了家里，100万元揣了兜里，剩100万元放到组里，您说那剧还能看吗？偏偏还起个足球的名字，够闹心的。

钱赚到手了，就开始琢磨色了：那种故事就多了去了，有男的和女的的，还有男的和男的的，估计也应该有女的和女的的。

然后是名：先是自夸，跟着众捧，公共场合谁敢有损名声，当场就和他翻脸。在这个圈里混，名就是脸，脸就是钱，钱就是命啊。

再就是吃了：你还别说，演艺界人士去的地方，都是性价比最好的，不光环境好，还保证实惠，这也是生存能力强的一种体现吧。

最后是睡：能干的人，大多会睡，像艺人们黑白颠倒，凡事全靠自己打理，如果不善于休息，经常失眠的话，那用不了多久，就不打自垮了。

有一位哲人说，花既不开，还想吃到果子吗？欲望和念头永远纠缠着脆弱的人类，唯有真理和道德才能使我们超越尘世，不再受财、色、名、食、睡之困。

幸福好像冰淇淋，最好不要拿出去晒

我不怎么会弄手机，但用上了苹果以后，确实觉得方便多了，尤其是可以随时上网。在机场，在路上，打开微博，写些所思所感，自己十分地享受。在北京的暴雨天，车里十分压抑，我在微博上看到了顾城的那首诗：“云，灰灰的，再也洗不干净，我们打开雨伞，索性涂黑了天空；在缓缓飘动的夜里，有两对双星，似乎没有定轨，只是时远时近……”忽然有种想哭的冲动，吩咐司机把车靠街边停下，然后一个人打着伞走进了雨中。

过去的思想家，多半也是文学家或诗人，不少人还做过政府高官，但当代具备这种资格的，我只想到了王蒙先生一位。前几天，贾市长要我推荐书，我毫不犹豫地说：“王蒙的《中国天机》。”作为我父亲的同龄人，王老把新中国成立后的大陆历史理解得太透彻了，只是字里行间，尚需有心人细心体味。

我还佩服沈善增老师，他是我师父觉真法师的好友，解读儒释道三大经典的“还吾”系列，可谓当世无双。沈老师刚刚出了新书《崇德说》，照例由上海人民出版社发行。有幸的是，我能得到老师的第一手亲笔签名书，在短短几分钟内，老师将我的名字“滕征辉”、法号“曙鹏”、笔名“傲楚阁”均囊括于工整的对联之中：曙光征瑞滕王阁，鹏路辉煌傲楚天。

我之前读过这本书的电子版，非常之拜服，推之为未来百年中国领袖的必读经典。中华文明的价值基准是什么？中国的国家价值观何在？

对于这些问题，沈老师追根溯源地做了极好的解读。我通过私信，订购了100本，准备转赠给周边勤于思考的好朋友们。此时已是深夜一点多，我忽然发现沈老的一条微博：

> 一直觉得《西游记》有个bug，唐僧肉吃完长生不死，他为什么不咬自己一口？咬完任你各路妖魔能奈我何？轻装上路差旅费还可省四分之三。后来想明白了，觉得吴承恩设计得真是缜密——和尚不能吃肉！

我还真是孤陋寡闻，不知道什么是bug，不过也简单，几十秒钟后已经百度到：“bug，英文单词，本义是臭虫、缺陷、损坏等意思，现在人们将在电脑系统或程序中，隐藏着的一些未被发现的缺陷或问题统称为bug。”显然，沈老师只是在调侃而已，或者见些趣味，随手取来。

唐三藏是所有汉传佛教徒的偶像，《西游记》铺陈的九九八十一

幸福好像冰淇淋
最好不要拿出去晒
否则，水不是水
奶不是奶
糖不是糖

难，隐喻的是很深的修行道理。巧的是，那天随手打开电脑看到了另一条微博“背景的力量”，对此却进行了另类的解读：“《西游记》里的妖怪，有背景的约11名，其中有灵山背景的9名，拥有灵山和天庭双重背景的一名，拥有道门和天庭双重背景的一名，最后都被喊回家吃饭，悉数得到解救。无任何背景的妖怪26名，其中20名被当场击毙，六名幸存者有四名终身为奴或改变了信仰。”

好笑之余，我留了言：背景是江湖的通行证。老爸是背景，老师是背景，老乡也是背景啊！在企业，在部门，在所有人群的背后，无不存在着某种强大的背景磁场。看到这里，心里竟有些阴沉起来，正要关机去洗洗睡了，忽然被一条新微博闪电般地击中：

“幸福好像冰淇淋，最好不要拿出去晒；否则，水不是水，奶不是奶，糖不是糖……”

朋友还是兄弟

从1988年夏天去海南经商至今，圈子里的朋友都知道我是“三多人士”：干的行业多，做过的企业多，朋友也最多。20世纪90年代末，我曾兼过十几个企业的法人代表，把自己累得跟陀螺似的。下属企业平时都躲得远远的，一旦贴着笑脸找来，一般不外乎三件事：资金链断了、拉你搞公关、内部闹矛盾了。好事一般都轮不到所谓的老大或领导。

这些年，我一直在想：什么是朋友？什么是兄弟？二者有什么不同？

有一次和朋友在报社里闲聊，历数音乐圈里的“人物”，无意中发现上榜的几乎都是北京人。京城的抠门不光是不埋单，还偏偏透着皇城根下的牛气。记得后来常上电视做评委的某个编辑愤愤不平地说：“天子脚下怎么了？天子脚下多是奴才！”

臧天朔当时在东三环开了一家酒吧，是京城专门玩摇滚乐的三家店之一，我们没事总去转转，跟着“小臧小臧”地乱叫。在我印象中，他酒前酒后判若两人，酒前煞是谦虚，嘴里除了老师就是兄弟，可一喝高什么事都敢干。小臧以一曲《朋友》红遍江湖，每次看他在演唱会上，拎一把吉他，扯着嗓子喊：“朋友啊！朋友！你可曾想起了我？”一班老朋友在台下就忍不住发笑，一首糙歌唱了这么多年，赚了不知几个百万。

这些年歌厅可没少去，几乎每次都有人唱《朋友》，有人唱的是臧版的，有人唱的是周版的，还有人唱谭版的或是无印良品版的。这四个版本的歌，从歌词到旋律，从歌手到受众，其实都代表着不同的心态和体味：

臧天朔像一个拉着板车的京城爷们，架势不能倒，挣钱不能少，但只要是哥们，那什么都好说，是倾向于混社会型的。

周华健如同混了20多年终于混明白的一个金领，不乏沧桑，不乏委曲求全，也不乏真诚，但可以肯定的是，现实中的做人高度，绝达不到他歌词里所唱的程度。

谭校长是一个老牌的大哥，谭版《朋友》的MV是香港明星足球队去韩国比赛的录影，画面情景交融，尤其喜欢曾志伟凌空射门的那个镜头。这年头说便宜话的大哥多了，可办真事的却太少。谭校长隔三岔五开演唱会，每当《朋友》旋律响起，台下小弟便阵阵狂呼，可真心感动的又有几人？

无印良品组合很像一对高中生，相互间有种朦胧的美感与真心的相应，这种说不出来的意味很令人心动。这是属于那个年龄段的友情，虽没有一生一世那么长久，却往往能开出生命中最纯粹的友情之花。或许如一句话所说："一对男女怎么也能凑合过一辈子，两个男的维持长久的友谊却很难。"

叫《兄弟》的歌没有《朋友》那么有名，但版本也不少，比如杨坤的那首以及刘德华的合唱版本。单就歌词来看，做兄弟比做朋友可多了一些火药味，否则杨老弟也不至于扯着脖子累成那样。在天津待过几年，我很羡慕当地人之间打打闹闹的情形，真正的好朋友是不会在酒局上无聊地相互往脸上贴金的。我还特意把《朋友还是兄弟》这篇帖子打印出来，送给我的一位好大哥刘哥：

朋友见面相互言笑，兄弟见面相互捶打；朋友见面相谈趣闻，兄弟见面相诉糗事。

朋友是所谓的益友，兄弟是所谓的损友；朋友只会在能力范围内帮你，兄弟会在所有情况下帮你。

朋友不能冒犯，兄弟却可以干架；朋友会先想到自己，兄弟会先想到你。

原则的问题，朋友会拒绝，兄弟会答应；出丑时，朋友会帮你，兄弟会笑你。

朋友生气需要道歉，兄弟生气需要赔笑；兄弟没你不行，朋友不缺你一个。

朋友会生气地和你绝交；兄弟永远不会真的生你气。

兄弟会帮你追女孩，朋友会笑你去追女孩；兄弟永远有摩擦，朋友永远都是圆滑。

兄弟会陪你闯祸，朋友会劝你别做；兄弟会帮你圆场，朋友会骂你活该。

朋友有的会说空话，兄弟只拿事实回话；朋友会等待你的行动，兄弟却会自己主动。

朋友可以不用关心你家的事；兄弟却可以从北跑到南拜访。

朋友永远只是朋友，兄弟一辈子都是兄弟！

朋友交往要随性如意

有位画家在郊区买了处带院子的房子，唯一不满意的是前主人留下的那些乱糟糟的花木。春天到了，他买来工具和花籽，准备好好规划一番，正巧诗人朋友来访，大侃“道法自然”的道理，于是就算了。秋天时，哥几个吃好喝好，开始舞文弄墨，末了在紫藤架下喝茶，看着野草繁花、绿树红果，画家端茶敬诗人等：“我观察这园子多半年了，悟出一道理：朋友交往要随性如意，就像这花草一样，自然生长总是最好的。”

在座的都深以为是，作家讲了自己的一件事。他有位中学同学位高权重，他和夫人去家里拜访，被富贵气息很是震撼了一下，临走时，老同学送了个iPad，说是方便他写作。出门后，夫人大感不安，成天念叨着说没带礼物来，还拿人家东西，一定要他退还。过了一段时间，他把iPad的说明书给寄回去了，还写了一封短信：

某某部长兄：上次送的礼物太贵重了，老婆大人令我退回，军令如山，不可不从，但我已离不开那玩意了，所以只好这么表示一下……

众人哈哈大笑起来，都说他有古人之风。

座中的收藏家是最富有的穷人，虽宝贝多多，但从来攒不了钱，有了就得买东西，他从非洲倒腾木材和象牙完成的原始积累，于是说了个那儿的事。当时，国家进出口公司去非洲考察鞋子的市场，结论是根本没有市场，因为非洲人不穿鞋子。而温州人去了后十分兴奋，所有做鞋的奔走相告：非洲的市场太大了，所有的人都还没有穿鞋子！

余下的一位是居士，苦修禅法，深得大家敬重，主人与他开玩笑："老兄，您是气色越来越好了，看上去也越来越穷了。"居士爽然大笑，抿了口茶，说起香严禅师的一首偈子："去年贫未是贫，今年贫始是贫；去年贫无立锥之地，今年贫得锥子也无。"沉默半晌，作家叹道："您是到了物我两忘的境界了。"

居士连称，如今浊世纷扰，哪里到得了这种程度，接着说起一件事情。南方的一位潜修居士年事已高，有一天忽然给亲朋好友群发了一条彩信，上面是自己安坐的形象，还有几句话："拙夫往生在即，冀盼西天重逢。"没几天，果然吉祥卧去，面容安和，身体柔软，室内似有香气。说到这里，居士举茶而言：

"诸位，人生如此，夫复何求！"

喂牙花子

有位朋友毕业于一家财经学院，现在是某大国企的财务总监。他打小生活在和平里一带，却天天往前门楼子一带跑，听一帮蹬三轮的老北京聊天。那时候打车的很少，好多居民喜欢坐三轮，方便又实惠，往往几个拐弯，就听一声吆喝："到了，您哪！"

后来出租车多了，三轮渐渐地走了洋务路线，复古成了解放前的人力车夫，当然收费也不菲。老外很喜欢这个，走胡同、穿小巷，品小吃、看古迹，虽说贵了点，其实挺划算。我的朋友为这没少推荐，凡是外地来人，总是劝人家："坐三轮啊，否则，您就算待十年，也不知道什么叫北京城。"

再往后，三轮车演变为社区专用，好多退休人员或外地人活跃其中，近的三元五元，远点的十块八块，他们不管红灯绿灯，像泥鳅一样乱钻乱串，用那哥们的说法："这叫时间就是金钱。"与此同时，打架的、翻车的，时而发生，在出租车老爷化的今天，这事实在是屡禁不止。

一般人了解人力车，不是看梁朝伟的电影，就是看老舍的《骆驼祥子》，解放前夕的北平，有四万辆三轮车，是一股不可忽视的社会力量。据说周总理主张转化处理，连公交车的小偷，都没有斩尽杀绝，这也是极高的管理智慧。现在不光是北京，二、三、四线城市的三轮车更多。2009年3月，三轮车夫蔡伟被录取为复旦大学出土文献与古文字研究中心的博士生，引起了巨大轰动。

那位总监朋友说，车夫们靠出卖体力养家糊口，虽说不易，但有时也乐在其中。他们干完活，并不急于回家，而是三五成群，凑到小馆里来两口。酒是散白，要够劲，菜就随便了，拌白菜、腌萝卜条，如果有猪头肉、散丹，那就赛过过年了。

坐一旁听着他们讲的北京话，和相声差不了多少，抑扬顿挫、高潮迭起，没有抽象词，一水的大实话。比如讲到某家俊俏妞，不会说漂亮、美丽之类，而是拖着长音："水灵着呢！"谈到书里的祥子，板爷们大不以为然：虎妞那可是有钱的主，又实心实意对他，傻祥子纯属在那儿装大尾巴狼。

1973年夏天，那哥们念小学五年级，问一位相熟的老爷子说："大爷，您这酱豆腐就酒，太凑合了吧？"对方俩眼一瞪："爷们，您外行了不是？旧社会我还嘬过牙花子呢。"什么意思呢？就是要一碟盐水，从兜里掏出一根洋钉子，即铁钉，喝一口酒以后，慢慢蘸着，细细地品味，而且小嘴吧嗒吧嗒，跟吃满汉全席似的。

您瞧瞧，这也是生活。

有人打你的儿子怎么办

北京有个老交警，在饭桌上讲过这么一件事：1989年夏天，他在西单路口值班时，看见一个学生模样的人倒背着手，骑自行车过马路，他急忙喊："手掌！手掌！"不料那家伙仍旧撒着把，双手高高举起，睥睨四顾，大声喊道："同志们辛苦了！同志们辛苦了……"

孩子小的时候都特别好玩，每位父母都珍藏着自己宝宝的那些美好。有个家伙的儿子才三岁多一点，非常调皮，被他打了两个屁板，小家伙捂着屁股去找妈妈："妈妈，有人打你的儿子怎么办？"那位当大学讲师的母亲微笑着抚摸孩子的头，说道："我会打他的儿子报仇！"小家伙一时无语。

东北农村有一位老太太，大字不识一个，但喜欢听收音机，尤其关心天气预报。有一天，家里来了个安徽客人，与老人家攀谈起来。果然，老太太对他家乡的天气如数家珍，使他敬佩不已。最后，老太太拉着安徽人的袖子悄声说："孩子，你知道局部地区在什么地方吗？干啥那地界天天都下雨啊？"

外企的几个同事前年五一结伴去泰山旅游，回来后讲了一件趣事：他们好不容易登上山顶后，虽然周遭还是灰蒙蒙的，但一轮红日喷薄而出，大伙都激动不已。一个人指着天空说："我看见了！"另外几个人也跟着嚷："我也看见了。"这时，不远处草丛中，一个家伙边提裤子边骂道："看见就看见了呗，瞎嚷嚷什么！"

前两个月，好友在席间给我发了个段子，颇为有趣：

不喝、不抽、不赌、不嫖的好男人最后会混成啥样

乞丐：老板！给我点钱。老板：我车上有酒，请你喝酒。

乞丐：不喝！给我点钱。老板：那好，我请你抽烟。

乞丐：不抽！给我点钱。老板：那我请你赌钱，输了算我的，赢了给你。

乞丐：不赌！给我点钱。老板：我请你洗澡吧。

乞丐：不洗！给我点钱。

老板：得了，跟我上车回家吧。让我老婆看看：

不喝、不抽、不赌、不嫖的好男人，最后会混成啥样！

老鼠嘲笑猫的时候，身边肯定有个洞

我们周围总有一些好心人，每到周末或逢年过节就来问候，虽然大多数人未必回信，但心里还是有一些被挂念的感激。最近手机上攒了二十几个这样的段子，删了蛮可惜的，反正无伤大雅，索性选几个放到这里，心领神会之处一笑而已。

某国外旅行团有一律师和一农民，律师建议互相出题，农民输了，罚五美元，他输了则罚一百美元。然后律师问道："月亮距地球多少公里？"农民一言不发地给了他五美元，然后开问："上山是三条腿，下山是四条腿，是何动物？"律师百思不解，输了一百美元。临睡前，律师追问答案，农民给了他五美元后，安然睡去。

某记者问地方领导对三陪小姐的看法，领导很吃惊地说："北京也有三陪？"结果第二天登报《领导飞抵北京，开口便问三陪》。再见面时，又问对三陪问题有何看法，领导面无表情："不感兴趣。"这次的报道是《领导娱乐要求高，我市三陪遭冷遇》。记者紧追不舍，第三次堵住领导问："您对三陪小姐没有看法吗？"

领导回答："什么三陪四陪五陪的，不知道！"第二天见报的是《三陪难满足，四陪五陪才过瘾》。到了第四次，领导索性一言不发，而记者依旧写了《面对三陪，无言以对》。领导忍无可忍地发了火，结果新的标题是《领导一怒为三陪》。最后告到法庭，结果媒体争相报道

《法庭将审理领导三陪小姐案》，领导当场晕倒。

老鼠嘲笑猫的时候，身边肯定有个洞。

站在山顶和山脚的两个人，虽然地位不同，但在对方眼里都同样渺小。

只要你愿意走，路的尽头仍然是路。

历史是最好和最坏的人创造的，而平庸之辈则是繁衍了种族。

世界上比被人议论更糟的是——无人议论你。

失败并不等于浪费时间和生命，也表明你有理由重新开始。

许多人爬到了梯子的顶端，却发现架错了墙。

所谓的才华，就是把同样的聪明用到了与众不同的地方。

所谓百依百顺，就是为了某种不可告人的目的，在实现之前，所表现出来的耐心。

解释永远是多余的：懂你的人不需要，不懂你的人更不需要。

朋友就是那种把你的毛病看透了，还能喜欢你的人。

成功就是站起来比倒下多一次。

人生在尘蒙

去海南考察项目的途中，很爱听同行的老规划局局长讲故事，他20世纪80年代做过预审员，办过许多案子，加上记忆好、口才佳，一路上听得我们很入迷。过去法律尚不健全，许多案件颇有些官府断案的味道，极具时代特色，若失传就太可惜了，我一直劝他有机会记录下来。其中有一个杀夫的故事，令我至今记忆犹新。

过去在东北农村，有不少外地人走街串巷，弹棉花的，崩爆米花的，收破烂的，还有一种锔锅锔碗的小炉匠。有位姑娘患有心脏病，人长得又瘦又小，26岁了也没嫁出去，后来经人说合，与一个山东的小炉匠结了婚，但说好不能要孩子。婚后一切还好，就是汉子性欲太强，天天得干那事，女的三天两头往娘家躲。

有一天下小雨，小炉匠挣了点钱，回家喝了几两，大白天强行在自家的炕沿上把事办了，那女人实在受不了了，看到丈夫自顾在炕上酣睡，就从柴火垛旁拿起斧子，照着头就砍了三下，然后一路哭着跑到治保主任家。

主任一听杀人了，一边通知乡里派出所，一边带人来看现场。到家一看，小炉匠还打着呼噜继续睡觉呢。

把人叫醒问了问，小炉匠才发现头上流有血，并满不在乎地说："两口子打架，你们别瞎掺和。"但派出所没多久到了，问女的是想杀他吗，女人点头承认，于是被带走，以故意杀人罪公开审理。在法庭上，小炉匠苦苦相求，跪在地上不起来，还指着治保主任大骂："我媳妇要是判了刑，我就去你家睡你媳妇！”后来判了缓刑，据说夫妻二人经历了这事，反倒过上了安稳的日子。

我喜欢安东尼·霍普金斯的很多作品，最欣赏的并非《沉默的羔羊》，而是《势不两立》，他饰演的亿万富翁揭破妻子与摄影师的谋财害命之诡计，并救恕了情敌的性命和灵魂。

佛家的五戒中，第一条就是不杀生，尤其是不能杀人。界定犯杀戒的标准为：第一所杀者有生命；第二杀害时知道其有生命；第三是有杀心，希望对方死；第四是用各种方法实施杀生行为；第五被杀者命断。杀人是最重的罪，不管因为什么，所造的业都将在轮回中以命相还，才可消除。冤魂所去不远，惟愿我佛哀怜，阿弥陀佛！

中戏、北电出的明星多，但出事也是最多的，网络上随处可见参加

人生在尘蒙
恰似盆中虫
终日行绕绕
不离其盆中
神仙不可得
烦恼计无穷
岁月如流水
须臾作老翁

初试复试的美女照，似乎这是一条铺满鲜花之途，不知是舆论误导呢，还是真金不怕火炼？前两年有位女星在家偶尔滑倒，不由自主地拽翻了大鱼缸，结果惨遭划死。感叹无常之余，有没有人想到其后更深的因果呢？还是记下寒山子大师的这首诗吧：

人生在尘蒙，恰似盆中虫。终日行绕绕，不离其盆中。
神仙不可得，烦恼计无穷。岁月如流水，须臾作老翁。

江湖规则

曾几何时，我有个口头禅：“喝了啊，谁不喝，谁不是人！”那时在天津，与某位局级干部老在一起厮混，他对我的说法很熟悉。有一天周末，一干兄弟摆酒为一位大哥接风，局座站起来敬酒，说的是：“诸位，能喝的，都喝了啊，谁不喝，我不是人。”这么一说，举桌而起，轰然把酒干了。

组局的学问

我经常组织饭局，如果是自己做东道主，一般早到一刻钟，先看看菜单，再和领班聊上几句，这样不同的客人到了，你也可以说上不同的话，这时候的交流往往是容易而亲切的。前一次，我等的时间太久，那几位都是迟到大王，因为没事干，就开始反省吃饭这事本身了，细细一想，发现在吃饭的程序上，是有很大学问的。

一般的程序是这样的：到了包房之后，往那儿一坐，服务员先给你倒杯水，然后点茶点菜；等客人们到齐了，开始上桌，主人居中而坐，右手为主宾，左手为次主宾，或者是引荐主宾的介绍人，中间对面坐的是主人的助手，负责张罗和买单，其他人相继而坐，女人最好安排在一块，她们有时需要表现得亲密一些，以示不同。

接下来是上小菜、饮料、酒，这时的小菜千万要重视，有些凉菜最好别点，比如花生的油脂含量太高，蜜枣太甜，香肠容易变质。一般可以点些酱牛肉、大拌菜以及豆腐丝等，荤素搭配得当才好。因为酒席刚开始之时是人的胃肠道吸收最好的时候，千万别点太甜太油的东西。高级餐厅餐前送水果，这是种非常好的习惯。

很多餐厅上热菜，都是先上肉菜，这是代代相传的老习惯。热菜一起，就开始喝酒。一般主人先举杯，说上那么两句，表明今天酒局的主题，然后先干为敬，这时大家都要陪着喝完；然后再说点场面的话，继续干杯，这叫好事成双。吃几口以后，主人开始敬主宾，这杯酒往往说上几分钟，出现一堆久仰啊、感谢啊等等的客套话。

现在请客，主菜很少点鲍鱼、鱼翅，小米炖海参比较普遍，价格也适中。之后各种菜陆续上桌，最后才是青菜和一条大一点的全鱼，寓意年年有余，为彼此的生意讨个吉利。在敬酒过程中，年龄和地位较低的一方需要走上去敬酒，酒杯比对方低半寸；而地位高的也不需要太客气，如果他也放得很低，人家岂不是更低？

主食都放在最后上，考虑到平常在家一般都吃米饭，这时上的多是些炒饭、面饼、水饺、韭菜盒子等。其实这个时候一般大家都吃得差不多了，点上一两种主食就足够了。最后是集体清完杯中酒，再吃几口水果，然后握手言别。想想吧，如果天天吃这种宴会，铁人也受不了啊！

这种饭是为别人吃的，是中国特有的酒局文化。最近几年，我对这种局能推则推、能躲就躲，尽量找几个相知相得的朋友，组那种为自己吃的饭局，再带上爱喝的酒，免除一切虚头巴脑的客套，点几道清新可口的小菜，避免那些大鱼大肉。这样的饭局其实日餐是很好的选择。尤为重要的是，吃的顺序一定要按照科学合理的原则，重新调整。

我和一帮朋友都认为，广东的吃法是最科学的，第一步一定要先上汤，最好是例汤，青菜豆腐汤也行，先占据胃的一定容积，有利于减肥和养生；第二步，应该是上主食，这叫打底，因为人体最需要的垫底东西就是主食，胖的人适合选择米饭而不是馒头。

接下来可以饮酒，包括啤酒。在非喝不可的情况下，德国啤酒是最佳的选择，一定程度上可以替代主食。再下一步才是青菜，它为人体带来足够的维生素和矿物质。最后才吃肉菜，肉菜中最好的是深海鱼类或小鱼小虾，然后是牛羊肉，或者鸡鸭肉，最后才是猪肉，尤其不能吃猪的肥肉。我曾经总结过：

“吃什么补什么，是有道理的。如果不想成为垃圾，最好别碰那些垃圾食品。”

人世间最好的是舌头，最坏的也是舌头

我在天津赶上一饭局，高级领导有五六人。席间谈及某公，褒贬不一，主位忽然发言了："这小子不错，1998年在深圳富丽华，上的螃蟹有这么大。"看手形，确实不小。于是话题有了，谈场面的、谈酒的、谈参肚鲍翅的，不一而足。我在一旁冷汗都快下来了，对十几年来吃过的饭菜都记忆犹新，这地界的老大们也太注重吃喝了吧?

国人历来有"民以食为天"的传统，但仅仅把这句话当作解决温饱来理解，可就大错特错了。中国饮食文化从发祥到光大，更多是在庙堂而非民间，由帝王到贵族，从衙门到商贾，宴会可不仅是为了满足口腹之欲的，而且还包含着面子地位，也反映着亲疏远近。就说"食指大动"这个典故，为了争口吃的，郑国国君连命都搭上了。

公子宋有个习惯："食指一动，必得美味"，常常以此夸耀。郑灵公有次炖了二百余斤的大鼋，偏不给他吃。这哥们恼羞成怒，走上前从锅里拿起一块就嚼，意思是："怎么的吧？我食指哪儿能白动！"郑灵公玩人不成反被玩，气得直想杀人。结果他没杀成人家不说，几个月后，反被对方用装满土的布袋生生地闷死在郊外，导致郑国大乱，再没恢复元气。

李国文先生有篇《吃喝二事》，先讲故事再讲理，对这种事分析得至为透彻。他说，明末冒辟疆请客，慕名邀一位淮扬大厨主持，来者却是女流，言道："一等席，羊五百只；二等席，羊三百只；三等席，羊一百只。其他猪牛鸡鸭，按同数配齐就是了。"看这架势，作为巨富的冒公子也只敢选了中等水平。宴会那天，厨娘盛装而至，统帅似的指挥着一百来个厨师操作。每只羊只取唇肉一斤，余皆弃之不用，她还说："精华全在唇上，其余无不膻臊，是不能上席的。"这顿饭花的银子，连冒的知己董小宛都心疼了。

万历首辅张居正，好食好色，家中妻妾丫鬟好几百，戚继光投其所好，送去海狗肾以供煲汤。结果张大人奇热攻心，大冬天不戴帽子，下属官员也如法炮制，形成了紫禁城外一道亮丽的风景线。

根据这些细节，不难想象当权者的豪奢，然而因果不爽、造化弄人，这几位下场皆是不佳。冒辟疆落难时，"火焚刃接，惨极古今"；张居正被万历皇帝清算，举家人成为饿殍。早知如此，何必当初啊！

我母亲说，很喜欢我写过的那篇《舌头的故事》：人世间最好的是舌头，最坏的也是舌头。李先生根据这些年来落马贪官的经历，组合了一组词：嘴馋的"馋"、懒惰的"懒"、贪污的"贪"、腐烂的"烂"、谄媚的"谄"、贪婪的"婪"、隐瞒的"瞒"、颟顸的"顸"、翻案的"翻"、狡辩的"辩"、欺骗的"骗"、反动的"反"、忐忑的"忐"、悲叹的"叹"、囚犯的"犯"、完蛋的"完"……说来奇怪，为什么每个字的韵母都是"an"呢？将这些"阴暗"的汉字稍加组合，李国文指出："馋、懒、贪、烂"，是贪污堕落的全过程；"谄、婪、瞒、顸"，为腐败行为的各种表现；"翻、辩、骗、反"，则是抗拒手段；而到了摘乌纱、换囚衣之时，才是"忐、叹、犯"后的彻底玩"完"了。正所谓：

机关算尽太聪明，反误了卿卿性命！

吃鱼的学问

规划局年前调整，新调来的局长姓傅，而有望接班的常务副局长姓郑，欢迎会上，主持人为难坏了，一会儿喊：“傅局长，不不，我指的是傅正局长。”一会儿又说：“郑局长，啊，我指的是郑常务副局长。”新局长见状说：“别搞复杂了，班子里叫老郑、老傅就可以了，年轻同志可以喊傅局、郑局。”

会餐时，班子成员坐了一桌，傅局长有意利用酒桌的规则，特意点了一条“清蒸全鱼”。酒过三巡，菜过五味，主菜终于端了上来，鱼头正对着主位。傅局长很满意，说道：“看来这家餐馆很懂规则。不过，吃鱼是宴会最讲究的事情，今儿由我来安排。”所有人都屏气凝神地望着他。

只见他熟练地把两只鱼眼睛夹了出来，分给了坐在他左右的两位副局长，笑着说：“这叫高看一眼。今后我的工作还需要两位多多支持啊！”那两位赶紧站了起来，连声应诺：“一定不辜负您的期望，全力配合您的工作。”傅局长摆摆手说：“请坐请坐。”言罢，三人喝了一杯。

随后，傅局长又将鱼脊肉剔了一大块，夹给了财务科长，非常认真地说：“您是局里的中流砥柱，老骨干了，重任在肩啊！”科长受宠若惊，连声道谢。接着，他把鱼嘴夹给了女秘书，笑呵呵地道：“我的工作需要你的支持，咱俩是唇齿相依啊。”秘书站起来接过，娇滴滴地说着：“谢谢局长。”

看了看全桌，傅局长把鱼尾给了办公室主任，说这是“委以重任”，主任举杯过头，一饮而尽；接下来，他将鱼腹夹给了策划部主任，说政策和策略是党的生命，这叫“推心置腹”；再接着，他将鱼鳍夹给了人事部主任，希望局里的人才都能够展翅高飞。至于老工会主席，得了块鱼屁股，寓意为“定有后福”。

分完鱼，盘子里就剩下一堆碎了的鱼肉，傅局长苦笑摇头：“这个烂摊子还得我来收拾啊！谁让我是局长呢！”说完，连汤带肉倒在了米饭里，十分带劲地大口吃起来。饭局结束了，大家都微笑着挥手道别，只是在这样的夜晚，有心的人怕是很难安然入睡。

第二天，工作继续进行，每一个见到傅局长的人，都恭敬地站好，微笑地道着：“早上好！”这时，办公室主任走了过来，微微鞠躬，道了声：“领导，早上了！”傅局长哈哈大笑，拍着他的肩膀说道：

“早上、早上，大家都早上！”

真正的赢家往往是以强击弱的那一方

有位好友是贸易奇才，手下有一个十几年相濡以沫的老班底。与一般人追高避底的做法不同，他越见价格下行越兴奋，然后摩拳擦掌地干起来。相反，价格越高，他心里越发没底。记得北京奥运会男足决赛的

时候，梅西、阿奎罗他们被晒得直打蔫，他在看台上也没精打采，后来才知道：他看球期间，用一个电话将几十万吨的货出清了。

当时，那商品每吨七百多美元，很多人看好八百甚至一千美元的价格，而他们为了放低出货，甚至不到六百美元也卖掉了。部下不解、领导担心，他还是一如既往地讲笑话或组局喝酒。两个月后，该商品每吨跌到了三百美元，所有人又说："这人就是运气好！"成功人士运气都好，可很少有人追究这运气到底是怎么来的。

我这几年和他没少跑，一周出差下来，大半时间都花在汽车里了。我承认他的战略十分高明，但那是需要无数细节精心编制的，没有细节，就没有成功。前几年，他们进口了两船铁矿砂，共35万吨，每吨价格比几家竞争对手贵了七美元。所有人都在天津港等着看笑话：不败不败，这回看你成为东方不败。

他喜欢边喝酒边看电视，忽然发现澳大利亚发大水了，几大矿区都停产了。国内这些家都是从智利进口的，一船船的货陆续到港了，而他们进的却是保税区，没过几天便直接运去了大阪。原来日本客商收不到澳大利亚矿了，遂用高价买下了送上门的这两船。凭这一招"李代桃僵"，他们省下了大量关税，净赚了三千多万美元。另几家勉强算是保本，对其只剩下羡慕嫉妒恨了。

像这种可以写进教科书的案例还有很多，最牛的还是反倾销那次。当时欧盟向中国政府下最后通牒，所有政治努力都无效了，结果这哥们一通纵横捭阖，让欧洲十大钢厂联名写信担保，轻松地让中国过了关。说心里话，这些年发大财的都是些地产商、金融证券及IT人士，贸易商被严重忽略了，而他们才是真正的高手啊！

这哥们的弱点是脑子永远闲不下来，最好是高度运转的那种，比如他的休息方式是打桥牌或挖坑什么的，输赢无所谓，但必须得有对手及帮手。思维习惯上则有些赌徒的味道，见赢不见输，永远保持乐观向上的态度。他说："打牌与生意差不多，真正决定输赢的往往就那么几把，把握住胜负手才是最紧要的！”

有一次开会，他在黑板上写下九大交易环节让大家讨论，结果发现举步维艰，处处绊手绊脚。我在一旁感叹：“做生意总要甲乙双方，我怎么感觉咱们连丙方丁方都不是啊。”他抓住了我这句话不放，用数据和条件反复说明，最后大家一致承认：在具体的各个环节上，我们总是一对一的甲方。吃饭时，我举杯敬他说：

“做贸易一定要做甲方，就好比田忌赛马，真正的赢家往往是以强击弱、以多胜少的那一方。”

陪老板吃饭

所有的饭局中，陪老板吃饭是最累的。一种情况是公事，从订餐馆到迎客，从安排座位到要茶点菜，等到老板在主位上堂而皇之地讲东道西，更不敢漏过餐桌上任何的细节，眼睛要像猎犬一样地观察，倒酒、敬酒、挡酒，察言观色之余，耳朵更要竖着，听得懂业务内外的弦外之音。至于私下场合，一般都比较放松，但千万记住：一定要把平时没机会讲的话，用最善巧的方式表达出来，因为这是老板难得虚心的时候。

我最早在一家信托公司，创始人现在已经成了极其重要的领导人，我无缘得见，但对20世纪80年代改革的那些事却耳熟能详。在我总编的《三十年三十人》之“指点江山”卷中，有过不少的描述。继任者当然也是人物，在不到一年的时间内把我由临时工，提拔成了资金处长。此公善谈而不善饮，只要做出谦恭倾听的样子，尽管大口去吃菜。

离开信托公司后，我跟了一位特别厉害的老板。老人家是南方人，由于身体的原因，经常需要蒸桑拿和按摩，然后再去吃夜宵。我们常去的是北京协和医院对面的一家饺子馆，味道特别好。吃饭时其他人很少说话，只有我顺着老板问东问西，说实在的，那是我长进最大的几年，学到了不少为人处世的学问。

后来去了原纺织部的一家集团公司，董事长是沈阳人，典型的事业狂，走起路来虎虎生风，连我这个足球队员都自愧不如。这位老大哥豪爽仗义，非常护犊子，培养了一批能干的年轻人，比如冯仑、潘石屹以及华普的老大，像我这种不是商业料子的家伙，枉费了老板的一番苦心。跟他吃饭很随意，麻烦的是，即使在酒桌上他也谈工作，一会儿一个主意，还没思想准备呢，就给你派下了新的工作任务。

我念完博士以后，跟一位大姐干了不到一年，主要是铁路方面的生意。她穿着和吃喝都极讲究，什么贵点什么，还非让你吃不可。现在她成了名人，祝大姐诸事吉祥！后来在法国公司，跟洋老板应酬过几次，基本上没什么印象了，都是中规中矩的那种，虽说是分餐，但人家那吃相，绝对有着贵族范儿。

再以后，我替一家地产集团打理一个五星级酒店项目，那几年是我目前为止喝大酒最多的时候，144瓶两斤装的茅台，一年多就喝光了，当然也有送人的。集团董事长年龄小我两个月，标准的江湖做派，长得像林彪，风格也跟着像，善于兵出诡道出奇制胜。他的酒量不在我之下，敢喝也能喝，好多朋友都是在酒桌上和歌厅里交下来的，对我也非常好。我把项目做完之后，借着改制之机，还是回到了北京。

2012年是我变动比较大的一年，其间为一家大企业打过短工，那位董事长更是个人物，要是赶在一百年前，应该是能封侯拜相的。他每天都是大酒，从未有人见他醉过，公司的年轻人佩服得五体投地，随时听候他的任何调遣，包括喝酒。有一次，他在酒局上吟诵起了古典诗词，吟诵得抑扬顿挫，颇有古人之风，让我这个出过五言诗集的人都不能不佩服。在那个私人会所的影壁墙上，挂着他写的四字龙飞凤舞的狂草：

心无所住。

凡是钱能解决的，都不要自己动手

每年夏天，我们一帮酒友都爱去凯宾斯基后边的啤酒花园，那儿的肘子和香肠很地道，最好的当然还是德国啤酒。这儿的老板可能是东北人，每年的服务员都不一样，都很年轻，都很冲，都说一口东北话，一问全都是某某旅游学校的实习生，干个半年就回老家了。

那天下雨，我们嫌屋里的菲律宾乐队太吵，而且人多，还不让抽烟，而外边的遮篷雨伞虽有些漏雨，但挤挤坐着没问题。但有一男服务员死活不同意，我后来说服一小女孩，才坐下来点了啤酒。正当我对一起来的朋友说常来这里时，那男孩挺用力地把酒放到桌上，然后插话道："你肯定不常来，因为我都没见过你。"我还是很客气，跟这个服务员解释，你不认识我不等于我没常来，但这孩子特别一根筋，嘴里说个没完。

一起去的北京朋友脾气很暴躁，站起来就要揪那孩子，还骂了几句。那东北男孩更不干了，不仅骂得厉害，还要动手，你还别说，我冷眼看到后边几个孩子也在蠢蠢欲动。我说算了算了，这么大岁数也不够你们打的，再说真把我们打了，你们也掏不起医药费。毕竟是消费场所，随着啤酒变成了尿，这事也就过去了。新认识的山西朋友一直没怎么说话，喝到12点多了，他忽然讲起了一个故事，跟当天的事很类似，但结局完全不同。

一位山西煤老板去深圳办事，在酒楼吃饭的时候，与服务员发生了争执。那帮服务员也是东北的，脾气很大，在争执过程中，给了煤老板好几脚。同去的当地朋友觉得很没面子，打电话请江湖上的朋友帮忙，过了一会儿，来了二三十个民工，手里都拿着用报纸包裹的硬家伙。

煤老板都很江湖，没有肯吃亏的，但这位似乎很例外，他非常坚定地让朋友先走，把那伙帮忙的民工也打发了，扔了一万块钱请他们喝酒。时间已经很晚了，煤老板一个人独自喝着，嘴里还不干不净地撩拨那帮服务员。然后夹了个鼓鼓囊囊的手包向外边走去。

没走多远，后边果然跟来了四个人，那个服务员在一个小岔道堵住了煤老板，几个人开始拳打脚踢。煤老板护住头，手包不知怎么就打开了，十一沓一万块钱洒落一地。有个小痞子是当地的，见状没有客气，低头就捡，剩下的也按捺不住了，连那个服务员也拿了三万元。

后来的故事就很简单了，煤老板报了案，公安局破了案，四个小孩判了刑。后来在酒局上，朋友问煤老板是故意的吗，后者笑而不答。在场的一个助手问煤老板，要不要安排一下，亲手揍一顿那个服务员。老板的脸立马拉下来了，教训道："凡是钱能解决的，都不要自己动手。"

我们喝完酒后，和山西的朋友告了别。出门的时候，有一辆出租车拉了四个外国人，我们等了好几分钟，刚要上车，司机说要回机场，拉不了。北京朋友挺生气："拉不了怎么不早说？"司机很不屑的样子，说你们愿意傻等，关我什么事。吵了几句，司机又说："甭以为从凯宾斯基出来就是有钱人，连辆车都没有，装什么牛×呀！"我一边看着，一边想：这么大的雨都浇不灭心里的那股子躁气啊！

中国式饭局

最近在微博上看到这么一个段子，说是中国式饭局有三个特色：喝酒、忽悠、讲段子；中国式饭局有三大境界：豪言壮语、疯言疯语、不言不语。这酒桌上的忽悠讲段子，可是大有学问，信手拈来的一段小笑话，没准就解决了一个开几次专题会都讨论不下来的问题。

有个发小是搞地产开发的，据他说，没有在酒桌上谈不成的交易，要是没谈成，那只能说这人酒量不行。这兄弟别的不行，就喝酒吹牛是一等一的高手，几千万往上的单子，经他的嘴皮子动一动，没有搞不定的。

一次宴请一个新项目的重要领导人，他把地点定在了当地赫赫有名的五星级饭店，席间觥筹交错，一群算是有头有脸的成功人士，酒过三巡之后，都开始晕晕乎乎说开来。

酒是个好东西啊，对方的王主任开始感慨："上次一个两千万的大合同，就是我把对方几个代表灌趴下后签下的。我家在村里是开酿酒坊的，要说这拼酒，我可是占'天时地利人和'啊。"

一旁的总裁秘书笑眯眯地说道："那是，什么玩意都没有喝酒好使。喝酒能喝出感情，喝出利益来。几杯酒下肚，这该说的，不该说的，该做的，不该做的，就都给了结了。几天前，我的一个哥们就是在酒桌上拿到一批紧俏货的，转手就能赚钱。"说完，这秘书还神秘一笑，弄得在座的各位都心里痒痒了，最后都同时举杯，随喜一个得了。

喝到高兴处，证券公司的刘总也给大家来了个段子。前段时间京城下了场大暴雨，这哥们当时正跟一群官员喝酒呢，只听到一漂亮女服务员冲进来，急冲冲嚷道："外面的车是你们的吗？""是。"几个喝得飘飘然的都倍儿骄傲地抢着说。"快点吧，车都被冲走啦！"这下一群人呼啦啦往外冲去。

东北一哥们是做贸易生意的，这哥们是纯粹的"越喝越明白"类型。现在有钱人大多养个小蜜包个二奶，这哥们愣是规规矩矩没一点二心。我们背地里都开玩笑说，嫂子肯定是个国色天香的大美人。一次酒后，哥们半醉半醒间说了句超有水平的话："俺两口子都没外表，也只有讲心了。媳妇美不美，关键在自己。"一时间众人颇多感慨。原来，**在通往幸福的道路上，最大的障碍往往就是对幸福的要求太多！**

喝酒的四个阶段

有人把喝酒分成四个阶段：猴子，能耍能叫；孔雀，连拍带吹；老虎，六亲不认；猪，迷迷糊糊。王蒙认为，喝醉的人是一个瞬间麻痹了的生命，在醉与不醉之间，存在着一个分界线：往往在兴致高昂的时候，毫无征兆地就失忆了。因此，饮食是胃肠的需要，而饮酒往往是精神的需要。

晋朝江统在《酒诰》中写道：有饭不尽，委余空桑；郁结成味，久蓄气芳。可以推见，原始的米酒是吃剩饭时无意中发现的。这种既可生热御寒，又能提神醒脑之物，很快受到士大夫的欢迎。所谓勾兑而成的液体，真正勾兑的其实是人们的精神世界，不是常说“酒不醉人人自醉”嘛。

一种境界是浅酌低唱，就是慢慢地从牙缝舌尖滑进喉咙，大家轻言淡语而互诉心曲，所以叫饮酒；而喝酒则是大口猛灌，讲究一种热烈的气氛。柏杨认为：“酒朋友如不能雅，就不妨豪。”进而列出五种饮酒方式：

雅饮：赤壁泛舟之饮，“举杯邀明月，对影成三人”之境；

豪饮：打牌看人品，喝酒出性格，所谓豪，就是当得起一个“量”字；

可怜饮：不得不饮，或饮酒避祸，如阮籍为避婚而装醉六十天；

半掩门饮：能喝却不喝，劝他喝，扭扭捏捏；不劝他喝，恨你一辈子；

王八蛋饮：丑态毕露之饮也！分为凶饮、驴饮、葬饮、尸饮四种。

柏杨街头遇见二十年未见好友，对方非要拉着他下馆子。不料这主酒品太差，从微醉到中醉，直至大醉。先是谈，继而骂，后来打，把美貌太太的旗袍都拉破了，然后口吐白沫地被拉走。可事情并没完，账单花了柏杨近两个月的薪水，于是这位大才子生出感慨，写了不少关于酒的文章。

儒释道三家对饮酒的态度有所不同。一位力可降龙的佛弟子醉后吐出秽物，被狗吃后，同卧一处，佛陀鉴于此，制定了酒戒，认为饮酒是破戒的最大媒人。孔子有“不为酒困，何有于我哉”“唯酒无量，不及乱”等议论，觉得喝酒不要强人所难，无论如何不要达到乱性的地步。

《庄子》一书有三处谈到酒，一是“饮酒以乐”，当以快乐为主；二是在《人间世》中描写了从规矩到失礼乃至放纵的三部曲；三是提出醉者“神全”，认为喝醉了掉下车来也摔不死，是一种“无累”之境界。我有一位朋友喜欢饮酒，总强调人到中年无他，喝点小酒调节一下而已。有一次劝他喝碗醒酒汤，这家伙竟说：

“解什么酒呀，这种迷迷糊糊的感觉，正好！”

场面酒与感情酒

酒局分两种，一种是场面酒，不喝不行的；另一种是感情酒，里边分好多种状况。改革开放三十年了，在二锅头的猛烈轰炸下，倒了一批又一批的不知多少钢铁战士，正所谓：酒场后浪推前浪，前浪死在茅台上。

除了真正的酒鬼，一般人都对喝大酒视如畏途。挡酒这件事，一是要脸皮厚，二是要讲究技巧，以不破坏酒场气氛为原则。有个助手叫大宽，在赖酒方面可谓是使出了十八般武艺，我这些年来，看在眼里、记在心上，很有幸今天给各位看官介绍一下。

这小子长得肥头大耳、面白脸宽，只有了解他的人，才知道那里边装的都是弯弯绕。整个酒局如两军对垒，开始倒酒了，他总能拿出一个病单，而且都是三甲医院开的，盖着鲜红的大印，至于病也经常换，除了艾滋病，什么他都敢往上写。不过这种招数经常不灵光，因为酒场上没几个好人，谁还没个脂肪肝什么的。

眼色在酒场上也很重要，大宽在头两轮坐得还算稳当，一到单练打圈的时候，准保出去打电话，或是有安排好的电话进来，然后一脸正经地“嗯、嗯”支应着，仿佛怕影响大伙似的。这一去就是半个多小时，他躲到一个角落打打电话、抽抽烟，然后再一脸正经地回到座位上。

我觉得，以他的酒量在八两白酒或六瓶啤酒之内是没什么问题的，可每次一喝到二三两，他准保做出不胜酒力的样子，两个小眼眯着，喝酒跟喝毒药似的，还不失时机地咳嗽几声，刚认识的朋友都看不出来。

因为这时候正是下半场的高潮，他私下说过：“那帮傻×一闹酒，咱一定得装尿，别做那无谓的牺牲。”

最近两年，大宽都开车参加酒局，然后严肃认真地讲守法的重要性，你还别说，好多次都被他躲过去了。此外，我最佩服他的是能说，那小词一套一套的：“只要感情有，什么都是酒”，“酒逢知己千杯少，能喝多少算多少”，“酒是粮食精，点滴都是情”，等等。

有一次被逼急了，他说：“我能提个问题吗？”对方说可以。他说：“咱哥俩是做君子呢，还是做小人？”对方说做君子呗，他马上端起茶杯：“君子之交淡如水，我喝茶你也喝茶。”有时，对方也是人精，就说愿意做小人，他就说：“君子动口，小人动手。”然后走过去紧紧地握住人家的手说：“大哥，缘分啊！”

大宽的最高原则是不做主请，因为屁股决定脑袋，当主人不喝酒，还不如不请为妙，所以，他一般都拉个垫背的放在主位上，实在没办法了，也把公司最能喝的和最能搞气氛的几大金刚带去，不仅可以避酒，还可以坐山观虎斗。后来长毛病了，总带公司的美女出去，还练了些后发制人的招数。

不喝是不喝，到了该喝的时候，大宽这人还真不差事。记得有个采购的单子，下边人谈了多少次也没用，他就组了个酒局，和对方喝起了“三中全会”，称兄道弟之后，很诚恳地说道：“大哥，您那边您做主，我不行啊，才是个副的，您怎么也得给兄弟个台阶下啊！”结果如愿以偿。

酒局里的忌讳

喝酒这事之所以叫局，首先是有完整的结构：主请、主陪、主宾、副主宾、中间人，还有跑龙套的与随从；再就是主题，可挑明可不挑明，但局内人个个门清；同时有完整的过程，依次为起、承、转、合；此外，足球场有乌龙球，酒局也有，这种打进自家大门的情况，从来都不缺乏，会成为酒局的点缀而被津津乐道。

参加的酒局多了，很多事早已见怪不怪。就菜品而言，入口、入胃、入心即可，入口是吃着味道好，入胃是吃完很舒服，入心是有文化的回味，比如归国华侨吃北京烤鸭就是如此；对酒局来说，眼耳鼻舌身意都要开动起来，眼观六路耳听八方还不行，必须能体味出弦外之音方可。

有一次在江苏大厦，请我的那位客人挺过分的，条件明明不够，非让我帮忙贷款，还暗示了些桌下交易的意思。我于是假装对单位一起去的小同事说："老板不是说今晚要找我吗，几点啊？"那傻小子刚从财院毕业，两眼瞪得溜圆，很认真地说："老板不是去香港了吗？咱们好几个件还没批呢。"我只好打个哈哈过去了，以后再也不敢带他出去应酬。

还有一次一帮老同学聚会，有位老兄最后一个到，论资历、年龄和惯例，一边找个地方坐着得了，他却大摇大摆地坐在了主位上，让都不让一句。被请的外地方同学问他，怎么这么晚才到，他说联想桥那儿出车祸了，堵了一个多小时。边上一个炒股票的同学不干了："拉鸡巴倒吧，我们都刚从那边过来。"有这么不解风情的家伙坐那儿，团聚欢乐的气氛冲淡了很多。

我犯过一次错误，那回请老上级尹总吃饭，点了一桌子菜，开席了半天，发现他不怎么动筷，于是再三礼让。还是另一位老哥们反应快，说道："尹总好像是回民吧。"尹总轻轻点头，我们都窘迫起来。那天的菜点的有：红烧排骨、白切猪蹄、小炒肉，这还不算，还有盘猪皮冻。我×，全都跟猪干上了！

有位老兄外号叫"三缺一"，也就是牌搭子的意思，什么时候叫，什么时候到，反正输钱欠着，吃饭从不埋单。这倒也无所谓，关键老用一招：装醉。看着跟他妈死过去了似的，刚拿衣服准备走，他立马就醒了，积极地建议道："我们去歌厅吧。"到了歌厅还装醉，别人埋完单，丫还敢建议："吃夜宵去吧。"

点菜的名堂很大，几乎需要天时地利人和的所有知识，尤其是重要的酒局，花钱多不一定效果好。有一回跟着蹭饭，主人为某权贵点了一道开水白菜，这是一道看似简单清淡，实则讲究可口的菜，从北京传到四川，作为川菜又流行于京城。权贵的发小是这个局的托儿，开个修理厂，大声地嚷嚷："点豌豆尖啊，大白菜有什么吃的。"其实在冬季，豌豆尖是反季节菜，讲究的人是不会碰的。

那天气氛还算好，那个托儿一个劲讲些演艺界的事，说女演员裤腰带松什么的，一旁的影星脸都绿了，就问他："您是见到的、听到的，还是小报上看到的？"他故意说："听专家说的。"影星一愣，然后微笑着说："大哥，我给您讲个故事吧。"在场的人齐声叫好，明星声情并茂地讲了起来：

有位专家看到两只乌龟一动不动，就问一农民："它们在干吗？"农民说："在PK装死呢。"专家奇怪道："壳上有甲骨文的那只，死了好几千年了吧？"这时，其中一只乌龟探出头来骂道："这傻×，死了也不吭一声！"没想到，另一只竟然开口说道：

"专家的话，只有傻×才会信！"

谁不喝，我不是人

喝酒和打麻将是不同的，麻桌上规则清晰，更为简单合理，而喝酒并没有统一标准，随心而发又随性而至，其中的潜规则，密密麻麻的像一张大网。不懂的人，动辄得咎；谙熟之人，游刃有余。比如劝酒这事，学问大了。

1996年，我们公司与某区开发办谈火车站的一个附属改造项目，经过几个回合，算是达成了合作意向。对方的老总是个老北京，在酒桌上拿出了“认情不认理”的强势态度，提出“一杯一百万”的条件，别人替还不行，就得我喝。那天真把我给喝惨了，硬是喝了“一千万”的一斤茅台。后来在具体条件上，这老兄推三阻四，总想加一些个人的东西。无论酒品还是人品，我都觉得他不怎么靠谱，遂把该项目停掉了。

在酒场上，这种“一力降十会”的例子特别多，还有一种情况是用地位来压。我们家乡的省委领导来京任职，很注意喝酒这事，别人敬他，一般他都是抿一口或一半；他要敬你，那你是非干了不可的。有一次，我在吃中药，医生说绝不可以碰酒的，但怎么解释也不行，领导说：“你能有什么病？总不会比我病多吧？”然后，掰着手指数了起来：糖尿病、“三高”、冠心病……还没等他数完，我赶紧喝了，说道：“得了，老大！我先干为敬了。”

再就是感情酒，尤其是老朋友之间，根本没有道理可讲。如成都的大哥来京，我每一次都跟敢死队队员似的赴局，这哥们太豪爽太能喝了，酒桌上总有说不完的话、诉不尽的情，这个局一般三到五人，基本上可以尽兴而归，不至于烂醉如泥。有一次在亚运村湘西土菜馆，几十个啤酒瓶子把窗台都摆满了，那场景煞是壮观。这种酒局不用劝，大家默契得很。

另外一种情况是女人劝酒，常起到撒手锏的作用。像某些重量级人物牛得很，哼哼哈哈地拿架子或打官腔，特别损害酒桌气氛，而有女子在场，可就不一样了。那些演艺圈的演员简直就是润滑剂，三言两语便把大家调动起来，敬上两杯酒，哼几句小曲，又或讲一两个暧昧的小段子，老大们的感觉肯定是好极了。

在业务方面，则有不同的打法。比如请的客户极能喝，我们这边的女士一般都借口不喝或不能喝，这时很少有强迫的。等到喝个三两了，对方渐有酒意，话赶话地爱跟女的聊。这时女方主动提出敬酒，就算明知有些猫腻，一般也不会计较。等到酒局散了，往往拍着我们的肩膀说："今天喝得太开心，下回到我那儿喝，我们公司也得带上几个能喝的女将。"

曾几何时，我有个口头禅："喝了啊，谁不喝，谁不是人！"那时在天津，与某位局级干部老在一起厮混，他对我的说法很熟悉。有一天周末，一干兄弟摆酒为一位大哥接风，局座站起来敬酒，说的是："诸位，能喝的，都喝了啊，谁不喝，我不是人。"这么一说，举桌而起，轰然把酒干了。我一饮而尽后，却品出了话中更为高妙的味道。

领导开车

我有位大哥1940年代出生，在珍宝岛自卫反击战时，已经做了营长，后来他被定为“反革命”，和军长一起提前复员。后来有了林彪的事件，他算是平了反，转到了省城一家驾校当校长。当初跟他谈的时候是让他当副校长，他却死活不干，号称这辈子只干正职，绝不做副的。

我俩后来成了大学同学，有时吃饭啥的，都是他埋单，路上醉醺醺地碰到车，他只要一招手，十有八九会停下来，司机很热情地问：“校长，您去哪儿？”他倒不在乎这个，只是觉得有面子，面子对他来说，比里子重要得多。我去他那个城市，都是吃住在他家里，因为他常说：“这年头，比哥们还重要的只有两种人，厨子可以毒死你，司机可以害死你。”

我刚参加工作那会儿，公司办公室通知我出差，陪老总去河北追一笔对虾养殖资金。老总当时刚学会开车，有一股子兴奋劲，一路上目不斜视的样子，只是再三叮嘱我，仔细看各种路牌。我那时啥也不懂，一边问一边学，还比比画画的，跟打哑谜似的。这样一去一回，跟领导混得可就熟了。

回京后，处长笑眯眯地对我说，领导对我很满意，让他多给我些发展机会。我那时觉得挺奇怪的，不就是陪着跑一趟吗？连吃带喝的，怎么还跟有功劳似的？处长是我的同学，但大了十多岁，他拍拍我的肩膀说：“所有的公司都有个潜规则，想要跟谁搞好关系，就争取和他一起

出差。”

过没多久，处长带我从广州去珠海，他亲自开车跑高速公路，因为是生手，显得还很紧张。记得过番禺之后，他让我比较他和那位公司领导的驾驶水平。我能说啥呀，只有认真道：“头儿，你们领导的素质就是高，怎么开我坐着都放心。如果坐在那些司机身边，总有种莫名的紧张。”处长听了哈哈大笑，连连夸我的马屁拍得实在到位。

过了两年，我觉得在体制内横竖不是个事，不挣钱吃亏，乱挣钱倒霉，就自己下海开了公司。那时买了一辆奔驰500，还是觉得坐着不踏实，我严令助理开车的时速不得超过每小时70公里。后来有一天，有新人似乎无意地告诉我：“送您的时候确实不快，回去时的车速至少180公里。”

助理老弟回了老家，卧薪尝胆了几年之后，买了两艘船，搞上了运输。听说我到了他的城市，自然不会放过，叙旧情、聊友谊，更是喝得棋逢对手，最后不让我住宾馆，非得住在他新买的市中心的新房子里。那天我虽然喝得有点多，但清楚地记得他对公司司机说的话：

“慢点啊，千万别超过七十公里。”

酒量问题

在酒桌上，免不了提到酒量问题。酒量其实是大概的说法，人们能记住的，往往都是把自己喝多了的那个量，这是个经验数据，是不断地倒下后得到的教训。很多人觉得自己的量不一定，有时大些，有时小些，大的时候得意扬扬，小的时候免不了疑问：最近状态不好?

其实酒量有主客观两种情况，客观指体质，不同的体质喝不同量的酒。因为酒量大小取决于酒精在人体内分解的速度，这种分解主要靠两种酶——乙醇脱氢酶和乙醛脱氢酶，前者把酒精分解成乙醛，后者再把乙醛分解成二氧化碳和水。每人体内乙醇脱氢酶和乙醛脱氢酶的数量各不相同，数量越多分解力就越强，也就越能喝。

主观情况与人的情绪及环境有关，闷酒伤人就是这个道理。一个好的酒局气氛热烈，无形中对酒精的分解能力也加强了，很多酒徒喝得手舞足蹈，其实也是有道理的，因为这样解酒。我还觉得，与喝酒对象也有关联，比如一和我们八间房的酒房弟兄们喝酒，我都发挥不好，他们房主天生对我有点克。

有的人从一而终，只喝红酒，或只喝白酒，或者啤酒；有的三种全会，以白酒为主，红酒也进，收尾了来两瓶啤酒。我基本是单纯啤酒型，有些场面推不开了，也能喝白酒，但肚子里发热，燥得难受，还得用凉啤酒去调和一下。真正好酒的人都是喝白酒，而且固定一两种牌子，只是现在价格太高了，一般的茅台爱好者恐怕已经承受不起了。

我有一段时间总是喝醉，最后总结经验为：白酒和黑啤不能混着喝。那时场面应酬都是白酒，晚上去夜总会，那儿的啤酒清汤寡水，本来就淡，又都是假的，所以我就点德国黑啤，里边加一个生鸡蛋，喝着喝着就失忆了。在新大都那回，据说我捧着保龄球在滑道上向前冲，要不是旁边有人死拉硬拽，没准我能得一全中。

有人喜欢急酒，有人喜欢慢酒，前者最好喝啤酒，大口大口干来，豪爽又舒服；后者可以喝洋酒，慢慢品慢慢唠，感情增进的同时，事也谈得差不多了。至于哪种喝法能多喝，要看具体情况，一般都是前半场慢酒，后半场急酒，一杯一杯地喝白酒，比的不是酒量，比的是谁敢玩命啊。

20世纪90年代初，公司在俱乐部接待一位大领导，正巧新来了一位女高管，据说一斤白酒起步，两斤白酒不吐，加上漂亮善言，把酒场气氛烘托得非常融洽。到了后来，大领导身边的人已经没人能喝了，他自己不怎么喝，却觉得有些丢面子。这时秘书站了出来，他发现女高管是慢酒型的，于是就拿了两个口杯，每杯倒了有七两酒，然后说了些场面话，一口干了。

我看情况不对，死活不让那女的喝，可她不干，也跟着干了。大领导也没见过这种场面，高兴之余，嘱咐一定不要出问题。后来的收场也挺麻烦的，好在没有出现胃出血等情况，以后再遇到这种大杯拼酒的情况，我都是极力制止的。

人在江湖漂

话说铁扇子宋清上了梁山之后，被军师吴用派去负责安排酒宴等杂务，自觉有辱“及时雨”宋江亲弟的身份，而总发牢骚。人事干部朱武某日相邀，细细地开导：“老弟，忠义堂不比宋家庄，你的武功、名气、阅历很难服众，而梁山一百零八位首领都喜欢呼朋引伴，这是你结兄纳弟的好机会啊！”

宋老四一点就透，自此留意结交，常拿些银两笼络各寨各山的首脑，不出半年，山寨上下美誉一片，宋江顺应众请，任命宋清为梁山后勤大总管。从那以后，各家兄弟的恩怨纠葛无不在他的掌控之中。

论资历、论贡献、论经验，朱贵和朱富兄弟均远远高于这位铁扇子，无奈人在江湖，而水泊梁山是个讲政治的地方，他们巴结人家还来不及，哪里敢去争权抢位？这样的例子在梁山比比皆是。

情报头子是梁山的耳目，最适合担当此任的是浪子燕青。燕青护主义气重、打擂武艺高，人缘好、办法多、贡献大。而戴宗贪财忘义、人笨心粗、武艺低微，不过，他只认老大不认山寨，且有日行八百里的绝活，能让梁山情报网完全服务于宋江。其实，仅凭与“玉麒麟”卢俊义的情分，燕青也是只能出力，而不能执掌大权的。

豹子头林冲对梁山有再创之功，在朝在野人脉极广。宋江一方面将降将关胜、呼延灼、秦明、董平与其并列为五虎大将，明升而暗贬之；另一方面抓住他对亡妻的如海深情，不让“豹子头”和“一丈青”扈三娘珠联璧合，而把扈三娘许配给了“矮脚虎”王英。每当念及此事，我都把这个小黑胖子宋老三，恨得牙根直痒。

刘备和宋江都是我们所不喜欢而生活中又不能不面对的强人。刘备跟一个老大，就出卖这个老大，而又总会有新的老大接纳他，直至他自己称王；而强横如武松、李逵，狡诈如吴用、朱武之辈，宋江却可以玩弄他们于股掌之中，可谓顶级玩人高手。他俩成功的异曲同工之处在于：

乐善好施的社会名声；

可靠忠诚的私人班底；

人性弱点的充分利用；

只当老大的狠辣心劲。

这种成功的成本太高了，只有半魔半仙之人才付得起。我不大喜欢那首装腔作势的《好汉歌》，更乐意看一帮人撸胳膊挽袖地在那儿喊：

人在江湖漂啊，哪能不挨刀啊？

一刀砍死你啊，两刀砍死你啊……

人喝多以后，往往会露出真实面目

之前写的《小混蛋》，都是真实发生的事，只不过是把大家的趣事凑到了一个人身上。像摔啤酒瓶子的事，是我研究生时的两位同学干的，哥俩喝多了，小饭店又不肯退钱，他们就坐在人家门外的台阶上，一边骂骂咧咧，一边把八个啤酒瓶子一个个地全给摔碎了。

学生生活其实并不浪漫，把人读得不光发傻，还都有点神经质，除了球场上发泄发泄，真正的乐趣也就是老乡或同学到周末凑一块，喝点小酒了。记得有一回喝到深夜，往回走时，我一老乡扶着那路灯，一边放水，还一边在那儿嘟囔："怎么这么大的太阳，晒死我了！"

一年级时，学校发奖学金，我们全宿舍九个人一起到校门口一小馆喝二锅头，我上铺那家伙酒量特差，二两下肚，小脸就全白了，只见他双目紧闭，两只手死死地抓着前面的桌子，寝室长老佟问他怎么了，他紧张地回答："我害怕！我得抓个东西才能不飞起来！"

人喝多以后，往往会露出自己的真实面目，有的爱哭，有的爱闹，有的想睡，有的爱唠，但最怕的还是酒醉后的安全问题。我有一个在朝阳门开酒吧的朋友，半夜一点多打出租时，与另外一人发生了争执，对方欺负他独自一人又醉成那样，就把他推到了马路牙子上，结果摔成了植物人，直到现在还没找到肇事者。

摔酒瓶子那哥俩还有个精彩段子。有一回半夜他们沿着院墙往回走，其中一位脚一软躺到了地上，剩下那个虽然也迈不动步了，还是问道："哥们你不行了，要不要扶你？"只见地上那位一边小腿做出走路状，一边回答说：“不用不用，我这扶着墙，走得挺稳的。”

我们学校有几个毕业生凑一块喝酒，其中一个躺在路边怎么也起不来了，那哥几个弄不动他，怕他着凉，就给他找点东西盖。第二天，躺下那位给人打电话：“哎，哥们！昨天真够奇怪的，我睡到天亮时起来，发现身上压了三辆自行车。”

快毕业的时候，整天都是酒局，人缘好的一天能醉两回。毕业班肯定要吃一次散伙饭，除了请老师，还会请领导。老陈人好但容易紧张，轮到他敬到领导时，不知道是激动还是怎么的，他端着酒杯大声地说道：“来，让我们同归于尽吧！”在场的人全傻了。

前两天听说一毕业生坐公交车回学校，喝得迷迷糊糊的，把IC卡当硬币给扔进去了。大伙挤对他，这小子还讲了个大学的段子：

有一回，他和同宿舍的哥们喝完酒后，骑着他那辆破自行车，一面唱着各种流行歌曲，一面往郊区的学校飞奔，突然坐大梁上那位高声喊道：“沟、沟、沟……”他当时更兴奋了，应声唱道：“雷欧、雷欧、雷……”结果，哥俩直接翻沟里了。

处长常在酒场亡

我见过的最牛的喝法，发生在一位银行行长身上。这位前辈跟人干杯的时候，能把自己杯中酒碰进对方的杯里，可能是见我能喝吧，那天晚上，我被他碰了三回，多喝了有二两酒。这种方式是有前提的，长者觉得理所应当，连我自己也感到有趣好玩，一点也没觉得没面子。

在酒局中，下位者总是悲哀的，在大企业中，接待处长和销售处长往往都是短命的，对别人来说是酒场，对他们来说则是战场，正所谓：瓦罐难免井边破，处长常在酒场亡。我每次听到他们去世的消息，叹息之余，也有些悲凉，在人生的大棋局里，每个人的角色不同，有时看似风光，实则无奈无助。

家乡的驻京办主任是有一年春节走的，与其说是喝死的，还不如说是累死的。这位大哥特别善良大度，而且还十分仗义，光帮的我的忙就有不少，但是家乡来的人太多了，光五大班子就够他喝一壶的了，还有企业、部门，以及同乡、战友和亲属。后来，他调了工作，但是已经严重损害了健康。

在办事处主任这种位置上，其实是费力不讨好，这就像你一个人分别敬了一圈，而所有人共同敬了你一杯。尤其领导来北京，都是来办事的，安排得紧凑不说，还要保证成功，这里边花的脑筋可不是局外人所能想象的。

在所有的食物中，酒精是最容易让人上瘾的。刚开始，自己觉得能喝；后来有选择地喝，或者躲着喝；然后自己上了瘾，隔三岔五不喝场大酒，浑身都不得劲；再就是开始喝不动了，这时候就已经落下病根了。有篇文章说，办事处主任是死亡率最高的一个位置，这话有一定的依据，所以不要羡慕他们八面玲珑，因为那是八面受罪。

20世纪90年代初，我负责东北一家大国企的金属材料销售业务，在那家招待所，一住就是十天半月。我的上司是当地人，有时候也过来做些高层公关，记得他给我约法三章：一是不收回扣，也不给回扣；二是搞好与招待所所长的个人关系；三是别打招待所小姑娘的主意，因为她们都与企业高层领导沾亲带故。

前后两条都比较容易，中间那条很难，因为他太忙了，整天都在酒局上，陪三教九流吃饭，而且真正过硬的关系也不可能给我介绍。我和他喝过多次酒，非常佩服他的绝活“扔盅”，就是站着喝酒，拿起酒杯，张开大嘴，将酒直接扔进自己的喉咙。据说，这么喝可以提高一倍的酒量，因为舌头与大脑是连在一起的，所以喝醉了的人一般都是舌头先大了，只要舌头不碰酒精，就让胃独自难受去吧。

PK还是PR

有位体育记者在文章里写过这样一句话：“足球是OK的，但中国足球是KO的。”足球里的罚点球叫penalty kick，这个意思也被广泛引用了，叫PK。在电视那些选秀节目里，引申为一对一的单挑，然后胜者晋级。网络上也有PK的说法，叫作player killing，意思是玩死你丫的。这里的PR指public relation，即公共关系，也就是公关。

在酒局里，PK和PR是一对孪生兄弟，你不把对方喝好喝服，给PK了，就起不到PR的效果；反过来，不带着PR的目的，一味地逞强PK，则是舍本逐末之举。PK要服务于PR，PR是PK的基础，酒可以喝多，但对这种基本酒规，是一定要牢记在心的。

在酒桌上，有时上了一盘不受欢迎的菜，我发现有四种不同的态度：一是违心地夸，借以讨好主人；二是随缘地尝两口，然后再也不碰了；三是纹丝不动，不喜欢但也不说；最后是不屑，品头论足地发表意见，把自己的爱好看得很重要。做主人也好，做客人也罢，对这些细微之处一定要做出观察判断。

有一位大老板很有水平，在股东大会上解答了诸多问题，然后请与会者吃自助餐，他很诚恳地向大家敬祝：“如果说公司是鱼的话，你们所有的股东就是水，拥有你们是幸福的，这让我们经营者如鱼得水！”底下掌声四起，他举起一杯矿泉水，接着说道：“为了这种鱼水之情，请大家一起喝下这杯水。”

我参加酒局，很少是空手的，过去是送觉真法师的书，现在也送自己的几本，为人家写上一句祝福的话，再签上自己的名字，感觉挺受别人欢迎的。这个习惯是跟一位大姐学到的，她说礼品本身算不得什么，但代表了一种尊重和关心，使得初次见面的朋友，一下子缩短了不少距离。我见过不少大老板，酒钱没少花，但空手来空手去的，让人感觉亲近不了似的，或许这正是他们的本意。

吃饭的由头也很重要，一定得符合参加者的身份，比如说生日宴会，都是请熟人，那些在自己生命中相互见证过的朋友；如果是为了品尝美酒，就别请不会喝以及不懂酒的人，这种场合不需要礼让或动心计，甚至吃什么都不重要，但得喝好；至于商场或政界的某些局，找准托儿是关键，他是彼此交往的起点和润滑剂。

经常参加酒局的人，应该准备两个擅长的话题，至少对自己所在的行业不能说外行话。如果无话可说，就谈养生和孩子两个话题，对方如果感兴趣，在一旁多听就是了，也可以交流经验。酒局上也有生旦净末丑，保不齐自己在某个局里就成了敬陪末座的丑角，所以，准备点段子搞搞幽默，会起到出乎意料的效果。

我发现，PR的效果往往与吃饭的环境分不开，现在人们晚上并不需要吃那些大鱼大肉，到高级酒楼吃点家常菜也不错，尤其是五星级酒店的餐厅，人少环境好，厨师还有绝活，你细看菜单，有的菜品比外边的一般菜馆贵不了几块钱。另外，还有一条非常宝贵的经验：

对不熟悉的餐厅，要和熟人去；

请很重要的客人，得去熟悉的餐馆。

企鹅的生活模式

每个人的社交圈里，总会有那么几位直言无忌的人。这样的朋友听他说着挺烦见不到又想，只要不是大的社交场合，其实还是挺可爱的。

前几天，就有这么一主儿，挺大的嗓门从后边喊我，我还以为出了什么事，却听他老人家大声地嚷嚷着：“嘿！哥们儿，从后边看，你怎

所谓的高尚，一般都体现在固定的圈子里，而当在圈子之外的时候，等待他的只有残酷

么跟一企鹅似的。”

一般来说，企鹅总像绅士，这帮矮胖子永远举止端庄、彬彬有礼，一辈子都穿着一成不变的燕尾服。它们还很有团队精神，想想，在零下四五十度的酷寒天气，成千上万的企鹅矗立在冷灰的冰层和天地之间，不知道的，还以为丫们在搞什么大型社交活动呢。

实际上，企鹅扎堆在一起不是因为感情，而是现实的需要。在南极洲，一年有三百多天都是冬季，但企鹅偏偏选择在最冷的时候孵化小企鹅，为什么呢？一者是在短暂的夏季玩命地捕食，顾不上生产下一代；二者夏季的竞争太残酷，即使产卵，也避不开几种天敌，如贼鸥、燕鸥等。

严冬一来，企鹅圈子开始了求偶交配，两个月后，雌企鹅就会产下卵，但它自己不照顾，生产完事就去那些尚未结冰的水面觅食去了，因为这两个月不吃又不喝，换谁也是挺不住的。这时公企鹅就要履行做父亲的责任了：它也得两个月不吃不喝，护持企鹅蛋，直到幼鸟出生。

有一部电影描写了那个著名的企鹅坏蛋，它尽管智商情商都不高，但是偏偏固执地与人类捣乱。而现实生活中，公企鹅们需要在零下50度的暴风雪中，围成一团抵御寒风。它们的脚上放着妻子留下的宝贝蛋儿，并用厚大的肚皮上的羽毛遮盖着，这种姿态使得它们很难移动，并且很不方便。

秩序是历史形成的规则，不管是自愿还是无序中的选择，企鹅们也严守着它们自己的生活铁律：在一群企鹅围成的大圈子里，里边的会不断晃动着大屁股，颠颠地转到外边来；外边的同样会有序地转到里边去。这样轮换着位置，每一只企鹅都不会被冻死，这有点像当年潘晓说过的：我为人人，人人为我。

灰暗的两个月很快就过去了，小企鹅们也破壳落生了，它们的父亲开始用分泌的奶糊来喂养自己的孩子，妻子们游猎了这么长时间，也该回来换班了。相濡以沫，总不如相忘于江湖，企鹅们的不容易，总使我想念起居住在青藏高原的人们。人的生活模式是由生活本身决定的，很难分清楚高尚或者卑劣。

南极的生态圈中，企鹅的低层生物链是鱼虾们，而上游则是鲸鱼海豹之类，在《发现》拍摄的镜头中，我们会发现，每次下海觅食时，企鹅们总是在海边犹犹豫豫又推推搡搡，指望别人先下去，而自己减少可能的风险。其实，在人类的圈子里又何尝不是如此，我的导师就说过这样的话：

所谓的高尚，一般都体现在固定的圈子里，而当在圈子之外的时候，等待他的只有残酷！

开饭店是一门技术活

一位老同学下海前是省高检的办公室主任，每次来京都要我推荐吃饭的地方，事后还称谢不已。20多年来，我在家吃饭的次数远远比不上去餐馆的次数，说是吃遍北京，应该不算夸张。请客是门大学问，满足口腹之欲倒在其次，关键是事情、地点、饭菜及花费，样样都要相应，做到恰如其分是很难的。

北京最贵的馆子是国贸的阿一鲍鱼，那几年跟一位南方大哥整天泡在那儿，他每次都点一瓶路易十三，偏又少有人喝，多数都被我密西了。饭后照例每位服务员一百美元小费，与他在赌场每人上万地发钱相比，这些算是麻麻哋啦。有一次我在那儿请一位高官，埋单时卡刷爆了，幸亏认识，否则就糗大了。

北京除了保安多和官员多之外，驻京办事处和外企也特别多，这十来年最地道、最实惠的吃饭的地方就是各省市的驻京办，像建国门的川办、潘家园的豫办、安定门的苏办、二里沟的新办、亚运村的藏办、和平里的贵办等，虽说对外公开营业，但主要还是接待来京办事的大小官员，里边的特色菜绝对真材实料。当然，每年的财政补贴也不是个小数，去这些地方，一般需要预订。

据市工商局的朋友讲，北京差不多每天开三家餐馆，同时关张两家。有个老乡跟我说，北京多好啊，从来都不用赊账，在东北要账可费劲了。他那家小馆叫“海瓜子”，专营地方海鲜，本来是个同乡聚会的好地方，可四年前，他通过关系揽了个工程，嫌做餐饮操心费力，就关门不干了。

开餐馆也是讲究缘分的，像名闻遐迩的马兰拉面，就是中国化工集团的高管们自筹资金做起来的。那位任总跟我说，这些人跟他十几二十年了，不管到天南海北，就是想吃兰州老家的拉面，所以才搞起了这个连锁店。而北京最好的泰餐馆——非常泰，是一对台湾夫妇开的，他们选房用了一年，去泰国采购了一年，装修准备了一年，三年磨一剑，一开就火，晚八点之前去，肯定是要等位的。

做餐饮看似门槛不高，其实名堂最大，属于过度竞争行业。有个餐饮世家来京开了家九头鸟，迅速火爆之后，内部的矛盾也开始激化，结果女老板的爸爸索性自带一干人马，开了一家九头鹰。

北京的特色菜无非两样：烤鸭和涮肉。九华山烤鸭原来开在香格里拉的后院，据说全聚德原一、二、三名高手全被网罗在此，中南海都从那儿订烤鸭。早先涮羊肉最火的是能仁居，料好味正，肉片可以生吃，店主夫妇在北大荒待了十多年，原来可热情了，腰包鼓了之后，对我们老哥几个就不那么待见了。

前几年八间房的兄弟想搞“素往来”素食连锁，向大众推广寺院的斋食。市场调研的对象主要是成都小吃和杭州小吃，一对老夫妇告诉他们，在门口的小吃部吃包子时，拿了几个给家里的小狗，不料，狗嗅了几下就走开了，原来那些肉馅都是猪的淋巴、囊膪等下脚料，连狗都不敢吃啊！

圈子趣闻

我在做处长的时候，有个小体会，对于业务一定要敢于坚持自己的意见，而在背后，必须夸自己的领导，尤其是一把手，这种话传到对方的耳朵里，比当面夸一百句都管用。所以，男人千万记住：陪老婆逛街，须当面说好；给老板打工，要背后夸奖。

最好的老大是唐僧

我有一个姓李的朋友，在广东珠海那一带，生意做得相当成功。2004年的春节前，我们几个人在他那装满佛像的办公室闲坐。当时，他看着天花板，突然说了一句："怎么到了过年，净我给别人钱，没人给我钱呢？"我接过话茬说："大家都觉得老大最不缺的就是钱，所以人家都给你好话。"是呀，一般人靠拿钱过年，大老板靠花钱过年。

当老大，可不是一件容易事。我总结了五条：

一、登顶。一般人爬山，目的性并不强，或游山玩水，或吐故纳新，或锻炼身体，但对老大来说，要爬山，就得登顶，因为你没有权利，也不能选择半路停下来或退出，只有坚持到最后，老大才能得到他该得的。

二、胆大。记得李安的《饮食男女》中有一句台词："人生不能像做菜，把所有的料都准备好了才下锅。"当老大的更是如此，在原始积累时期，先是凭胆子挣钱，再是凭关系挣钱，继而是凭资源和平台挣钱。凭胆子，说穿了就是摸着石头过河。等到水深了、流急了、人挤了，上哪儿摸石头去？待到此时想过河，就必须懂得合作、善于合作了。

三、团队协作。带团队，最怕没有技术含量。像东北前几年有一帮凿奔儿的，趁着天黑，照着人后脑勺就是一榔头，杀生夺财，取人性命够狠，但夺人钱财不多，手段拙笨，罪孽深重，从技术与成效上讲很低劣。而做小偷就是相当有技术含量的团队合作了，首先要有眼光，知道谁有钱谁没钱；其次要有决断，知道谁能偷谁不能偷；再次要有胆量，大庭广众之下摸人的钱包，要有多大的胆啊；最后分工要细，有指挥的、下手的、起哄的、阻击的，还有销赃变现的和坐地分赃的。如果哪个公司，敢说其效率堪比小偷团队，相信不管在哪个领域，都会称雄一时。如果哪个公司是抢劫文化，像程咬金似的，只会“劈脑门、挖眼睛、掏耳朵”这种三板斧招数，肯定是兔子的尾巴长不了。

四、甘当大傻瓜。老大威风大，风险也大。如果处处与人计较，事事与人掰扯，最终一定会成为孤家寡人。当老大，其实就是坐庄，赢得起，更要输得起。如果没有甘当革命大傻瓜的精神，不把别人吓跑了，也会把自己憋成绝症了。

五、能给孙悟空念紧箍咒。许多人认为，最好的老大是唐僧：做老大的，有原则、有思想、有背景才最重要，不一定要本事太大。您想想，如果是孙悟空领导西行团队，早就把猪八戒打个半死，沙和尚气个半死，白龙马累个半死了，自己一个跟头就翻到了西天，哪儿还有什么九九八十一难啊！因此，戴着金箍的孙悟空，是最佳的孙悟空；能念紧箍咒的老大，是最有本事的老大。

佛商、儒商与道商

案头有一本《史蒂夫·乔布斯传》，放了好久，终归捧诵不起，原因是太重了，有二三斤，像砖头一样。定价也不低，看来读者多是些有钱有闲的年轻人吧。我喜欢乔布斯，不光是因为他信佛，还有就是苹果产品透出的那些禅意，我觉得他是位佛商。

现在是商品社会，商人的地位很高，尤其是富甲天下的或豪富一方的，举手投足都关系到他人的福祉。这类人有两种，一种是有信仰的，一种是没信仰的，抑或叫有哲学的、没哲学的。没思想没哲学的好区分，那是绝对的实用主义，一切皆为金钱与享受，这类人很多，中国尤其多，以前的煤老板更特别多（现在好些了）。

能讲出来的道理太多了，春秋时已经有诸子百家，几千年下来，中国文化基本上三足鼎立：儒、释、道。所以，我审视有思想有作为的老板，也按照这三条主线，分儒商、佛商和道商。严格地定义三者，确实较难，总不能说信佛的商人就是佛商，其实这帮信佛的，无非捐捐香火、拜拜菩萨，与慈悲为怀的本心是不一样的。

所谓的商人，出发点都是谋利，赚不了钱就不能称其为商。其中儒商的目的是贡献社会，手段是讲求堂正之师和秩序的；佛商的目的是奉献自己，手段是有福报而润物细无声的；道商的目的是逍遥与长寿，一人得道，鸡犬升天，手段是道法无边。

中国的儒商很多，我是指从官场下海的，或者国企的老板们。他们喜欢读书或看文件，直接与政府做生意，或倚靠政府，在各行各业均居主流。他们自己不写书，也有人为之著书立传，倒也不愧对这个“儒”字。更多的人是放几书架工具书，练练书法，拿个博士学位，各种媒体上说说事，摆出儒商样子。

认真说起来，商人中最多的是道商，这有两大原因：一是讲求养生；二是因势利导，手法多变。既然自命不凡，就难免装神弄鬼，老板中有几个是不信风水不信命的？别看缴税心疼、慈善抠门，算起命来大方得很，哪家大地产商的身边没有个风水小团队呢？

我对马云了解不多，但不认为他喜欢道学就是道商。相反，他更像佛商，因为他和我心目中的两个佛商最接近：盖茨与乔布斯。前者推广了PC，还捐了作为世界首富的全部财产，说他是圣人，恐怕也没人反对；乔布斯以禅入道，苹果初结，斯人远去，令人百转回肠、唏嘘不已。

太史公云：“渊深而鱼生之，山深而兽往之，人富而仁义附焉。”损人利己者，奸商；利人利己者，俗商；顾及身后事者，雅商。大多数成功商人都是分阶段的，比如第一批海南淘金者，当初抱着匡济天下的想法投身商海，是谓儒商；周旋黑白道，奔波海内外，用尽手段而富之，是谓道商；感恩知命，慈善悲人，看破放下，是谓佛商。

冯仑曾说过一段话：“李嘉诚讲追求无我，王石取名不取利，柳传志要拐大弯……这些东西恰是他们的成功之处……大家在抓钱的时候，他们刻意或者自然地与钱保持距离。他们对中国社会有一种看法，知道在中国社会应该跟外部世界保持距离，即你的存在最好能够让大家舒服。”

不是死亡，就是重生

1998年，我的同学来京主持某美国上市企业的销售工作，每次见面都意气风发得很。后来我见到了他的少东家，劝他在家族企业干活，最好悠着点。某个周五，他打电话给我，说明天将由董事长提名，出任总裁。到了下周一，另一位老兄说这哥们已被送进精神病院了。原来，周六的董事会剑拔弩张，周日就把他莫须有地办了。当时我们都非常震惊，时至今日，那同学一切尚好，而这一类事件早就见怪不怪了。

浙江皮革大王王氏家族，随着企业做大，带头人王敏与他的父亲王大同以及兄弟王怀、王楚矛盾日深，为了财产报案打官司，扬言烧工厂，在公司文件上写上："违者必斩！"而另一方更干脆，直接把他送进了精神病院，结果企业分崩离析了。

山东神光证券公司上市后，孙成刚与弟弟孙成旗的经营理念发生了冲突，然后是利益和情感开始异化。导火索是弟弟与公司另一股东董琳结婚，双方股权对等，由暗战发展到无间道。最后哥哥在一个月内付给小两口1320万元，赎清了股权。结果，这位剩者并未成为胜者，因"股市黑嘴"事件，被没收非法所得并罚款。

上述案例影响有限，而新鸿基郭氏三兄弟的动静可就大了。新鸿基地产创始人为郭得胜，1990年去世后，由长子郭炳湘领军，市值始终在3500亿元左右。2008年2月18日，港交所发表公告，郭炳湘暂时休假，其职务由其弟郭炳江、郭炳联接任。到了5月27日，他们的母亲出了面，郭炳湘被指患有名为“狂躁抑郁症”的精神疾病。

在“鸿基永固”四个金色大字下，家族矛盾与日俱深。郭炳湘多年前遭到绑架，支付七亿元港币赎金获救后，性情确实大变。他在地产租赁上屡有大手笔，受到稳健经营派的反对，又与一位青梅竹马的女友交往多年，还合作在内地投资了数百亿元，从而引起家族的抵触、反对和处置。归根到底，根本利益才是家族的底线。

安巴尼家族的继承人之争，简直就是郭氏兄弟之争的印度版。曾经是父亲左膀右臂的哥俩，在父亲去世后，各显神通、激烈争夺，直到母亲出面，才在父亲的忌日达成协议，将集团企业彻底分割。这一类故事无论古今中外，还是村镇市内，都时时刻刻地上演着，请看下列名单：

中国首富黄俊钦、黄光裕、张志铭的黄氏家族之分道扬镳；

希望集团刘永好、刘永行、刘永美、刘永言的各立门户；

印度米塔尔家族三兄弟的画地为牢；

远大集团张跃、张剑的理性分家；

台湾首富王永庆去世后的家族纷争。

走进企业家的办公室，一般都会看到“大展宏图”“志存高远”等座右铭，就像黄光裕非常喜欢老鹰，而把公司起名鹏润集团一样。其实，企业在不同的阶段，有不同的使命，在转折之际，需要完成痛苦的蜕变。据说鹰也有这个特点，当它到了40岁后，开始老化：喙又弯又长，翅又厚又重。等待它的，不是死亡，就是重生。

老鹰首先会飞到一个无人可及的山巅，寻找一处高崖筑巢；然后每天不停地用自己的喙击打岩石，不顾鲜血和疼痛，将喙彻底脱落，再然后就是长时间地等待；新喙长出来以后，就更狠地将爪子上的指甲，一根根地拔出来；新的指甲长成后，再将身上的羽毛一根根地拔掉。150多天过去，羽翼大成的鹰就可以“飞得更高”啦。

东方家族企业往往组成不同的专业集团，再由专业公司控制上市公司，构成进退自如的利益金字塔。比较有名的有：万向集团鲁冠球、鲁伟鼎父子，康师傅集团魏应州四兄弟，盛大的陈天桥、陈大年兄弟，安踏的丁志忠、丁世家兄弟等。1999年，苏宁董事局主席张桂平与弟弟张近东分手以后，颇有感触地说：

“原来是一股道上跑着两辆车，现在是两股道上各跑着一辆车，我想这个力量肯定比原来的大！”

家鸡有食汤锅近，野鹤无粮天地宽

我有个发小很精，是东北地区最大的特钢营销商。每隔一段时间，他总要找我聊聊天，聊一些企业的事情。前几年，他有个硕士助手负责哈尔滨的业务，结果中饱私囊，东窗事发后，还自己成立了一家公司与他竞争。虽然那个家伙已经快吃不上饭了，我那兄弟仍心有未甘地问我："大哥，是不是学历越高的人，就越不忠心啊？"我就给他讲了个三国的故事。

吕布有个军师叫陈登，德行也很差，他代表吕布去朝廷谢恩，自己拿了一大堆好处，而他老大屁也没捞着。面对吕布的怒责，他从容地解释：我对曹丞相说，您是老虎，饱则相安，不饱啮人；而曹操却说譬如养鹰，饥则为用，饱则扬去。一番话，道出了老大的难言之隐。

这则三国故事是说，老板对待助手有两种情况：给的条件够好时，老虎似的助手会安心为你卖力，老鹰似的助手会舍你而去；给的条件不够好时，老虎似的助手就要自己争食吃，而老鹰似的助手却更加贴着你，等待吃饱的那一天。

是虎是鹰，区分起来是很难的，不能简单地用学历高低来衡量。董事长老弟当兵出身，做事踏实勤奋，喜欢用老虎似的助手；而我做金融出身，不喜欢斤斤计较，喜欢用老鹰似的助手。他错把老鹰当老虎，自食其果；而我也有过把老虎当老鹰的经历，教训多多。

俗话说：虎行似病，鹰立如睡。老虎平时总是一副懒洋洋的样子，

只有面对猎物时，才动如闪电，长啸山林，它一般用尿来划分与其他老虎的边界；而老鹰整天一动不动，像睡着了似的，而一动之下，兔鼠均在掌控之中，它是以高度来维持自己生存的。

平时闲谈，我常给八间房的兄弟举生态圈的例子：长颈鹿去吃大树上的嫩叶，山羊可以享用一般的树叶，而兔子只能吃草，虫子则要辛苦地从一片叶子爬向另一片叶子。在社会上，我们一定要定准自己的位置，该吃什么，就去吃什么，叫长颈鹿去吃草，还竞争不过兔子呢。

水泊梁山一共有三任老大，王伦心胸狭隘，死于内部竞争；晁盖偏安一隅，大权旁落而自寻死路；只有宋江“身在西下洼，想着亚非拉”，一心忠君报国，率领一百零七位虎豹鹰蛇，干出了一番大事业。虎啸鹰扬，才是男子汉大丈夫的根本出身。最后，与大家分享我的两句座右铭：

家鸡有食汤锅近，野鹤无粮天地宽！

名与命

有一位朋友颇有才华，在做地方官期间，不仅使财政收入翻了几番，还获取了哲学博士学位，而且能在同级的党校研究班上讲课。每逢见面，他总要跟我聊下海经商的意愿，听得多了，我不客气地说："你下不了海。下海也得去国营单位。"他问为什么，我笑道："因为你名字是'公驹'，只有给公家拉一辈子车了。"

在江湖上待久了，听得多也见得多，名字这东西真的多多少少与一个人的命运有不少关联。我中学有位好友叫小锚，毕业那年去一小火车站串亲戚，据说那天他穿一件米黄色的风衣，一只脚站在铁轨上，另一只脚踩着站台，身后的火车拼命地鸣笛，周围的人也在叫着，而他却毫无反应地看着前方。就这样，身后的火车直接将他撞飞。

在葬礼上，人们对着那充满青春朝气的照片哭泣，上面写着他的大名：高尚。说来也巧，和他走得最近的一个少年，半年后也因病去世了，那孩子叫于雷，也许因为与"鱼雷"同音吧，哥俩的结局都不怎么吉祥。而伙伴中的凡子、大广、老久等，倒是还过着平常人的生活。

前年在一家烤肉馆邂逅了一位老友，寒暄了几句，就回桌各自继续。同桌的哥们问我那人混得怎么样，我说应该不差，因为这主特有毅力和责任感，但也会很累，毕竟是头劳动的牛——"劳牛"。再去一问，果不其然：他已开发了三栋大厦，但因产权关系和劳资问题，一直搞得自己焦头烂额。

中国人最常见的名字是刚、强、明、勇之类，更大众化的是国庆、建军、五一什么的，反正生日自己忘了，别人也会替他想起来。我就奇怪，怎么就没有叫元宵、端午和春节的呢？也许叫元宵是怕跟混蛋混淆起来，而有人宁可叫初一，也不叫让大伙过年的春节。

北京有许多为人起名的公司，顶尖的那几家为人取名收300到500元，为公司取名收费800元以上。我和一位金姓老者攀谈半天，说自己如果天天诵《金刚经》，就是叫阿猫阿狗也没关系，老人深以为是。觉真法师当年说，能送一幅会让我想哭的字，果不其然，那幅字至今还挂在我办公室：德征长辉。

非你莫属

20世纪90年代以后，我国进入高速发展期，我身在其中，感觉有三个阶段：第一是纯粹的赚钱，大家都在谈，在哪儿可以赚钱，赚多少钱；第二是谁出了什么问题，怎么才能摆平；第三阶段，人们变得更加

拼命，四处寻求好的工作，并把它当作终生的理想。

各类的电视节目很多，除了《非诚勿扰》，还有《非你莫属》。孟非蒸蒸日上的同时，张绍刚却黯然离去，包括我在内的许多人，也就自动不看了。不仅因为缺少冲突而丧失了娱乐性，而且越来越像一部肥皂剧。那些嘉宾既没有HR的专业性，也不可能有老板的决断。

在任何国家，面试这种事都是挺较劲的，它折射了生活最最残酷的一方面，尽管看上去很美。如果我们每一个人手上，都拿着一个放大镜去看别人，去看工作的话，你永远不会有满足和满意的时候。因为世界不是以你想象的样子来塑造的。不妨试试去了解别人或了解某个企业，也许你会有新的见解。

张绍刚或许不是一位好的主持人，但他的较劲总是以对方受益为前提，其实这是最为难能可贵的品质。他说："每个人都希望向别人表达，但别人不接受的时候，是不是就意味着拒绝，或者说我们是错的？也许世界上并没有对或错，而有着太多的中间地带。如果不能是非分明，可能所有人都需要宽容。"

在我本人的经历里，记得地产公司招聘那回，什么航空航天大学、人民大学的，来了好几十个，跟专业边都不沾。连个前台，都好几个本科生在争。人事部跟我汇报，我连问几个为什么。后来，亲自面试了那些大学生，他们都异口同声地回答："房地产行业有前途。"我真的不以为然，这是时代变了吗？

因为喜欢孟非和《非诚勿扰》，有一天忽然觉得，招聘和相亲挺像的：其中的诚意无多，只是彼此有着共同的需求。您看，孟爷爷多像个街道大妈，带着24个女孩子，仿佛不是来搞对象的，而是丈母娘一般品头论足；《非你莫属》也是这样，那些著名企业给的待遇，比公开招聘的还低，只是为了展示自己选择的优越性。

苏东坡有回在自家花园散步，揉着肚皮问里面装了什么，丫鬟们倒是没有顾忌，一个说学问，一个说诡计，只有那位朝云姑娘轻叹了一句：“相公是一肚皮的不合时宜。”

是啊，在一个不合时宜的时代，对个人来说，不合时宜本身就是一种莫大的悲哀。

背后夸领导

按照西方的规矩，永远也不能说给自己开工资的人的坏话。这一点在今天的民营企业，也是很明显的，但在国企略有不同。因为长期以来，工人阶级都是国家的主人，职工一般不会被开除，所以有怨气的时候骂骂领导是很正常的。当官的那些花边新闻，正是职工们晚上餐桌旁的下酒佐料。

单位里的人好比是一群马，新来的人往往需要纳投名状，请大家吃个饭，而且摆出一副谦虚的姿态。这时候最愚蠢的做法是包打听，问东问西惹人生厌。领导的私事尤其不能问，一旦犯忌，这种恶劣印象会在领导脑海里留下永久的烙印。现在的职场水很深，慎言慎行是明哲保身的不二法门。

我认识一位大哥，他对我的“鹰虎理论”很认可：有的助手像老鹰，不能轻易满足他的欲望，因为老鹰一吃饱就飞走了；而有的助手像老虎，不能让他饿肚子，因为他吃不到东西就吃你。有一次，大哥分别与两个候选人谈话，考察他们对对方的看法，其中一人讲得很中肯，另外一个绕着弯地贬低对方，净说些没影的半截话。结果就不言而喻了。

和领导私下喝酒，是一种难得的机会，这种时候可以讲个人的困难，更多的是打哈哈。领导肯定东一句西一句地问些公司各部门的情况，这时一定要实事求是，“上眼药”是很愚蠢的，当然也要采用一些高级的心理战术。有一位老弟酒后话多，流露出跳槽的想法，结果很快失宠，重要工作都被转交给了别人干，最后即使没机会，也得跳了。事后，他恨不得抽自己嘴巴子，说道："跟老板去交心的，绝对是傻瓜！"

前些年有个段子，讲陪领导的四大不懂事：领导夹菜你转桌，领导讲话你唠嗑，领导秘书你想摸，领导家事你乱说。这些还真是经验之谈，我是到了50岁了才有了更深领会。因为领导都是上了年纪的人，很执拗，就像我们的父母一样，所以比较在意一些表面功夫。

公司一位年轻博士很喜欢老板的女秘书，得空就上去搭讪，按理说年轻人的交往很正常，但是这里边有名堂：一是女秘书的眼界高，一般的技术性人才很难入法眼；二来秘书经常接触公司核心机密，很了解老板的私人活动，与她关系密切很容易犯老板的忌讳。果然，那人很快就被冷落，后来另寻出路去了。

有一位老大姐介绍自己的经验说，最容易打动领导的地方是病房，而不是家里。领导的家就像女人的私处一样，是不能轻易亮出的，而生病时正是人心理最脆弱的时候，一个花篮和几句好话都会被牢牢记住。我在做处长的时候，有个小体会：对于业务一定要敢于坚持自己的意见，而在背后，必须夸自己的领导，尤其是一把手，这种话传到对方的耳朵里比当面夸一百句都管用。所以，男人千万记住：

陪老婆逛街，须当面说好；

给老板打工，要背后夸奖。

领袖人物的命都硬

刚创业那会儿，我很喜欢算命，隔三岔五地见见高人算一算，听的时候甚为入理入心，过后一想，啥也没有。不过，有些事确实不是巧合，比如一位过路风水师曾说，我上两辈有位爷爷会没有男孩子，原因是盖房的时候石头没了，用泥顶的，回去一问果然如此。大师们对我的评价林林总总，但差不多总有两个字：命硬。

据说领袖人物的命都硬。类似的例子很多，约旦已故国王侯赛因一生遭受过12次暗杀，有一次他和爷爷同时被枪击，但胸前的一枚奖章使他幸免于难，而那名凶手则被他亲手抓获。侯赛因说："有时候，我感觉自己像是活在一本侦探小说里。"

命硬的男人管理世界，命硬的女人支撑家庭。有一位农村妇女先后嫁了五次，但她始终乐观向上，不辞辛苦地带大了八个孩子，其中五个都上了大学。过去有句老话："骒马不拉车"，意思是女人不能做老大，其实哪个家庭不是女人在当家做主，母亲才是家中永远的老大。

现在世界上，确实存在一位命最硬的人物，他就是古巴的卡斯特罗！他一生中经历了638次暗杀，这些暗杀手段几乎可以写成三本厚厚的书，像雪茄炸弹、真菌潜水服等，其中有一个老情人准备毒死他，下手时发现药片溶化在了她的面霜里，于是只好坦白。卡斯特罗曾跟自己的哥们马拉多纳说："奥运会要是有个项目比命硬的话，那么这块金牌非我莫属。"

大凡有点生活经历的人，一般都沾点命运色彩，这是茶余饭后最常提起的话题。佛教是反对这种说法的，万事万物各有其缘起，因果不虚、报应不爽，所谓“命”就是我们身口意的现见。与其迷信一种神我的存在，还不如现在开始：诸善奉行、诸恶莫作、自净其意！

一个风雪之夜，几位朋友遭遇了车祸，眼见得小车像怒浪之舟一般碰撞在栏杆与大货车之间，一位朋友突然郑重而庄严地喊起“阿弥陀佛”！同行的也都是居士，在同口同心的“阿弥陀佛”佛号之中，那辆车像被一只无形的巨手托着一样，停靠在临时摆放的石块之上，所有人毫发无伤。事后，有人说他们命硬，那哥们说是“命应”：

慧命的报应。

最放心的银行

最近几年，我一直深受一张银行卡的困扰。因为是公司卡，里边还有几万块钱，但公司已经不在了，不知怎么就罚起款来，里边的钱抵不了，外边的现金还不收，我至少跑过五家支行，连朝阳门的北京分行都去了十多趟，人家个个彬彬有礼，就是无所作为。

每次过来，一排队就是一个小时以上，然后部门推部门、这人推那人，几句话就把我打发走了，只好让公司的人来；公司以前的会计也来过两趟，仍是不行，还得我来；我来了，还是办不了。问题是，二十几岁的小姑娘只能按章办事，这无可厚非，可那些高级经理或行长呢？一打听，人家可是忙着呢，不是开会出国，与国际接轨，就是喝酒爬山，照顾中国国情去了。

这使我想起，最近在网上看到的一个《最早的存单》的故事。故事说的是有一个美国老太太，在翻自己祖先的遗物时，看到一本书中夹了一张手写的存单，是200年前在瑞士某银行存了100美元。闲得无聊，老太太试着去这家银行在美国的分行取这笔钱。

分行工作人员接到这张200年前的存单后，立即上报总行。总行立即派专人核对存单上的账号，在公司百年前的老账中，居然查到了该笔存款的底账，是到目前为止，找该公司来兑现的最老的存单。

总行行长亲自到美国找到该老太，邀请媒体等举行隆重的兑换仪式，按利息（以前银行是不收管理费的）给老太太兑现了50多万美元，并奖励这位最老客户100万美元。该银行收回这张存单后，把它装裱起来放在银行的展馆里，并对公众说：“存在我们银行，只要地球还在，您的资金永远不会丢失。”

当初我最头疼的是，银行每年收我20元年卡费，因为没有渠道去交，按月翻跟头，没几个月就过百了。钱倒是小事，关键是影响个人信用。买车排号、买房按揭，都会受到影响，中国的银行真是很行啊！

后来，我偶然进了这家银行的办公场所，领导们对银行卡这件事倒是挺重视的，几个部门也都表示会通力协作，尽快处理此事，还帮我把2013年的年费给免了。虽然这事到现在还没结果，总归人家是尽心尽力了，我表示感谢也是应该的。

令我遗憾的是，在中国的银行里，没有看到装裱起来的“最早的存单”，有的只是一面面各种形状的锦旗。

巴菲特午餐

我听说的最贵的一餐饭，是在酒仙桥的798艺术区发生的，四个人花了860万元，完全都是酒钱，他们把那家号称京城最牛的会所仅存的八瓶最顶级红酒全给喝了，其他消费也有个十几万元，不过直接被免单了。问题是其中两位喝吐了，恰逢其会的一位影星说："看着我那叫心疼，好几百万在肚子里转了一圈，都还给垃圾桶了。"

像这一类酒宴在京城时有发生，只不过当局者讳莫如深，一般人难以听闻罢了。我亲身经历的一次是在国贸，外地那哥们可能是狂惯了，见在座的又是领导，又是美女，十分亢奋，连着让上最贵的酒，到了结账时，据说有六七十万元，他的金卡刷不出来了，还是北京一地产大哥帮他解了围。

坊间津津乐道的一餐饭，是步步高段永平创下的，那是2006年6月23日，他带妻子去纽约曼哈顿的一家牛排连锁店，与巴菲特共进了午餐，为此付出了62.01万美元（当时约值500万元人民币）。这事到底值不值呢？国内是炒得铺天盖地，穷人说他烧包，富人认为嘚瑟，倒是中产阶级觉得不失为一种炒作的方式，媒体则鼓捣出各种话题。

老段的出发点很正常，一是移居美国后，手里的大把现金缺少用处，需要选择投资目标；二是这些年读巴菲特的书十分受益，股票上赚了好多钱，希望当面表达谢意；三是作为慈善款，捐给格莱德慈善基金会，这是家广受赞誉的慈善基金，老段夫妇早有此心；四是这是难得的荣耀，也算替中国企业家达成个心愿。

拍卖共进午餐的入场券，是巴菲特夫人想出的主意，她在基金会做了15年义工，无人知其身份，她劝丈夫用这笔钱，去帮助旧金山的无家可归者。2001年和2002年，分别只拍出了1.8万美元和2.5万美元；从2003年起在eBay（亿贝）网竞拍，当年被纽约对冲基金的一位主管以25.01万美元获得；次年，某新加坡人付出了25万美元；到了2005年，一神秘人物以35.11万美元竞得。2007年，对冲基金经理们再以65.01万美元的价格，拍得机会，事后对媒体表示：午餐谈话内容从选股标准，到纽约首席检察官嫖妓丑闻，不一而足。与君一席话，胜读十年书。

2008年，号称“中国私募教父”的赵丹阳以211万美元创下新的纪录，他精心准备了两份礼物：贵州茅台酒、东阿阿胶。据说还推荐了物美商业，巴菲特表示“会去看看”。2009年获胜的是加拿大人，价格为168.03万美元。2010年，九名竞拍者总共进行了77次报价，“巴菲特午餐”拍卖最终以262.6311万美元的最高价落槌。2011年，对冲基金经理Ted Weschler（特德·韦施勒）再以262.6411万美元，获得了与年已老迈的股神之进餐权利。2012年6月4日上午，巴菲特午餐起拍，起拍价是2.5万美元，最终以345.6789万美元在eBay网上成交，是十年前价格的138倍。

从数字对比可以看出，次贷危机以后，拍卖价格反而攀升了，再次证明了巴菲特投资理念的不朽性。国内某基金的发起者彻头彻尾地学习巴菲特，连发了六期基金，业绩相当不俗，他评价巴菲特午餐说：

“有人或许觉得，为一顿饭花这么多钱太不值，其实不然。对于追随巴菲特理念的投资者来说，有机会与偶像吃这样的一餐饭，既是一种光荣，也是自我价值的最高体现，这不是国内那些砸钱斗富的做法所可比拟的。”

生存的智慧

每到周六，边看《非诚勿扰》，边欣赏英超，成了我留有余兴的节目。英超的大戏自然是豪门对抗，强队争霸，激烈得一塌糊涂。同时，孟非三人组也已渐渐成戏，黄博士的小婉约、乐嘉的大瓣蒜，加上孟老师的调和，节奏明快地上演着一出出悲喜剧。总的来说，我对女嘉宾印象不深，感觉男嘉宾普遍入情入理一些。

记得有位华裔美国人很出色，他说有一次在印度孟买丢了钱包，发觉时已到了另一城市，怎么办呢？当地导游生意火爆，而讲的英文都一般，他就找了英语最差的一位，说我们合作吧。于是那人揽活，他现身说法，多挣了很多钱，他分得了自己的一份，坐车回去取了钱包。内地的姑娘没能欣赏他，实在是意识上的差距。

人活在世界上，生存的智慧最重要，一是要活下去，二是要活得充实自在（先不论解脱），具体来说，要看一个人的根性和环境。比如广东餐馆养了不少鸟，平日好吃好喝地侍候，客人一点到了，最大最肥的往往最先倒霉。如果那鸟儿有些圣人智慧，忍住不吃或少吃，熬到了又瘦又小的时候，即使不被放过，也有机会穿笼而出。

有座城市号称男盗女娼，这些年来男的组成盗窃团伙，女的成帮结队地各地做小姐，有时联起手来，颇有些“试问天下谁能敌”的味道。那儿的师傅带徒弟有一招，师傅在公交车上起货，然后溜之大吉，由徒弟听事发后的议论，说东道西的什么都有。回家后，师傅的总结是：一是能忍；二是要狠；三是别人怕什么，咱们就来什么。

一则寓言说，火和干柴约架，后者请了好多亲友，像干草、干枝子、干叶子什么的，前者只身赴会，结果可想而知，来得越多，烧得越旺。这属于天性相克的。有头驴也这样，看到马的待遇好，便混过来蒙吃蒙喝，开始马群没什么反应，后来驴兴奋了，跟着一起叫，那驴嗓子还没嚎两声，就被一阵蹄子干跑了。

经济学教科书有个著名的案例。一名富翁准备存一千万美元的有价证券，银行每年照千分之一来取费，需要一万美元，后来咨询顾问出主意，搞最低限额的一美元抵押贷款，最后只花了六美分。另一案例是，某人要外出几个月，但纽约的停车费高得吓人，他也是以豪华轿车作抵押贷款，结果凭空省了大笔的停车费用。

有位博士生四处找工作，有家公司对他很感兴趣，老板做了面试，问他如何证实自己的良好品德，他说导师可以，老板知道那是位大名鼎鼎的经济学家，就说："那请你导师写封推荐信吧。"过了一段时间，老板很奇怪没有回音，竟亲自打电话问他："为什么你的导师没有推荐你啊？"博士很直白地回答：

"因为导师对我谈了您的品德。"

感谢上帝让我得了糖尿病

在中国，接待是商业活动的重要组成部分，买卖不成仁义在，不表示一下怎么能行呢？其实也很简单，无非是三部曲：喝酒、唱歌、洗澡，个别感情到位的也可以打打牌。按理说，这些活动不仅耗神费钱，而且影响健康，只有洗澡是个例外，但不包括按摩等额外内容。

中国是讲究修身齐家的，洗澡也叫作浴身，历来是劳心者的独家专利。唐朝的《天隐子》一书里讲："斋戒者，非疏茹饮食而已；澡身者，非汤浴去垢而已。"这里讲得很明白，吃斋还可以节食调脾胃，洗澡能通脉健身。无论吃素还是洗澡，都是养心的必要手段。

民国百岁老人陈立夫有个习惯，每天起床后，洗45分钟以上的澡。具体做法是：边洗边自我按摩。方式如下：

1.全身浴：水浸平乳头，温度42℃，泡一刻钟，用柔软毛刷局部刷磨；

2.半身浴：水面平脐，上身盖大毛巾；

3.淋浴：用特制水管喷射各部位五分钟，再入浴。

由此可见，这位老人不仅把洗澡当成运动，更作为养生的手段，这也是前无古人、后无来者的情况。他老人家能够活到一百多岁，也是修身养性的必然结果。据后人介绍，他还有三不洗的习惯：饭后不洗；患病不洗；饥饿、水温过高或血压过低时不洗。其实，洗或不洗，都是有依据的，唯有养生的目标是绝对的。

我有位辽宁老弟，平时事务繁忙，但始终坚持锻炼。一次在北京某招待所，我在那儿按摩呢，他却一边跑步，一边说："哥，咱们生意怎么做？”后来，他得了糖尿病，但始终坚持健身，并在我的建议下，每天打坐。他的家族经营着当地最大的洗浴城，也算得天独厚，所以他天天洗48度以上的热浴，然后冷浴，再高温桑拿，每次连续三个循环。

我是陪不了他的，听他说这样锻炼的结果，皮肤可能比小姑娘还嫩，颇有些不信邪。那天，我上去一划，大大出乎意料，还真就破了，这是什么情况？老弟说起十年前得了糖尿病，不得不逼迫自己锻炼身体，现在一切正常不说，身材比年轻时还要匀称。为此，他不止一次地对我感慨：

“感谢上帝让我得了糖尿病。”

这才叫营销

一位妇女走进一家鞋店，试穿了一打鞋子，没有找到一双是合脚的。店员对她说："太太，我们不能合您的意，是因为您的一只脚比另一只大。"在下一家鞋店里，笑眯眯的店员却说："太太，您知道您的一只脚比另一只小吗？"这位妇女高兴地离开了这家鞋店，腋下携着两双新鞋子。

在云南丽江，一位游客走入一家商店，问老板："先生，您的橱窗广告上字母写错了，而且语法不通，您难道没注意吗？"老板一边给他打包纪念品，一边说："不瞒你说，我是故意这么写的，一般人都觉得我是个笨蛋，所以都会来这里买一点东西。"

有位安利的女推销员很漂亮，业绩也十分惊人，她的诀窍是："我每次上门，只和那家的男主人谈，然后说这次不必急着买，以后我会再来的。而往往这时候，女主人会马上掏钱买下。"

某人周六陪一美女来到珠宝店，用支票订了一个两万元的钻戒。到了周一，店员发现那是张空头支票，赶紧打电话给他，这家伙笑了："得了哥们，反正戒指还在你们店里，大家都没损失，多谢你帮我度过一个愉快的周末。"

一个炎热的午后，有位浑身汗味的老农来到一家汽车4S店。柜台小姐客气地说："大爷，我能为您做什么吗？"老汉有点腼腆地回答："不用，我就是想进来吹吹冷气。"小姐赶紧倒了杯冷水给他，对老人关怀备至。过了一会儿，老汉拿出一张皱巴巴的纸，一下子订了八台货车。销售人员全惊呆了，他却笑了：“这都是我儿子出的馊主意，非要选一家售后服务可靠的销售店。”

前几天，一群精英分子坐在一起点评大势，言谈中说到，现在经济发展太快，人越来越有钱，堵车越来越厉害，闲着无聊的时间也越来越多，得想办法把全国人民的闲工夫用起来。有的说全民打太极，有的建议搞基金，还有的倡导背四书五经。就见一哥们站起来大声说：“这些都不好使，还是全民看广告吧。”还别说，琢磨来琢磨去，这主意不错。他边上一主儿悄声问道：“哥们，你咋想出这么高的招啊？”他压低声音说：“高不高我可不知道，反正只要你们看广告，广告主就得给我代理费。”

狗屎运

有回参加一个饭局，大家总觉得有点味不对，一位属狗的做事比较认真，站起来挨个排查，发现某公的脚底踩了狗屎，他自己还不知道呢。有人一边催他赶紧去洗手间处理，一边还在调侃：“你小子要走狗屎运啊。”众人哄笑不止，并不以之为然。

那天也真神了，饭局后，一帮人去隔壁的茶楼斗地主，踩狗屎那家伙果然大杀四方。另外一哥们的媳妇那天也在场，看自己老公一直在输，就说：“凭什么踩狗屎就叫走运？我们家老王还经常在家踩猫屎呢。”来自香港的朋友懂这个，便插言：“不是了，狗又叫旺财的嘛。”

过去在农村，虽然鸡鸭鹅狗到处跑，但动物屎是珍贵的肥料，别说踩，想捡都捡不着。现在城里人都喜欢养只宠物在家，所以无论小区里还是大街上，踩狗屎的概率可是高多了。但在社会上说“你这狗屎”，是句损人的话，意思是无人理睬的臭家伙。

记得小时候过年，我们四处插鞭炮，然后借个烟头点着。其中有个小伙伴别出心裁，把鞭炮插到了狗屎上，等了半天没响，就跑过去看，结果响了，崩得他满脸都是。从此，他就有了一个光荣的外号叫臭狗屎。妈妈看到他哭着回家，一边给他洗，一边安慰说：“孩子没啥，这是好事，走狗屎运呢！”后来寒假结束刚开学，那小子真捡了个小偷扔掉的旧钱包，受到了学校的大会表扬。

在南方，人们觉得狗狗旺财，虽然不会主动去踩狗屎，但也并不忌讳。所以，狗屎运含有反讽的意思，就是在倒霉之中，孕育着更大的幸运。其实，每个人都有走狗屎运的时候，比如捡个钱包、中点彩票，还有那些插上了鲜花的牛粪。像那次打牌，那哥们连连抓“炸”，打得对手连北都找不着了的情况，即使没踩什么，也是绝对走了狗屎运。

前年，我听一位女汉子讲过这样的事。他们在广州某写字楼正办公呢，忽然传来一阵阵异样的臭味，跑过去一看，原来是排便的管道漏了，各种黄白之物蔓延而来。员工们一边跑开，一边大骂使用劣质建材的开发商。过后开会，领导圆场说，这是公司要走狗屎运了。不过，他们只闻了屎味，并不走运，第二年公司就倒闭了。

前两天聚会，一朋友说他十岁的儿子，在小区里乱跑，不小心踩到了一坨冻得死硬的狗屎，结果把脚崴了。他问我这是好事还是坏事，我想了想，只好安慰说："塞翁失马，焉知非福。您公子在马年的学习成绩，肯定会大大地提高啊！"说完，众人举杯，一笑了之。

可言之妙

20世纪90年代初，我在东北牡丹江谈一笔出口业务，给海南总部发电报问：“知道草酸的价格吗？请速告。”由于业务部没人，一位新来的大学生急三火四地回复我两个字“知道”。我一直把这件事当作一种经典，就像当年一个在太原卖衣服的小姐给老家发的那份著名的电文：“钱多、人傻、速来。”

在日常生活中，问路这件事貌似平常，其实很考验人，回答“怎么走”时，即使最简洁的人这个时候都会感觉语言的苍白无力。在某一历史时刻或事件中，总有些微妙的因素存在，答问的水平就成了考验一个人综合能力的最高指标，我选几个飞机上挂暖壶——高水平的故事。

这几年找巴菲特的人可真不少，除了比尔·盖茨拿走了几百亿美元，咱们中国人大多是给送钱的，步步高那老兄一餐饭就付62万美元，然后还摆出一副取了真经的样子。不过，农民大妈李桂莲让老巴做创世西装的广告却颇为值得，因为股价涨了70%多，巴菲特自己也挺兴奋，乐呵呵地向媒体表白：“想不到我活到78岁了，才有人来认可我的外表。”

中科院某院士不理解关于足球从小抓起的理论，而对学术造假发表了看法：“不撒谎是一个国家和民族的底线，而这个荣和耻的区别，要从娃娃开始抓起。”台湾大学某校长今年几次提到一句广告语：“人人都想拯救世界，但是没有人帮妈妈洗碗。”

宁高宁带领中国最老牌的500强之一中粮集团劈波斩浪，有人问他：作为一个外行，怎样判断地块的价值？老宁说："曼谷有位地产商人告诉我，他成功的秘诀是：每次下决心之前，都会乘直升机围着地反复看。企业也是一样，在机会的诱惑中，不换一个角度，很难抓住要害。"

作为美国呼声最高的总统候选人，希拉里近几年风头甚劲，在公共场合，总被问及克林顿对某些问题的看法，每当此时，她都直截了当地回答说："他不是国务卿，而我才是。假如你想知道我的观点，我现在就可以告诉你。但是请你记住，我的丈夫不需要我来传话。"

对中美教育之考察

在世界博览会上，一些老牌国家纷纷展示各自的名酒，先是法兰西的葡萄酒，再是英国人的威士忌、意大利的香槟以及俄国人的伏特加，中国人一不小心碰碎了自己的茅台，酒香四溢，赢得满堂喝彩。年轻的美国品酒师将各种酒都往杯里倒一点，说道：“杯里有葡萄酒的甘、威士忌的醇、香槟的甜、伏特加的烈，更有茅台的绵厚。”讲到这里，他将杯子摇了又摇，笑道：“这就是我们美国人最喜欢的鸡尾酒。”

这故事显然夸张，鸡尾酒的学问大了，像这样拼在一起的混搭，别说品酒师，普通人也是喝不下去的。不过美国人擅长拿来主义，倒是事实：吃的、喝的、用的，科技的、文化的、军事的，哪怕是留学生，也是能挖就挖、为我所用。海纳百川，故而成其大，美国笑呵呵地成了最强大的国家，是有其深刻原因的。

我去百度了“美国人的性格”，得出了以下特点：注重评价，独立进取，讲求实际，看重成功，喜欢运动，经常搬家。显然，这些都是年轻人的特征，具有强烈的进取精神。而东方社会讲究的是老实、老成、老练，孩子打小就按照老头的标准来训练。

有本《黄全愈教育文集》，讲了件很有趣的事。

1979年6月，中国某代表团去美国考察基础教育，回来后写了几万字的报告，其中见闻部分有四段。第一段说美国孩子无论品质优劣、能力高低，无不趾高气扬、踌躇满志。第二段是这些孩子还仅仅知道用十个手指来算十位数以内的加减法，却整天奢谈发明创造，好像把这个地球翻转过来也易如反掌。第三段讲美国的教育，重视音体美，忽视数理化。第四段描写美国的课堂乱如集市，下午一点钟就放学回家了。诸如此类，不一而足。

该代表团的结论是：美国的基础教育病入膏肓，再过20年，中国的科技必将超过这个所谓的超级大国。

作为互访，美国那年也派了一个代表团到北京、西安、上海等地去参观了好几所学校，回国后也写了一份很长的报告，凑巧的是，见闻部分也是四部分。

第一部分说，中国小学生上学的时候喜欢把手放起来，在老师提问时就举起右手；幼儿园孩子喜欢把手背在后面，除非到了外面，要不然他们就一直这样。第二部分讲早上七点钟以前，在大街上见到的大多数人都是学生，中国的孩子喜欢一边走一边吃早餐（外国人不知道这是为了赶时间上学）。第三部分是中国的学生有一种叫作家庭作业的东西，据一位中国老师解释，意思是学校作业在家庭的延续。第四部分是中国把考分高的学生称为优秀生，学期结束的时候会得到一张证书。

结论部分是这样写的：中国的学生在世界上最勤奋，起得最早，睡得最晚，他们的成绩远远超过美国学生，可以预测，再过二十年中国的科技必将把美国远远地甩在后面。

两份报告的结论惊人地相似，然而30多年过去了，美国又出了近百位诺贝尔奖得主，别说科技，就是教育差距之大也明摆在那儿！前事不忘，后事之师，国人确须反省，否则，又一个30多年很快也会过去的。

都是些没谱的

在都市里生活，谁都免不了同出租司机打交道，恨的有，烦的有，同情的有，不以为然的也有，但不可否认的是，与他们聊天往往是有趣的。除了听听广播，这帮家伙也闷呀，不敞开了侃侃大山，还不得憋死。20世纪90年代初，一位来内地投资的港商，听到王府饭店的司机们在那里狂谈国家大事，佩服之余，悄悄地跟我说："我怎么觉得，他们比广东的县长水平还高啊！"

有位司机特爱讲家谱，声称陈姓是血统最纯的中国人，我问他："你有家谱吗？"他说："有啊。"我肯定道："你属于有谱的。"又问："你爱人家有家谱吗？"又道："她老家有，她们家没有。"又肯定道："这属于靠谱的。"后来聊到他的同事，基本都没有，我们一起笑起来，抢着说："都是些没谱的。"

上个月早上赶飞机，路上与那哥们天南海北地聊起来。我问为什么下雨总打不着车，他说那是不得已的事，一般在雨天得送到家门口，有些老住宅区根本无法掉头，很容易剐了碰了；再说了，公司只知道罚，别的什么也不管；交警对公交啊奥迪啊都睁只眼闭只眼，就对出租下手狠。所以，雨天出勤率不足三分之一。

北京限行加上停车费涨价，开车的少了，打车越来越难，我们这帮饭局多的家伙，又不得不坐出租。我发现，他们没有不恨公司老板的。我路上想了想，憋出一主意：由残疾人协会接管出租车牌照的所有权和管理权，然后将前三名的出租公司A股上市，得到的股权和分红，用来帮助残疾人。饶我说了半天，那司机还是没什么反应。

还有一次去机场，司机讲了件很有趣的事情。他爱人忙不过来，就让初二的儿子帮忙干点家务，结果有天半夜回家，他看到桌子上的条子：擦地板，十元；收拾碗筷，十元；超市买食品，十元。于是，他放了三十元，也写了张条子：准备早晚餐，零元；学琴游泳等，零元；养你十四年，零元……后来，他儿子懂事多了。

现在的出租司机好多来自郊区，综合素质已大大下降：拒载的、车里有怪味的、抽烟的，还有边开车边打电话聊天的，再就是不认路。有一年轻的反问我："北京饭店在哪儿？"记得儿子受伤那回，出租车见到坐轮椅的都不停，没办法先藏起来，等上车时，还在推三阻四地说放不下，真他妈的，如果是他儿子，会这样吗?！

有趣的是，老年司机突然多了起来，服务那是好多了。有天坐出租遇到交通管制，那老大哥就说开了：交通管制是20世纪90年代初搞起来的，毛主席那会儿，车拐到府右街立马慢下来，他们一帮孩子经常看到主席或总理走下车来，慢慢地前行，身边就一两个随从，个别时候还同百姓聊几句。说到这儿，他用一口京腔感慨道：

"现在别说大官了，连那些小芝麻官都跟怕老百姓似的。"

土豪与蜗牛是何其相似

自从台湾两党轮流执政以后，老才子李敖的眼光就盯上了大陆，虽然不乏小骂大帮忙的嫌疑，但其毒辣的眼光，绝非一般人可比。前段时间在网络上，看到他点评了郭美美：“年轻的姑娘炫富，无非就两种情况——要么睡她的人牛×，要么睡她妈的人牛×。”这话说得含混，关键在于睡的人是亲爹，还是干爹。

接着，李敖又质疑郭美美所说的：“自己所有的钱，都是通过炒股而来。”发动了广大的网友进行了大量搜索，近些年的股票可以说是一塌糊涂，究竟是哪只股能如此厉害呢？李大师显然是揣着明白装糊涂，最后才给出答案：原来是P股……

北京的酒局上，一直活跃着数以万计的女性友，有演员、歌手、学生，不一而足。我几次听到她们谈到土豪问题，说起煤老板们都没有以前好玩了，影视剧也不拍了，房和车也不怎么送了，连吃饭和唱歌，都有些凑合了。尤其是痛恨新出台的结婚公证制度，记得有位姐妹说：“要是那样，谁还找那些老帽啊，靠人还不如靠己呢！”

我心里暗笑，随着美国页岩气的大量开发，以及中国雾霾天气的日益严重，煤老板的日子肯定是越来越不好过了。再者说了，大家成天在微信上交流心得，什么情况不清楚啊！凯子既然已经百炼成精，当然也就没有过往那么好钓喽。

秋天的时候，我在香港见了不少朋友，说起内地的土豪，比喻很像是蜗牛。看到众人不解，我解释说，蜗牛本身笨乎乎的，看上去肥嫩鲜

美，还背了座大房子，那显摆的样子，不是土豪是什么？所以，不要听歌里唱得那么优美动人，在黄鹂鸟的眼里，蜗牛只是一块肉。

看到人们很感兴趣，我继续侃道。在夏夜里，蜗牛悠悠地走在草地上，一只萤火虫如天使一般，轻盈柔美地飞来，虽然只有0.8厘米大小，却在黑夜中抚慰了蜗牛那颗孤寂的心，更仿佛照亮了前方的路。但就在这轻轻一吻之后，蜗牛貌似幸福地晕倒过去，原来甜蜜的吻中含有麻醉的毒药。

眼见猎物倒下，这只小虫随即发出讯号，漫天的同伴从四面赶来，尽情地享用了这肉乎乎的肥美大餐后，摇晃着各自的灯笼离去。说到这里，我对在场的多位官员和老板轻轻一笑，言道：

“在温柔乡里慢慢死去，土豪与蜗牛是何其相似啊！”

一定要吃早餐

有位人力资源部总管最近离职了，原因是陪女儿去新西兰留学，更深层的理由是太累了，她很诚恳地对我说：“现代社会每个人的压力都太大了，在职场上根本就不分什么男女，都是一群向前奔驰的马。”我问为什么公司越老，女员工越多。她解释说，男的习惯于跳槽，女的往往多一些顾虑和心理依赖。

到了年底，除了结算还有预算，所有人都忙得不行。前几天的一个早上，我看一位美女同事很疲惫的样子，就问她吃早饭没有。回答是没顾上。我呢，可能笑得有些怪异，她追过来问怎么回事。我笑着点开一条微博给她看，她怪叫着就出去了，那条微博的全文是：“早上九点还不吃早饭，肠道就会吸收粪便。也就是说，不吃早饭，你的身体会自动吃屎。叫你还不吃早饭！”

这种说法对不对呢？也对也不对。对的是，结肠有一定的吸收功能，可吸收一些对人体有意义的代谢产物，如水、钙、丁酸等；不对的是，把大肠的微弱吸收功能比喻成“吃屎”，顶多算得上是聊供一笑的噱头罢了。

此外，从中国人的肠胃运转速度来看，食物从入口到排出体外，一般需要36～56个小时。这种速度的快慢和人种有关，运转速度最快的是印度人，一般只需要18个小时，欧洲人需要44～64个小时。如此看来，结肠有没有吸收，和你九点钟吃没吃早饭关系不大，倒是和你36小时前有没有吃食物有关。

我多年不吃早餐，一般是早午餐放在一起吃；另外一个朋友从来不吃午餐，把午餐放到早餐一起吃，晚餐呢，基本不碰主食。但最近几年，我对早餐是能吃则吃，哪怕只是一个苹果、一袋牛奶也要吃，而且喝很多的水。办公室里也放着饼干，上班打开电脑后，就着茶水吃上一些饼干。

最丰富的早餐都是在出差的时候吃的，酒店把早餐算到了房价里，不吃白不吃，白吃谁不吃？这种早餐都是自助形式的，我一般都先喝粥，然后取一大盘生的绿叶菜，像兔子一样地啃完，再吃煎蛋和腌肉，间或吃一些炖菜及主食，最后是两大杯果汁。奇怪的是，吃完这种早餐，我中午都特别饿，不知道是什么原因。

医生说，一个人早晨起床后不吃早餐，血液黏度就会增高，且流动缓慢，天长日久，容易导致心脏病的发作。因此，早餐是非吃不可的，尤其是起床以后，至少喝一大杯凉白开或温水，以清理积累了一晚上的废液。按照最传统的观念来说，就是：

“早饭要吃好，午饭要吃饱，晚饭一定要吃少。”

办公室里那点事

外企有一位同事失去了大靠山之后，就到各部门去预热道别。他对跟他关系极差的人事部经理说：“我在这儿干了这么久，给我写的推荐信，可不要用不好的词汇。”果然，两周后他拿到了那封荐书，上面清楚写道：“麦克·黄为公司工作了七年，当他离开我们时，我们感到非常满意。”

人事部那主儿属于蔫坏蔫坏的那种，有一次他说销售部新来的一位美女在填表格时出现了点问题，就把美女叫进办公室，当着大伙的面，很严肃地说：“请你在‘与丈夫的关系’一栏填上‘夫妻’，而不该填‘紧张’。”

办公室一位秘书身高一米七，体重70公斤，正当大家为她发愁时，却发现她已和技术检测部的一位哥们好上了，不过，那哥们身高一米六五，体重最多60公斤。有一次，东北来了一位很熟的客户，酒足饭饱之后，有个八婆就问他办公室相恋的那对般配吗。东北爷们皱着眉想半天，忽然说道：“这小夏利发动机装在大解放上，也跑不起来啊！”

还有个刚毕业的小姑娘，下班时发现法国总部来的财务总监正站在一台碎纸机旁。她赶忙走过去做了自我介绍，并问是否需要帮助。那位老法和蔼可亲地说：“为什么不呢？”说完递给她一张纸。小姑娘迅速地操作完毕，并为抓住这次难得的机遇而窃喜，却见那法国人直愣愣地瞅着她说：“这是CEO急需的财务数据，问题是，我需要的是复印两份。”

公司有两辆班车，每个人乘坐的班车路线都是固定的。某日下班，司机发现平时特别准时的Maggie（美琪）没有到，就多等了一阵子。在大家的催促下，车刚开出十几米，却见Maggie满脸急切的表情一路迷人地小跑过来。大家赶紧喊停车，只听她气喘吁吁地对司机说：“陈师傅，我加班，不走了。”

到了圣诞新年，通常是外企白领最快乐的日子。在一次联欢晚会上，高大的技术部总工请公司前台的著名小靓女跳舞，跳了一曲又一曲，办公室的老王有点坐不住了，悄悄溜过去劝小女孩悠着点，不料人家先是一翻白眼，然后满脸甜笑地凑到老王的耳边说了一句让我们笑了一年的话：

“您说耳勺掏耳朵，是耳勺舒服，还是耳朵眼舒服呢？”

奇人奇事

领导告诉新来的几名大学生不要紧张，并说："我是农民的儿子。"然后让秘书表态，那秘书在北京土生土长，说爷爷来自农村，自己是"农民的孙子"，领导听后很高兴，就问老雷："你呢？"老雷挺胸高声答道："我就是农民！"

80%的订单都来自20%的客户

我有个农民出身的朋友叫老李，在东三环搞了个项目，因为手续问题，拖拖拉拉地开发了十来年。做生意最怕遇到这种事，弄得人有劲使不上，急人啊。他的助理是人民大学毕业的，有次拉着他陪一位退下来的部委领导打高尔夫，不知怎么的老李就上了瘾，天天都要去打，连酷爱此道的这位领导都有点顶不住了。

那天吃饭时，老李兴高采烈地说自己的右曲好多了，不过一号木今天又报废了，这已经是本月的第二根了。领导撇撇嘴，说道："老弟，这是高尔夫球杆，不是镐头，你这不是在打球，是在刨地啊！就算是刨地，你的知识也同样有问题。"老李连连点头："您说得对啊，领导，老家人说我从小就不务正业。"

老李是江西人，费了全身的劲，也没考上大学，在村里待了大半年，干啥啥不行，混得人嫌狗烦。过了春节，他拿了69块钱去深圳找他表哥，在工地干了几天体力活，累得受不了，就去应聘做了百货公司的推销员。面试的时候，负责人问老李做过推销工作没有，他拍着胸脯说："干过呀，我做过走街串巷的货郎。"

录用后，他被派到一个小城市开展工作，结果却展现了惊人的销售才华。本部老总下去考察，问他今天做了多少单，老李说只做了一单，再问别人都是一天20单左右。但老总接着发现，老李这一单就做了有30万元，比其他人加起来都多。老总很惊奇，问他怎么做到的，他说："80%的订单都来自20%的客户，抓住大客户才是最主要的。"

俗话说“人的命，天注定”，还真是有道理。凭着销售业绩，老李很快当上了分公司经理。后来，受到国外零售业进军中国的影响，20世纪90年代中期，老李的公司遇到了生存危机，随后他自己搞承包经营，又通过企业改制盘下了一座大楼。过了几年，在银行的朋友帮助下，他将大楼推倒搞开发，于是，赚到了真正意义上的第一桶金。

老李特认老乡，也别说，人家江西人不仅能人多，而且还相互提携。老李借着改制的政策春风，专门选黄金地段的旧百货大楼，几个项目下来，赚得盆满钵满，更是杀进了北京。他非常注意形象，全身名牌，坐着奔驰600，交往着达官贵人，后来还进了北大的EMBA班，也不知怎么混进去的。

有年春节，老李衣锦还乡，那辆奔驰在路上被一个农民开着的农用车给剐了一长条口子，他和司机下车，看到那人在一旁被吓得战战兢兢，不停用当地话在一旁小声地解释着。老李怒气冲天，不由得大声嚷嚷起来：“还不给老子快跑！等着赔钱啊！你又赔不起！”吼完，他就催着司机开车走了。

老李不缺女人，但就是不结婚，可能是怕人家惦记他的钱。后来，深圳的一位女子已经给他生了两个活泼可爱的儿子了，才在父母的压力下，正式履行了手续。随着年纪的增大，他越来越挂念父母，没事就打个电话，还常把二老接来一起住，到处寻找地道的家乡菜孝敬二老。

有一次打完球，大家一起用餐，我曾听他说过这么一段话：

“我们就像那些小白球一样，被抽打着进了洞，可总有更远的目标在等着你。”

做领导就跟炒菜一样

老官是我上两届的同学，每次跟人介绍自己时，总要强调："我是官员的官，而不是关公的关。"然后递上一张很夸张的16开个人彩照："这是我的名片。"我去他那家万人企业时，在电梯里跟他开玩笑："这里写着禁止吸烟，您当领导的怎么还抽啊？"他却说："连个抽烟的自由都没有，谁还当领导啊。"同电梯的人都笑了，一副司空见惯的样子。这位老兄是旗人出身，性格相当霸气，同学中传闻，说他上厕所不分男厕女厕，进去就撒。我当面求证过这事，他说净瞎说，有那么一回，是自己没注意。

单位新来了一位工会主席，当兵出身，性子很倔。有次他拿了份文件交给老官，老官瞄了几眼，随手就撇地上了，说道："不行，写的啥玩意。"还不停地数落这数落那，那家伙笔直地站在办公桌前，终于忍受不了了，大声吼道："以后你就是我爹还不行吗?！"老官听后不怒反乐，拍着对方的肩安慰说："大家都是兄弟，好好干吧。"我听他讲完，觉得很不解，追着问原因，老官说："做领导就跟炒菜一样，不把人扒拉熟了，怎么去吃啊！"

记得有一次，我去他公司找他谈事，正巧他在开会，于是就在外面等了会儿。中途他的秘书突然出来，把我叫进了会议室。他向众人介绍说："征辉是我同学，不是外人。"我抱着取经的态度坐在一旁观摩，发现他在班子里虽基本上是一言堂，有的事却不肯明说，需要对方领悟，主动说出来。当大家议到"退二进三"时，一位分公司经理表示一切听老大的，没什么意见，老官却大眼珠子一瞪，说道："要你发表意见就是我的意见，难道你不听吗？"

去韩国考察时，别的企业领导都尽量与市长保持一段距离，他却手拿烟卷，一路与领导并肩而行，还开玩笑地说，他也想买架直升机，既树立形象，又节约时间。回来后，我们都劝他注意点，他却说："拉倒吧，平时见一把手哪儿那么容易啊？见缝就得插针。"可见他胆大之余，心也是很细的。

谈起遗憾，老官倒是有两个：一是没儿子，二是不能喝酒。后来儿子有了，朋友们都说他是铁树开花。儿子满月酒那天，老官十分兴奋，拿个大茶缸子四处乱碰，见我们这桌热闹，便凑了过来，问道："人生的最高境界是什么？"见大家杂七杂八说得差不多了，他才不慌不忙地把烟掐了，侃侃而言："我觉得是没有任何遗憾，把该干的事都办了，剩下的时间都是白赚的，所以，我的人生最高境界就是'死有余辜'。"

老官有雄才，也有大略，可惜生错了时代，在处处讲规矩、事事有原则的企业，他绝对属于另类，注定不会有好下场。在那次北方官场大风暴中，上百名各级官员卷入了行贿风波中。其实这种事，因为牵涉太广，往往都是高高举起，轻轻放下，毕竟法不责众。但老官这个聪明人却看不开这点，硬是与纪检部门顶着干，最终被专门立案处理了。

我们几个老朋友都是胖子，老官大我15岁，开始还不在乎，后来才注意起了健康问题，去国外抽了脂，把全身的血液重新过滤了一遍，据说滤出了十几小袋的脂肪。另一朋友比较滑，告诉我等等看，别急着下结论。果然不出他所料，过了不到半年，甭管吃素吃荤，老官的那些脂肪全都回来了。由于太胖，我们谈事时，老官经常打瞌睡，而且呼噜声山响，有次一哥们故意说："反正官哥是国企，就这么着吧。"话音未落，只听得呼噜声戛然而止，老官一骨碌爬起来，大声喝道：

"妈了个×的，那不行！"

我就是农民

朋友老雷开一家咨询公司，多年来业务不好不坏，却不以为意地自得其乐。有一天，他去一家娱乐城见它的老总，在卫生间里看到满地的尿渍，老总指着墙上“向前一小步，文明一大步”的标语无奈地摇头。老雷笑道：“我帮你改改吧。”果然，当“尿在外边，说明你短”挂出后，情形大为改善。

到了讲课的时候，老雷仍然拿尿说事：“啥叫幼稚？就是憋不住尿，也憋不住话。啥叫成熟？就是憋得住尿，也憋得住话。啥叫不够成熟？就是憋得住尿，但憋不住话。啥叫太成熟了？就是憋得住话，却憋不住尿。”望着笑成一团的观众，又问：“人生最高境界是什么？”然后自问自答：“有话就说！有屁就放！”

有一次开会，实在是太无聊了，偏偏有只苍蝇围着老雷不停地飞来飞去，他用手里的文件夹打了好几次，也未能得手。过了一阵子，边上的人捅他，原来一只苍蝇恰巧落在他右边，老雷目光阴狠起来，比画了一下后，却没有打。苍蝇飞走了，那位老兄问他为什么不下手，老雷淡淡地说：“不是原来的那只苍蝇了。”

老雷夫妻感情特别好，最近一直念叨一件事，说是年前一家去塞班春节旅游，在机场候机时，发现没买保险，赶紧站起来去补。夫人却拉住他轻声说道：“我们三口都在这儿了，还买什么保险啊！”老雷端起酒杯对我们说：“啥叫最深的感情？这才是啊！”

老雷夫人可就没那么客气了，经常揭他的一个短。说是当年儿子在海淀医院出生时，老雷可能是刚刚当爹太激动了，小心翼翼地接过九斤多的胖小子，嘴里习惯性地念叨着：“别紧张，乖啊，让叔叔抱一下！”周围的人全都傻了，夫人毫不客气地把他轰了出去。

儿子长大后倍儿聪明，有一篇作文写得不错，他非让去投稿，孩子问往哪儿投合适，老雷坚决地说：“当然往钱多的地方投。”过了好久，一点回音都没有，他就问念小学二年级的儿子怎么回事，本来没投的儿子，眨巴了下眼睛回答道：“不是听你的吗？我寄给中国人民银行了。”

最好笑的事是他刚参加工作时发生的。当时部里一位领导来到他们司，问有关业务的情况。寒暄中，领导告诉新来的几名大学生不要紧张，并说：“我是农民的儿子。”然后让秘书表态，那秘书在北京土生土长，说爷爷来自农村，自己是“农民的孙子”，领导听后很高兴，就问老雷：“你呢？”老雷挺胸高声答道：

“我就是农民！”

大喘气

2012年夏天，我去沈阳某医院例行体检，快中午了，结果才出来。那老医生看了一会儿，忽然说："幸亏你来得及时啊……"我一听，顿时汗就要下来了。又听他慢悠悠地接着道："你再晚来一会儿，我就吃饭去了。啊，这个身体挺好，没事！"听完后，我的心才放下来，这老爷子怎么说话大喘气啊。

喘气，是个医学名词，即急促地呼吸，是指紧张活动中的一种短暂休息。比如说，着急了或在运动中，经常产生这种情况。至于大喘气，反映的状态更为强烈，中医常说是心脉弱的原因，表现为睡不好和手心出汗。后来，人们在生活中把大喘气当作一句方言，就是好好的一句话，不一次性说完，由于停顿不当，从而引起歧义。

非常喜欢刘宝瑞的单口相声，有个段子叫《猫蝶图》，人家问："小子，你爹还在吗？"他一翻白眼，拖着长音说："我爹他还在……我还用卖画啊！"这就是典型的大喘气。有个人到外地出差，替朋友送一点土特产品，朋友的岳父不在，他就跟其单位的同事说："我是他姑爷……"对方立刻热情起来，他赶紧红着脸解释："对不起，对不起，我话没说完呢，我是他姑爷的好朋友。"

一哥们属于闷骚型，总能不声不响地勾引身边的女性朋友。某天，接到一位美女客户的电话，说自己怀孕了，他马上紧张得不得了，心里头琢磨：不能吧，上回是好过，可都俩月多了。谁知对方在电话里接着说道："所以啊，明天我老公将陪我去医院做检查，可能参加不了咱们两家的签约仪式了。”这种做贼心虚引起的大喘气情况，生活中也是常有的。

前段时间，赵本山在美国演出，遭到了一致的抨击，认为模仿和嘲讽残疾人是极不道德的。事实确实如此，但这也是中国的一点国情，比如在东北，许多人并不是很在意这个。过去的农村，各家有各自的自留地，周围用高粱秆拦起来，高级点的也用树枝，然后用尼龙绳或铁丝紧紧勒住，形成障子。

邻居赵二哥是个结巴，当地也叫磕巴。那天，他们家勒障子，他哥在那头用钳子拧，他在这头扶。他的手还在里面呢，就听他哥那头问："勒紧了吗？"他说："勒……"那面便继续使劲，他急忙地又喊："勒、勒，勒他妈我手了！"

40年前在我的老家，有一个流传甚广的笑话。话说，某县县里的一位中层干部来到一家生产大队，面对着几百人的群众，开始了一次大喘气般的讲话。他先是清了清嗓子，悠悠说道："我是县长……"顿时下面掌声雷动，他摆摆手，才说："派来的。"接着又讲："县长派我来搞妇女……"不顾人们面面相觑，他喝了口水，强调道："工作。"

讲到这里，他突然严肃起来："昨天晚上，我和你们妇女队长，摸了一下……"场下的议论又起，他再次拖着长音说道："情况。"随后又继续大喘气："县里给你们每人200元补助。"下边还来不及高兴，又听到："是不可能的。"随后是："每人100……也是不够的。"

就这么说来说去的，原来是全村每人50元的贫困补助，还不是现金，最后从农民上缴的费用里扣。事情不大，但这个讲话很快传遍了全县。

绑架绑出了一个姐姐

20世纪90年代初期，我去沈阳铁西区出差，在路边的一家小店，和同事点了一斤三鲜水饺和六瓶啤酒，我们东北人最得意的一口——凉啤酒就热饺子。喝着聊着正高兴，边上来了两个人，工夫不大，就喝了一斤白酒，听着他们聊的话题，真够瘆人的：割一只耳朵，1000元；剁一条腿，1500元；等等。吓得我们赶紧溜了。

后来，我问当地的公安朋友，他们叹着气，说没准都是真的。因为那时铁西区一大半国有企业倒闭，大批工人由国家主人变成了无业游民，这种落差实在是太大了，所以有不少人混社会。过了几年，沈阳破了一起连环杀人案，应该是国内最大的一宗，死了有近70人，但媒体没怎么宣传或夸大。我估计当时遇到的两位，就属于该团伙的编外人员，因为真正的杀手不会在大庭广众之下那么聊天。

说起来，长春人也不含糊，当年用那些板砖，不知道敲碎了多少后脑勺。这事跟抢出租车差不多，既没有技术含量，又落不下多少实惠，何苦来哉，还不如绑架呢，至少那是有钱人。2014年春节前，长春出了一件新奇事，绑架绑出了一个姐姐。

1月19日，范女士开着自己的宝马出门办事，不知怎么，被歹徒给盯上了。她被挟持到了郊区，进了一间出租屋。范是个智商情商都很高的女人，听话音知道，凡是看到了绑架者长相的，按惯例都要被撕票。

她心里打鼓，但表情并不慌张，看到有俩人出去了，就开始和看守她的那人慢慢套话。先是夸那人很帅，长得像台湾的林志颖，那家伙竟然很开心，称他前女友就是这么说的。这下好办了，俩人开始唠家常、摆利害。范女士说：你们不就是想要钱吗？姐给！这么说着说着，她竟认了那人为弟弟，对方也一口一个姐地叫着。

两个团伙成员回来后，弟弟拍着胸脯做了担保，范女士也很痛快，把银行卡和密码都说了出来，让他们尽管去取。果不其然，那俩人很快拿到了一大笔钱，开心得不得了，还想请这位范姐吃一顿。到底是新认的弟弟懂事，说姐姐的家人该多着急啊，还是让姐先回家吧，相约有空再聚，最后四个人依依惜别。

过了几天，三名绑匪在另一次行动时失手，在公安局里，把这件事也捅了出来。公安去取证时，那位范姐死活不承认，坚持是自愿送的，还要去看望三个弟弟。绑匪们眼泪都下来了，告诉警察同志：我们姐姐，那是讲究人啊！

2014年以来，网络上播了好几件沈阳及本溪的抢钱事件，画面十分逼真，不知怎么，还有歹徒的审讯录像，听着不是小品又赛似小品。我想，这里面有案犯们的简单憨直等性格原因，但是，有没有相应制度的检讨以及道德教育的缺失呢？

是不是所有人都该好好地想想？

在地铁上被挤得怀孕了

彭院长掌管的是精神病院，工作略显尴尬，但也是正儿八经的企事业单位，所以生活过得也算滋润悠闲，平时休闲娱乐的时间多得让那些辛苦的上班族羡慕不已。

上个星期天，彭院长和几个朋友相约去打高尔夫球，其中有个人带了自己的女秘书。这位秘书人长得漂亮，但是球打得一般，不过大家出于怜香惜玉的想法，都表现出很欣赏她的球技的样子。所以每次她打球时，彭院长几个人都围住观看，随时准备喝彩。天有不测风云，美女刚挥杆出去，彭院长就双手捂住大腿根部，痛得弯下了腰，以至于蜷缩着躺到了地上。大家走上前关心地询问伤势，美女更是说自己学过简单医术，要确切诊断，彭院长一再推辞，大家都怂恿还是该让美女给看看。彭院长只好躺下来，美女上前拉开彭院长的拉链，轻轻揉搓。大约过了两分钟，美女问彭院长舒服了些没。彭院长说舒服是舒服，但是他的大拇指依然疼痛难当。

某次应酬回家，彭院长发现自己忘带钥匙了，正巧赶上老婆和孩子去丈母娘家了，无奈之下，只好打电话给消防队的人帮忙撬锁开门。彭院长家住六楼，正好是不用电梯但是楼层又较高的尴尬高度。消防员帮忙打开门之后，彭院长出于客气，一定要送他们下楼，但是就在消防队员正要离开的时候，彭院长发现自己没带钥匙出来，而且又把门给锁上了，消防队员无奈，只好再上六楼撬锁开门。这次消防员好歹不让彭院长再送，几乎是用祈求的口吻说："您就别送了，不然我还得再爬六楼。”

彭院长经常在上班的时候遇到一些莫名其妙的事，谁叫他管的是精神病医院呢。有天彭院长正在上班，忽然接到一个电话，让他去看看3号房10号铺的那个人还在不在。彭院长去看过之后，十分惊恐地回答说人已经不见了。打来电话的人说：“那我就放心了。我是因为上访被关在精神病院的，已经五年了。现在看来我确实已经逃出来了。”

彭院长的老婆和孩子回娘家小住了一个多月，终于回来了，夫妻小别重逢，难免要卿卿我我一番。但是就在半夜的时候，彭院长忽然被老婆推醒，只听她说：“赶紧走，我老公就要回来了！”彭院长正要起身走人，忽然觉得不对。这时老婆也已经醒来，察觉自己说错了话，于是随口讲了个笑话，以图转移话题。她说在回家的火车上遇到了两个人，一个是北京人，另外一个是上海人。北京人对上海人说：“北京的地铁实在是太挤了，曾经有一个孕妇在地铁上被挤得流产了。”上海人说：“北京的地铁再挤，有上海的地铁挤吗？上海有一个女的在地铁上被挤得怀孕了。”

金钱的价值

有位朋友富甲一方，黑道白道没有摆不平的事，但他这辈子最大的苦恼就是拿自己的儿子阿崴没辙。前年秋天，他和妻子在香港送孩子留美，在安检处好一通洒泪相别，后转机回来，不料回家时给他们开门的却是儿子，这可把老两口吓个半死。原来阿崴早把回内地的票给订了，比他们还早一个航班到家，面对指责，那小子义正词严：“我就是故意耍你们一下，美国有什么好玩，想让我走，没门！”

其实在很小的时候，阿崴就有过恶搞了。那时他才读初二，有一天晚上八点多，他忽然打电话给母亲，让她到当地最有名的酒楼去。母亲刚到那儿，阿崴高高兴兴地问了声好，然后就带领小兄弟们拍屁股走人了。母亲知道是让她埋单来了，但拿起账单还是吓了一跳，一共八万多元。事后，阿崴还得意扬扬地对人说：“俩老人挣钱不就是给我花的吗？有什么好心疼的！”

阿崴打小爱吃河豚，家里顺着他性子，让他跟南方最有名的厨子去学艺，经过半年多时间，终于可以结业考试了。那天父母请了很多客人，来见证这一历史时刻。只见阿崴刀法纯熟，显得游刃有余，那鱼片薄如蝉翼、晶莹剔透，油炸鱼骨状似虎纹、活色生香，仿佛两件精美的艺术品，把客人们乐得，好一通歌功颂德。

按照程序，只要当众把自己做的河豚吃了，就算合格，并当场发证。在全场目光的注视下，阿崴夹起一片生鱼片，刚要往嘴里送，却突然犹豫地放下了。在一片鼓励声中，他重新又拿起来，结果又再放下，终于还是没吃。靠着家族的面子，阿崴算是拿到了厨师许可证，但此后他从未再做过，身边人也像没这事似的不再提了。

阿崴气质张扬，其实胆子很小，晚上没人陪是不敢入睡的。有一天，他爸爸拿了一盆含苞待放的夜来香，嘱咐他夜里观察一下花卉的生长状况。次日一早，阿崴抱着那盆花就跑来，大声对父母说："这花神了！它晚上清香四溢，一到早晨就收敛了它的花蕊……"半个月下来，他已经习惯了在花香中入睡了。

好歹混到大专毕业，阿崴继续过着飙车、狂歌之生活，但听多了父亲那些"人要自立"的话，就发誓出去干点什么，开始还能应应景，渐渐地索性从周围的人手上拿钱来对付，甚至母亲也给。有一天，父亲把他叫到跟前，直接把钱甩到他脸上，骂他愧对自己的姓氏，不知怎的，这回还真的触及了他的灵魂。

那之后，他把小兄弟们全叫了过来，宣布将去500强工作，那帮人听后跟傻掉了一样。在麦当劳那一个月，阿崴终于尝到了什么叫辛苦，到了月底，他拿着以前连顿饭钱都不够的两千元工资，兴冲冲地回家交给了爸爸。不料，老爷子还是把钱扔到了地上，这回他真急了，那是血汗钱啊！看着阿崴涕泪横流的样子，爸爸伸手抱住了他，说道：

"明白了吧？金钱的价值不在于它的面值，而取决于它背后的艰辛。"

怎样根除人生的烦恼

江湖上有位老阚，股票坐庄赚了大钱，有次生日宴会上，忽然宣称金盆洗手、退出江湖了。由于一直单身，日子过得十分逍遥，但夜夜笙歌也有玩腻的一天，后来他迷上了国画，不仅参加各种拍卖活动，而且

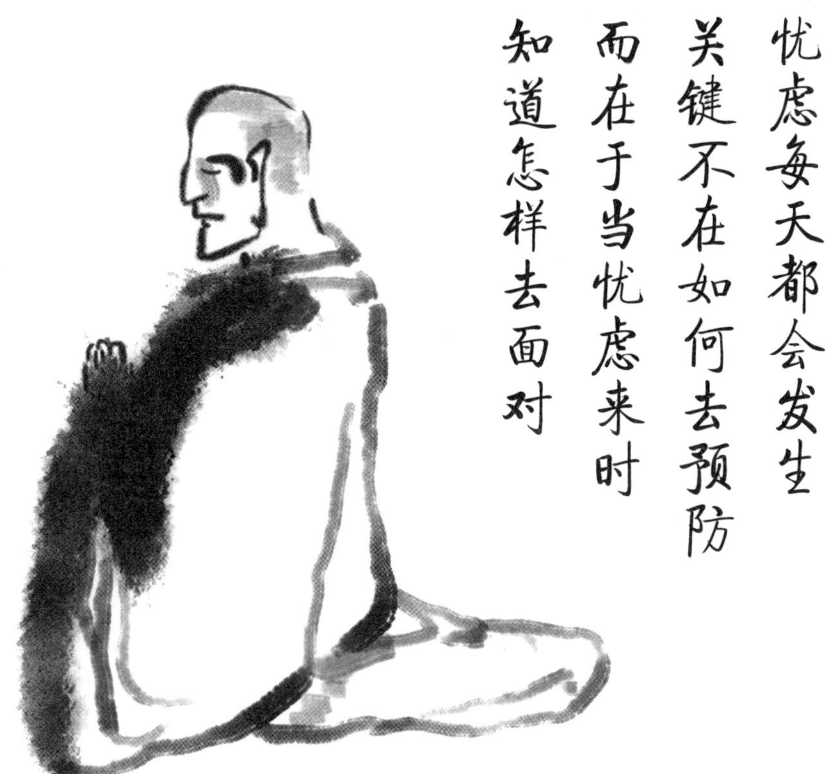

请活着的大师们分别作画，有的还是书画合一的留世大作，就这样日久天长，其收藏的价值已不是金钱所能衡量的了。

他收藏的书画都放在郊外一处很秘密的地方，只有最好的朋友或专家才能一饱眼福。某次酒后，一位发小笑话他太土，有点“被窝里放屁——想不开”，说道：“你小子一年才看几回呀，你又没孩子，最后要么捐给国家，要么费心巴力地建博物馆，何苦呢？”大家都觉得有道理，架不住众人劝说，老阚就点头了。

出手了好些画，老阚跟国外豪富玩起了接轨。接下来的日子，他不是在海边别墅开香艳的派对，就是带明星驾私家游艇，很快就身心交瘁，眼袋都掉了下来。有位教授同学电话里开导了半天，说他这么下去总不是个事呀！老阚本就杀伐果断，有天简单收拾了一下，背了个小包，就去了南方深山里那座著名的寺院。

老阚信命，曾给寺院布施了不少钱，与当家师父很熟，开宗明义地说：“福我是享不了了，越折腾反而越烦恼。我腿不好，先不学打坐，您派活吧，干什么都成。”师父笑了，递给他一把剪子，说寺院周围都是树篱笆，请他负责剪理。老阚愉快地答应下来，从大清早开始忙活，晚上倒头就睡，倒也能适应。

一周过去了，他总算把周边的树都剪了一遍，赶忙向师父报告，师父点头道：“继续剪。”老阚一看，头都大了，原来那些树在雨季长得极快，比过去还茂盛。啥也别说了，接着干！就这样又过了一个多月，人也黑了，皮也破了，终于绷不住了。师父看着他问：“怎么不剪了？”老阚气哼哼地回答：“这种剪法一辈子也干不完。”

当家师父泡了壶绿茶，约他坐在高处，边喝边说：“你的烦恼也是如此啊，永远都在增生，我们只能尽力而为。”见老阚若有所悟的样子，继续道：“你看到了吗？人生如山间的那条小路，烦恼好比两边的杂草，只是有的地方多些，有的少些，自然气候下，是很难根除的。人也一样，或穷或富，无非烦恼不同罢了。”

起立、合掌，深深地躬身、施礼，老阚问：“那该怎么办呢？”师父回礼示意他坐下，答道：“虽然难以根除，但必须有斩草之信念。懂得面对烦恼，进而解决烦恼，最后才能放下烦恼，届时肩上的担子自然就会减轻了。”从那之后，老阚倾尽家财搞了个慈善基金会，事必躬亲地忙得不亦乐乎，宣传册的封底上赫然印着一段话：

“忧虑每天都会发生，关键不在如何去预防，而在于当忧虑来时，知道怎样去面对！”

——戴尔·卡耐基

我真没喝酒，就是有点晕车

阿彪小时候身体瘦弱，经常去人民医院看病，他爸爸彪叔是名老干部，每次拿到药方，都要求开双倍的量。医生不解，就问为什么。彪叔无奈地叹口气，答道："这孩子打小就这毛病，只要是喝的药，必须大人喝一口，他才肯跟着喝一口，所以，正常的量不够喝啊！"

等到上小学，阿彪开始显现出淘气的天赋，偷偷地用校旗擦鞋，结果被警告处分。他不仅不悔改，反而觉得吃了大亏，连着擦了好几回，被同学举报后，校长震怒之下，找来了家长，要追究政治责任。阿彪根红苗正，彪叔不在乎这套，翻着白眼说："他坏，再坏还能坏过袁世凯啊！"最后，不了了之地转学完事。

彪叔也是一个很有意思的人，他文化水平虽不高，却很乐意辅导儿子。一次，针对作文中的遣词造句，问阿彪："你说，什么时候用'父'，什么时候用'爹'？"彪子立马回答："忙的时候写'父'，闲的时候写'爹'。"彪叔有点发蒙，急忙请教，那小子得意扬扬地说道："你怎么连这都不明白?!'爹'比'父'字多个'多'啊，忙的时候谁能顾得上。"

好歹大学毕业后，阿彪又为找工作发了愁。有一家外企招一名办事员，但进入复试的就一百多。人事主管情急之下，就一人发了一张白纸，让每个人随便写点画点什么，然后一起扔在大街上，看谁第一个被选中。陪同的彪叔见状，心生一计，结果阿彪的卷子被疯抢，原来上面贴的是两张大团结。就这样，阿彪也混进了500强。

郊游的时候，阿彪高兴地喝了瓶啤酒，老爷子说什么也不让他开车，自告奋勇地握住了荒废了几十年的方向盘。说来也巧，回城时正遇警察抽查。交警看车开得跟扭秧歌似的，赶紧进行酒精检测，可仪器上一点反应也没有。彪叔满心委屈，还跟人解释："小同志，我真没喝酒，就是有点晕车。"

阿彪一家人都天生有幽默基因。某天晚上，妻子抱怨说："你妈又提要小孩的事了，她也太着急了吧！"结婚两年的阿彪急忙解释："老人都那样，你看，我爸就挺理解的吧。"妻子撇撇嘴："拉倒吧，他嘴上不说，心里更着急。"阿彪忙问何以见得，妻子用手往外一指说："你爸整天捧一本《孙子兵法》在我面前晃悠，那意思谁不明白！"

局级退休的彪叔，在郊区买了处大院子。阿彪第一次来，发现屋内外到处都是政府机构：客厅——广电厅，书房——文化厅，过道——交通厅，厕所——卫生厅，电脑室——信息产业厅，储藏室——商业厅，卧室——计生委，老人间——社保局，儿童间——教育局，保姆间——劳动局，后院——农垦局，鸡窝——天上人间，正门写着——

彪叔自治区！

好像我就没找过钱，都是钱来找我

王小工的父母都是工程师，故给女儿起名“小工”。她虽是独生女，却把男人和女人的优点都占全了，不仅聪慧漂亮，而且豪爽大气，站在哪儿仿佛都要比别人亮一点，经商也是顺风顺水。她说：“好像我就没找过钱，都是钱来找我。”

有一回参加某大型会议，主持人逐一介绍，由于名单打印得不是很清晰，只听那个饱满的男中音在大厅里回荡：“某某集团总裁……王小二。”熟人们全乐喷了。从此，圈子里都这么喊，她自己也说：“这名好，透着亲切，一听就是开店的。”

江湖上讨口饭吃，都不是那么容易的，说起来，王小二真金白银地赚到大钱，还是探矿那回。当时，省地质大队一行人开两辆破吉普搞普查选址。小二得知消息后，立马带俩女助理开着丰田4700就陪上了。车里堆了30万元现金和十箱蒙古王，顿顿陪吃陪喝，一句业务的事也不提。半年多下来，那感情还用说吗？连50多岁的总工都喊她姐。

到了招投标，小二那叫一个门清，轻松地选了一家，其余九家都被大国企包揽了。过两年详勘结果出来，就她这矿最好。这半年酒喝得值啊！庆功会上，办公室主任屁颠屁颠地宣布：“下面由王总训话。”小二白了他一眼，不慌不忙地说：“我们浙大老校长说了，‘训’字从言从川，训就是信口开河，所以大家当我胡说吧。”底下笑成了一片，那天全喝高了。

前几年，几位朋友合资投了部电视剧，发布会晚宴上，小二被一著名娱记盯上了，一双色眼上下打量不说，还净问些不着四六的问题，比如：“王总啊，您实际年龄是多少呢？”小二冷冷回答：“四十上下吧。”那家伙还黏糊：“哎呀，您数学不好啊，连年龄都记不准。”小二说：“那很可能，我满脑子都是股票指数、矿产价格，年龄不年龄的，有时就忽略了。”说完，起身而去。

有一段时间，她在办公室里供奉的檀木关公，从肩膀往下裂了一道大缝，公事私事也都诸事不宜起来。我劝她去寺院烧香还愿，另外为孤寡儿童做些善事。从寺院回来，果然遭遇了一场极可怕的车祸，车上众人连口地称诵：“阿弥陀佛，阿弥陀佛……”从而逢凶化吉，安然无恙，只有小二的右肋受点轻微撞击，很快便好了。

小二自己说，她这辈子美中不足的，就是身体一直不好。倒没什么大病，就是底子弱，小毛病总不断。老公是她同学，做公务员的，稳稳当当的一个人，对她总出去应酬十分不满，常说：“又不是缺钱，何苦这么折腾。”

两口子发生了这么件事，很是招笑。

有一次老公被逼急了，小二在外面怎么叫门也不开。自知理亏，小二只好再敲，里面终于有声了：“谁？”小二赶紧说：“我呀。”结果又没动静了。又敲一会儿，里面又问：“谁呀？”她接着报号：“王小工，不，王小二。”门依旧没开。最后一次，小二柔声言道：“你媳妇！”这回门马上开了，两人无语地抱了很久很久。

老婆就像皮球

在美国芝加哥的闹市口，有一则广告引起了广泛争议，两个律师公然号召："生命短暂，离个婚吧！"婚姻是人生的大事，可偏偏是件说不清楚的事情，百人百口，各有一词。夫妻之间如何相处更是种微妙的艺术，我赞成这句话：两口子之间，男的要充耳不闻；女的要视而不见。

有一哥们特喜欢盯美女，结婚后陋习不改。有一次，他和夫人拥挤在52路公共汽车里，恰巧他旁边有靓女，于是就很乐意地往上贴着。行到新街口时，那女子突然转过身来给了他一记耳光，骂道："让你乱捏我！"下车后，这哥们十分窝火，再三向老婆解释，末了，老婆笑道："知道你没捏，是我帮你捏的。"

某中央单位，老干部局为一对夫妇祝贺金婚，他们五十年来历经风雨，老头一直让着老太太，有点像小品里的"白云、黑土"。经过再三请求，老头介绍起了经验："结婚前，我问过我爸，为什么对我妈那么好？我爸说，千万不要责怪妻子，她就是因为有那么多缺点，才没有找到更好的丈夫。"

一对七八级大学生功成名就后，回原单位请一帮老朋友吃饭。酒过三巡，已经退休的维修工对着女方说："我说小娜，还记得那时我先追你的吗？"听罢，大家哈哈一笑。回家路上，丈夫得意地说："算你运气好找了我，否则你就是个维修工的老婆。"妻子反唇相讥："得了，要不然，副市长就是他了！"

老李和老孙哥俩都是妻管严，某次瞎聊，老李问老孙：“你在单位说了算吗？”答曰：“当然，我是头儿嘛。”老李再问：“在家呢？”老孙说：“我也是头儿。”老李促狭地一笑：“那你老婆呢？”老孙回答：“她是脖子。”老李吃惊地问：“为什么呢？”后者一笑说道：“因为头想转动的话，就得听脖子的！”

在南方农村，一对夫妻因为用钱伤了感情，就去乡里办离婚。路上，发现秋天的河水很凉很深，丈夫看到前面踌躇不定的妻子，就默默脱了鞋，把她背过了河。过河不久，妻子忽然站定不走了，定定地看着他说道：“算了，咱们回家吧。”丈夫很吃惊地问为什么，女子低头说：“要是离婚了，回来谁背我过河呢？”

我有位老大哥夫妻感情甚深，由于比妻子大近十岁，什么事都让着对方。一次在酒桌上，不经意地说起有一晚酒后回家，又被关在门外，在沙发上歇了一宿的事。看着大家伙起哄，那老兄很认真地自我解嘲说：

“嗨，老娘们就像皮球：你越碰它，它就蹦得越高；你甭管它，忍一会儿它就泉憎的啦！”

女人都是一种感情动物

我有位女同学，离婚后和女儿一起生活，娘俩相依为命，跟亲姐妹差不多。去年冬天，女儿觉得衣服过时了，非要新买一批，老妈心疼钱，死活不同意。女儿说："这衣服明明不好看！"妈妈却笑了，说你千万别这么说，如果衣服也有感觉的话，还嫌你不好看呢。

无论年纪大小，女人都是一种感情动物，一旦认起真来，其实靠谱的很少。我不止一次地听到她们说："这回，我可要动真格的了。"当时没说什么，事后总找话去挤对："您这话说得有毛病啊，这次才玩真的，怎么着？难不成以前都是闹着玩吗？"

说者无心，听者也无意。生活还在按部就班地进行着，曾经的，又能怎么样？将来的，又有谁说得准？试图跟女人去摆事实、讲道理，多数是徒劳无益的事情。反过来想，人生既然苦短，又何必为自己画那么多的圈圈套套呢？

我有一位大哥是旗人，平时吆三喝四的，没什么弯子转子。没承想，治他的是自己的闺女。这闺女是典型的一女汉子，当年，谁的话也不听，非要去四川念大学，好不容易毕了业，又去私企工作，说什么国营单位不靠谱，把她老爸气得没辙。

女孩子长大了，当然得谈男朋友，几次领回家的，都是玉树临风那种的。所有人都觉得不错，可我那大哥死活都不同意，一次次地非给搅黄不可。老婆闹、朋友劝，谁说也不好使，在北师大喝酒那回，他瞪着眼睛跟我说："我告诉你，兄弟，千万记住喽，小白脸子绝对没有好心

眼子。”

这事可也怪了，家长越压，孩子越跟你拧劲。说一千，道一万，他那闺女还是嫁了一帅哥，参加婚礼的人都夸：那孩子比陆毅还帅呢！后来证明，女儿确实所嫁非人，那家伙就是个拈花惹草的主，心肠软又爱占便宜，惹了一大堆的麻烦，俩人只有离婚了事。

眼见闺女带着娃娃回娘家，也就算了，大哥在家不说，当我们面没少念叨。后来，他女儿和前夫始终藕断丝连的，气得老爸骂她傻狍子。有人不明白啊，就问啥意思，大哥把酒往嘴里一倒，骂道：“这不明摆着吗，明明受了伤害，还非要回去看看到底怎么受的伤。唉，这不是傻狍子，是什么啊？”

你喜欢我哪点？我一定改了还不行吗？

长春一姐们是80后，自己在华联商场有一专柜，卖港产的各种假首饰。有一天晚上，她陪完客户往家走的时候，在胡同口被一彪形大汉给截住了，一共十个手指头她戴了九个戒指，全让人卸了。临了，她冲着转身欲走的大汉说："大哥，那戒指都是假的。"大汉转过身来，上去就是两个耳光，骂道："我告诉你啊，以后不准戴假的出来。"

还有一回，她和另外一女孩挤公共汽车，她的脚被一妇女给踩了，由于心疼鞋，双方大吵特吵起来。东北的女人都比较彪悍，车一停站，那女孩和吵架的妇女撕撕巴巴地下了车去单练。过了一刻钟，那女孩赶到了下一站，气哼哼地问她，为什么不一起下车去打。这姐们一捋头发，慢条斯理地说："何必跟她一般见识呢？咱什么素质！"

据说在念书的时候，班上有一男生满脸的疙瘩，一嘴的口臭，偏偏喜欢上了她，整天缠着不放。在她过生日那天，那男孩手捧玫瑰，非常诚恳地对她说："我太喜欢你了，你看我哪点不好，我保证一定改正！"她半侧着脸，比那男生还诚恳："我也求求你了，你喜欢我哪点？我一定改了还不行吗？"

最精彩的段子，是这姐们嫁给了一个欧洲大款，婚礼在当地最豪华的五星级酒店举行。让人万万没有想到的是，新娘竟然失踪了。一等不来，二等不来，新郎赶紧去查银行账户，发现近千万的现金已不翼而飞。于是，马上报案，婚礼现场变成了办案现场，在场的嘉宾全都目瞪口呆。

更加让人想不到的是，一周后，新娘飘飘然地回来了，而且只用了一句话，就把所有的事给摆平了。我问过很多人，没有一个人能想出新娘失踪的理由，她是这么说的："对不起，亲爱的，我去澳门赌场了，本来想赢点钱给你个惊喜，没想到全给输了。请你原谅我，好吗？"

这姐们不仅智商高，胆子也特别大。有一年，刘德华在长春开演唱会，她从五米多高的看台蹦了下去，手捧玫瑰，抱住华仔就亲。榜样的力量是无穷的，东南西北几个看台都有姐们往下蹦，别人可没她幸运，摔坏了好几个。为此，演唱会中断了近20分钟。

俗话说：有其母必有其女。她的妈妈也不是等闲之辈。当初有人介绍了一个军官给她，两人互有好感，通上了电话，电话中，后来成了她爹的那位军官对她妈说："以后你打这个电话，说找姓梁的即可。"过了几天，军官所在单位有了一封没人认领的信，上边赫然写着：

梁即可同志收。

虽然不认识字，但我是笔筒

20世纪90年代，某企业家王胖陪某省的几位主要领导来北京开会，住在昆仑饭店。晚饭后，到咖啡厅闲坐，有一群日本人可能是喝了点酒，在咖啡厅的小舞台上叽里呱啦地唱着歌。这几位领导中的一位书记，父亲死于抗日战争，当时坐在那儿，皱着眉十分不耐烦。王胖见状忙说："这帮小日本鬼子，我去搞定。"

王胖站起身来，找到大堂经理，问道："点一首歌多少钱？"经理回答："一百元。"王胖从兜里掏出一万块钱，直接交给了乐队："嘿，哥几个，我点一百首《大刀向鬼子们的头上砍去》。"乐队那帮人也特烦日本人，不一会儿，嘹亮的歌声响彻昆仑饭店："大刀向鬼子们的头上砍去……"刚演奏两遍，下边的日本人连影都见不着了。过了一会儿，乐队把钱如数给退了回来，说他特给中国人长志气。至于那个书记，更是乐得前仰后合。从此，大小场合谁见了都夸这位是"爱国人士"。

有一次，某省管农业的领导去当地考察王胖的一千多亩高科技试验田。考察团里有几位顶级专家，先后对项目发表了意见。作为东道主，王胖做了主要发言，他说："你们都是专家教授，我比不了。你们能写这样和那样的文章，都是些好笔啊！我虽然不认识字，但我是笔筒，什么样的笔都可以装进来。"

邻市有一块地位置奇佳，几经争夺拿到手后，偏偏赶上房地产市场不好，王胖绞尽脑汁，憋出一招。他雇了一帮南方人，走街串巷地兜售商品，把当地有名有姓人家的情况查了个遍。半年后，此地忽然冒出了一个外来的算命大师，风水吉凶测得准极了，而且收费极低，只是会告诉主人家，破解的方法就是买一块上风上水的宅子。结果，王胖的楼盘一推出，三日内全部售光，代收款的银行还加调了一台押钞车。

这位老兄没读过书，但极聪明，据说他重要的签字都用针扎俩小眼，就凭这招，他开除了一个越轨的分公司经理。当面问时，他没承认，说那是电视剧里的情节。一般像他这样的有钱人，都很重视下一代的教育，可他偏偏说："念书有什么用？该玩玩，该乐乐，我把自己孙子要花的钱，都挣出来不就得了！"你还别说，他的一对儿女小时候一塌糊涂，但越大越好，现已挑起了公司的大梁。

保安王小宝

有位朋友是个三国迷，总跟我说关羽被人为地拔高了，与此同时，张三爷则受到了低估。我对此不以为然，张飞这个人太暴躁，而且欺下迎上，远不如关二哥的待手下如兄弟，所以，社会上都喜欢追随关羽这样的大哥。有个朋友就犯了张飞的毛病，总喜欢与服务人员对掐，尤其是保安，为此耽误了不少事。有一回，我看他把车横在车库前，跟保安论了半个多小时的理，我实在有事等不了，才强拽着把他劝走。

我以前也有这种毛病，后来接受了觉真法师的教诲，才逐渐改正的。法师说，服务员多不容易啊，你坐着，他站着；你说着，他听着；你喊着，他跑着；你骂着，他忍着。抛开金钱的因素，这种精神正是佛菩萨所倡导的，也是人间最为缺乏的东西。

我们小区有许多保安，有老的，也有年轻的，有绷着脸的，也有爱笑的，因为爱笑的少，所以很容易被记住。车库出口就有那么一位爱笑的保安，不到50岁的样子，憨厚中带有几分精干，每次人们拎着东西经过，他都会主动地把车杆抬起，看你没事的时候，也会上来跟你聊几句。后来比较熟了，才知道他叫王小宝，很喜欢看书。

问清楚了他的名字是哪几个字，我就送了自己写的书《段子》给他，还留言请他“雅正”。王老弟显然很高兴，下班后总要看上几页，没多久便看完了，我接着又送了一本。春节前，他忽然交给我一封信，有两页纸，请我回家再看，说信中只是表达了他自己爱好文学的一些心情，并跟我说要回老家了，但春天还会回来上班，还表示如果可能的话，想请我帮忙找一本短篇小说集。

由于我经常出差，错过了给他书的时机，为此心里暗暗遗憾。前几天，我们忽然在电梯口碰上了，彼此都十分开心，我说那封信写得很让人感动，我想有机会的话一字不改地发表出来，问他可不可以。王小宝点头，表示完全同意，末了，还是让我尽快地给他找本小说看。

下面就是王小宝老弟的信件全文：

滕博士：

犹豫再三，还是想和你说说话，因为你是我唯一说过话，且学问最深，能容我拿起自尊，能正眼看我的人。

我是一个来自农村到北京打工的农民，但确实酷爱文学，真的，有时候还想着写点什么。但我19岁当兵复员回家，把厚厚的一堆书一本本烧完时，想写的梦就死了。农村确实是另一个天，成天忙着，算计着，看怎么能多挣点钱，起早摸黑地忙着，计算着怎么能少点开支，为了房子、儿子。一晃，二十几年过去了，走在路上叫爷爷的人多了，其他的照旧，因为别的压力也随着来了。

才来北京时，抱着能多挣点钱的想法，兴冲冲地来了，但下了火车，只坐了三里地的路就被黑的士强行骗去120元时，我的心凉了，这就是北京？这就是天子脚下？我落泪了……我解释着，恳求着让老乡帮我找到了现在的活。几个月过去了，我的心渐渐平静了，做保安偷闲的时候多，我认真地观察身边的人、身边的事，忙碌着，同时也开心着，下班后也慌忙地去过几家商店，不夜城，北京真的是个不夜城。

我尽量丰富着自己，做人、做事、做一切，好像又找到了失去的自己。

看了你送给我的书，老官、朋友、吃鱼等，它解析着社会各角，写得自然、彻底，像清能见底的流水，它使我脑清、眼亮，心情也舒畅了很多。书如其人，记得有一次，你从车内探出身子，举起大手，高声喊我“王老弟”，真的当时我惊呆了，一位博士直呼一个小保安“王老弟”，这是我梦里都不敢想的，假如在村子里谈到这事，人们肯定会说“你是瞎吹”。

有些时候，我也想过，自己是写不出什么事的，只是生活压力重，需要的是一种释放。而我每次给别人发出去手机短信，别人总说，你都可以写小说啦，但我连着给他写了几条手机短信，他说他难受得哭了，我内疚地说：我写的不是你。我也不愿写了，其实也挤不出来了。

终归有些爱写，有这样的梦，所以想告诉你，因为你是唯一送我书且我见识过的有文化的人，所以说了这些话。

你有写出来的“短小说”吗？真想看看。

礼

王小宝

口误生活

念小学时，虹姐是学校大队长，有一次领导前来视察完了以后，该说“解散”时，她张了张嘴，竟然大喊一声：“撤退！”队伍轰然而散，她却懊恼不止。说起来，她就是这么一个大条的人，有时口误跟打嗝是一样一样的，在紧张的时候，保不齐什么时候就溜出来了。

在大学吃食堂，虹姐从不吃包子皮，只吃馅；可也巧了，有一男同学只爱吃皮，不怎么吃馅。那天在一桌吃包子，俩人呢，你觉得我浪费，我也觉得你浪费。这时，学生会的老范看不下去了，站过去说：“你俩不会合一块啊！”一指男生：“你吃她的馅。”又一指虹姐：“你吃他的包皮。”全场顿时石化了。

缘分偏生这么怪，虹姐跟这位计算机系的才子真就处上了，花前月下、校园内外，到处留下了他们相爱的痕迹。可是互补也需要磨合，有一次为看电影就卡壳了，他们在屋里越说越僵，虹姐一指大门口，愤然说道：“我给你滚出去！”空气一下子怪异起来。突然俩人一起开口发笑，狂笑的那种，足足有一分多钟，然后挽着手去了影院。

生活往往是作弄人的，他们毕业后分配两地，渐渐地，语气越来越客气，也没谁主动提出来，虹姐与这位才子还是分手了。周末，在京的一帮朋友去三里屯喝酒，喝着喝着，虹姐忽然号啕大哭起来，大家都知道怎么回事，纷纷劝解也没有用。这时，一位朋友的朋友端着酒走上前来，大声道：“姐们，有啥可伤心的！这年头，两条腿的蛤蟆不好找，三条腿的男人有的是。”在场的都蒙了。还别说，虹姐听完就没事了，再后来，跟这个家伙结婚了。

工作了以后，虹姐并不满足现状，继续投档，想进外企，但都石沉大海。有一回，好不容易得到了面试机会，主持的是位很和蔼的大叔，翻了翻她的资料，开口问道：“您是哪年毕业的？”虹姐连忙说：“啊，我是2000年前……”一紧张把2000届说错了。那人依旧沉稳如山，“哦”了一声说：“那就是孔子的学生喽。”

怀孕了以后，虹姐戒烟戒得很辛苦，她老公便说：“没事，你憋不住了可以鼓捣两口，只要不吸进肚子里就成。”有回在父母家，她怕老太太唠叨起来没完，吃过晚饭，偷偷揣上烟，就往门外走。也许是此地无银三百两吧，虹姐边走还边打招呼：“我出去散个烟。”

最出糗的一次，是有一年的联欢会。虹姐是公司行政主管，大部队去了郊区的度假村，她带着剩下的几位男士，赶过去会合。当时她自己开车，上车后，一面系着安全带，一面大声地吩咐道：

“现在警察查得可严了，你们可得把安全套都给我戴好了！”

奇怪的减肥方法

最近，有一则新闻挺逗的，娄底卫校学生在课堂上公开吃瓜子，老师劝阻，学生反而振振有词地说喜欢这种方式。眼看僵住了，老师就去买了100斤葵花瓜子，说道："吃吧，请你们一次吃个够，不吃完就别下课。"在网上，看到穿着校服的少男少女们低头猛嗑的样子，实在是忍俊不禁。

不知道牵头的孩子叫什么，总感觉像是阿莱干的事。那一年才初一，阿莱捧了一本《红楼梦》大看特看，很是吸引女生们的注意，结果被数学老师抓一现行。老师把他喊到前面批评教育，他还顶嘴，说数理化没用，要是背下来《红楼梦》，凭着情商就能走遍全天下。那女老师乐了，说行啊，如果你能做到一件事，我可以让你过了我这科。全班都在瞪大眼睛看着事态发展，只听老师说："毕业考试之前，你把《红楼梦》从头到尾抄一遍。"从此，阿莱便成了全校最用功的学生。过了多年，他连新版《红楼梦》电视剧都不敢看：怕吐。

阿莱这人不乏勇气，可有时做事不过脑子，比如大雨天的，非得收留一只流浪狗，搞得家里乱成一团；还喜欢充老大，一次把低年级男生的耳膜给一拳打破了，花了好几万元赔偿费。记得高中毕业前的一天，阿莱兴冲冲地跑回家，见老爸在家读报，就大声说今天已满18岁，终于成人了。老爸头都没抬，淡淡地回了一句："是啊，那得记住，以后杀人可是要偿命的。"

上了大学，阿莱看到校园里一群群的莺莺燕燕，感觉像到了天堂一样。根据他的经验，同班的不好追，同系的也难追，最好去那种阴盛阳衰的外语系，假装认老乡，一来二去就得手了。那女孩叫阿桃，白皙清纯的样子，很让他动心。一次，阿桃室友嫌阿莱总来，跟只苍蝇似的，他一本正经地说："这你就看错了，苍蝇逐臭而至，本公子是只可爱的小蜜蜂，给你们传播花粉来了。"

有个周六的傍晚，阿莱阿桃坐公交车回校，由于人多拥挤，停车时，阿桃踩了一个眼镜男的脚，眼镜男见是位美女，就骂道："你瞎啊！"阿莱在一旁，见状也不废话，上去对准刚才那地方，狠狠地踩了一脚，然后做出无辜状说："没瞎啊，你看，这不挺准的吗？"那眼镜男张了几下嘴，不再吭声。

圣诞节全校联欢，阿莱没心情玩，早早来到外语系门口等着，等阿桃一起，去校外的酒吧再疯。那天，俩人喝了不少啤酒，跳着跳着，跟黏在了一起似的，很默契地到家小旅馆开了房，一切很美好地发生了。结束后，阿莱忽然发现裤裆开线了，便跑到服务台，借一套针线。值夜班的是位胖胖的小妹，一边递给他，一边用一副你懂的表情，悄悄地说："大哥，你是想偷偷把避孕套扎个洞吧。"

圣诞超支了，阿莱只好勒紧了裤腰带。期末考试期间，他来到胡老大面馆吃夜宵，对一位很面嫩的女服务员说："半份炒面。"女孩愣住了，迟疑地问："真的是拌粪？"阿莱有点不好意思，点头道："是啊，我为了减肥。"女孩只好说："我们这儿的炒面，有拌酱的，有拌辣椒的，就是没有拌粪的。您这减肥方式真够奇怪的！"

什么好，也不如活着好

贾市长退下来之后，谢绝了一切闲职，安心在家里养花逗外孙。逢年过节，前来拜望的部下及朋友很多，每个人都努力表现得比以往更热情些。客人走后，女儿发现他有些闷闷不乐，就过来黏糊，问他最想干的是什么。他想了想说："还是想坐在主席台上讲话，那真是种高级享受啊！"

有一次，贾市长去省委党校讲课，讲得十分精彩。临结束时，来自各地的学员拼命鼓掌，足有好几分钟。他保持着微笑，又是挥手，又是作揖，掌声好不容易停下来了，他才说："谢谢大家！要知道，长时间保持感谢的样子，对我来说，可比讲话还要累啊！"话音刚落，掌声更热烈了。

现在做官的，不管真有事、假有事，没有不被告的。有一天，贾市长正忙呢，秘书说纪委的同志来谈些事情。谈了半个多小时，来人忽然问："贾市长，有来信举报，说您上次下去视察，和秘书一起，找了四个'小姐'。"他没回答，将秘书喊进来，当着纪委来人的面说："如果真有此事，都是他一个人独吞了。"

有一个小水电站的项目，谈得非常辛苦，设备价格就是不肯降下来。贾市长急了，说："中国人图吉利，就定在680万美元了！"外商也熬不住了，一拍桌子道："真拿你没辙，这价钱还不如送给你。"他哈哈一笑道："谢谢您的美意，不过礼物太贵重了，我们也得有所回报。"说完，便在合同上写下了"680"这个数字。

省里有一次搞表彰，宾馆到礼堂有一段距离，恰逢大雨，贾市长一人打伞前往，路上遇到拿文件夹挡雨的某家伙，他赶紧招呼对方一同前往，这位邻市的年轻干部显然没认出他来，还跟他议论："老贾那么能干，该得奖，就是经济上有问题。"贾市长问他怎么知道，答曰："常在河边站，哪有不湿鞋！"贾市长看他湿漉漉的样子，哼了一声："出门不带伞，哪能不挨淋。"说完，独自擎伞，扬长而去。

2011年，女婿送他一部苹果手机，拒绝一阵子后，忽然喜爱起"Talking Tom"（会说话的汤姆猫，一款手机应用软件）来，经常关在屋里自个唠嗑："妈了个×的，咋这么闷呢？"屏幕上也怪腔怪调地重复："妈了个×的……"从此，老贾喜怒由心生，比养个宠物都让他快活。春节喝大了那回，他躲在里屋，又说开了：

"他老张算个鸟哇，还不是得癌症先走了。什么好？什么好，也不如活着好！"

书里乾坤

钱锺书先生的《围城》虽是随性之作，但无处不闪烁着智慧之光和人情练达。他建议女人说：嫁人之前，最好先旅游一个月，如果这一个月内，你还没讨厌这男人，大概就可以凑合一生了。从书中也可以读出这样的意思：交朋友之前，不妨先打打麻将，如果他输得起，大概你也交得起。

人不读书是可怜，读书太多书作怪

顾随号“苦水”，是叶嘉莹女士的恩师。周汝昌曾评价他的《驼庵诗话》说：“先生词说一出，一新天下耳目，实乃《人间词话》后第一伟著。”近半年来，常翻弥新，百味杂陈之中，自己心中一片清明，那种不识肉滋味的感觉，难描难述。

人对烦恼苦痛的情状可分三等：

第一等人“不断烦恼而入菩提”，烦恼并非负担，而是力量、动机；

第二等人借外物减免烦恼；

第三等人终日被烦恼的洪流所淹没。

诗人不是宗教家，很难入菩提，但又非凡人，所以大多逃之于酒。

诗的最高境界乃无意，如王维《秋夜独坐》：“雨中山果落，灯下草虫鸣”；陈与义的《春雨》：“孤莺啼永昼，细雨湿高城”，也有同样的意思；而李白的《宫中行乐词》，一句“只愁歌舞散，化作彩云飞”，多么美，又多么好啊！

王维《终南别业》“行到水穷处，坐看云起时”，有字外之意，有韵，韵即味。宋人说作诗“言有尽而意无穷”，此语实不甚对。无论意多高深亦有尽，不尽者乃韵味，最好改为“言有尽而韵无穷”。在心上不走的，不是意，是韵。

同样是写夏天，有“锄禾日当午，汗滴禾下土”，也有“赤日炎炎似火烧”，而苏东坡的《洞仙歌》“冰肌玉骨，自清凉无汗。水殿风来暗香满”，写得多么脱俗。再看唐文宗李昂与柳公权的《夏日联句》：“人皆苦炎热，我爱夏日长。熏风自南来，殿阁生微凉。”又是何等安闲。

与太白直着脖子喊“会须一饮三百杯”相比，杜甫的“莫思身外无穷事，且尽生前有限杯”不仅有力，而且韵味无尽；老杜的诗常常如此，像“三分割据纡筹策”那么拗口，下一句竟然对出了“万古云霄一羽毛”，叫人真的没话可讲。

顾随本人也是闻名旧京的“苦水词人”。试看《临江仙·游圆明园》一首：

散步闲扶短杖，正襟危坐高冈。一回眺望一牵肠。数间新草舍，几段旧宫墙。

何处鸡声断续，无边夕照辉煌。乱山衰草下牛羊。教人争不恨，故国太荒凉。

顾随认为：“人不读书是可怜，读书太多书作怪，也可怕。”

世事纷纷，斯言善哉！

孔子原来这么说

有一年夏天我给觉真法师发了个邮件，请师父推荐几本书。出乎意料的是，师父并没有让我诵经读论，推荐的是沈善增先生的两本书：《孔子原来这么说》和《心经摸象》。买到后，我迫不及待地看了起来，太过瘾了，高人啊，这位沈先生真是高人！

沈先生是老三届，经历多多，思考深深，厚积薄发，颠覆经典。他选了儒家的《论语》、佛家的《心经》、道家的《庄子》进行解读，大多是独家见解，我是一边看一边拍案叫绝。我拿来举例的是《论语》开篇的三句话："学而时习之，不亦说乎？有朋自远方来，不亦乐乎？人不知，而不愠，不亦君子乎？"

普通的解释人人皆知，这里不重复了。我相信，许多人都跟我一样，读这几句话总觉得有些牵强，至少是不够劲，与通篇的内容连不起来。南怀瑾先生说："孔子因此便可以做圣人了，那我是不佩服的。"但南先生的理解同样新意无多。

按《说文解字》，"学"有学习和教育两种意思，在这句话里应该理解为教。作者通过考证说，"学"作"教"解时，是指身教；而"教"本身则指言教。过去的教育指的是六艺，其中的"礼、乐、射、御"都非身教不可。所以第一句话应该译为："在教别人的同时，又能经常复习学过的东西，这不是很开心吗？"

"同门为朋，同志为友"，朋在古文中指的是密友；朋在古代是个基层行政单位，"八家为邻，三邻为朋"。而在这句话中，"朋"并不

是以上两种含义，而是如甲骨文所解，指的是古代钱币。所以这句话应解释为：“有拿钱从远方而来拜师的，不是很令人快乐吗？”

在古时，君子是指士大夫，小人则是辅佐君子的那些人。第三句话的重点词是“知”字，在这里作“知遇”来解。那时没有科举制度，而只有士的依附规则，普通人出人头地，完全取决于贵族、君主等君子们的赏识和提拔，所以第三句话的意思是：“人家不赏识也不烦恼，这不是很有贵族风度吗？”

《论语》的核心是确立师道尊严，弟子苦心孤诣地编辑这本书，就是向后世推行孔子提倡的师道。从这个意义上讲，作为中国第一家民办私立学校的校长孔老先生，表达的是自己教书的快乐，还有对自己去除依附性获得稳定收入，从而维护自己人格之尊严和独立之精神的欣慰。

最后，我们臆解一下整个开篇：

孔子对他的弟子说："作为民办学校的教师，在做教育教学工作的同时，可以不断复习已学到的东西，这样的工作不是很愉快的吗？有人持币从远方前来拜师求学，是对我们价值的肯定，这不是让人高兴的事吗？这样，别人不赏识、任用我们，我们也不会烦恼，不是可以像贵族一样不依附于人，保持独立的人格和自由的精神吗？"

且随清风去，敢笑老庄子

圈子里流传着这么个笑话：某君用餐时，宠物猫也虎视眈眈地盯着那只烧鸡，他用筷子指着说："别乱碰！否则你对它怎样，我就会对你怎样。"猫貌似思考了一会儿，然后迅捷地去舔了一下鸡屁股，一双大圆眼睛里全是捉弄的神情：小样，跟我扯，玩死你！这段子使我想起了一个天纵之才的往事。

每个时代都不乏天才，而从整个历史的进程来看，总有那么几个天才中的天才，比如庄周。有个叫曹商的家伙出使秦国，获赐车辆百乘，狂喜之余，以此反讽经常瞧不起自己的庄子："身居小胡同，以编鞋为生，混得面黄肌瘦，这是我不如人之处；有机会点悟国君而获车百乘，这又是我的超人之处。"

听到小人得志的一番言语，庄子立马反击道："听说给秦王看病的医生都有机会得到赏赐：破除脓疮者，获车一乘；舔治痔疮者，获车五乘。治疗的方法越下作，获赠的车辆就越多。您不会是给秦王舔过痔疮了吧，否则怎么得到这么多的车？滚吧你！"

庄子的妻子死了，惠子前来吊唁，却看见他叉着双腿，一边敲着瓦缶，一边唱歌。惠子不由得火往上冒："你这也太过分了吧！"庄子却回答："老夫老妻啦，怎么能不伤心呢！但从生命的本源来仔细推敲，一切本来虚无。在恍惚境域，变化而有元气，元气而有形体，形体而有生命，同春夏秋冬的运行道理是一样的。她安稳地卧于天地之间，我却要围着她啼哭，这不是通晓天命的做法，所以我才要鼓缶而歌。"

庄子和惠子这对老冤家留下了许多千古佳话，他们曾讨论过孔子的“五十而知天命”的问题，很赞成其“禀受才智于自然，回复灵性以全生”的说法，认为儒家思想能够使人懂规矩、合法度，分清好恶是非，孔子这个人不仅使人口服，而且心服。说到这里，庄子摆摆手说：“算了算了，我是比不上他呀！”

赵文王喜好比剑，门下剑客三千，每年都死伤过百，庄子拒绝太子的千金之礼，主动前去说服。听说他会“十步杀一人，千里不留行”的剑法，赵王就带了几个高手来比，不料，庄子说出了得道之天子之剑、纵横之诸侯之剑、拼斗之百姓之剑三种剑，惭愧得赵王绕席三周，改掉了这一劳财伤命的癖好，剑客们都纷纷逃散或自杀了。

以我读书的经验，最有思辨性和幽默感的经典有两部：《维摩诘所说经》和《庄子》。用一位师父的说法，庄子本身就是一位辟支佛，他的那些梦蝶、训鸡、知鱼之乐、死人头骨等精妙文章，曾给中国的读书人带来了深入的思考和巨大的快乐。谨以博客中的一首诗，献给这位伟大的先哲：

人人不相似，相逢难相识。
滚滚红尘里，多少非与是。
明月何用指，花落流水知。
且随清风去，敢笑老庄子。

金谷园

我很喜欢收集线装诗集，常在睡觉前随手翻阅。前天晚上，偶尔读到杜牧的《金谷园》，极是喜欢：“繁华事散逐香尘，流水无情草自春。日暮东风怨啼鸟，落花犹似堕楼人。”这是诗人路经金谷园故址，为西晋首富石崇有感而发的一首凭吊之作。

按照历史记载，最繁华的宫殿当属阿房宫，最奢侈的私人园林应为金谷园。杜牧分别为之歌赋咏叹，反映了其悲天悯人的博大胸怀。虽不如《阿房宫赋》那般工整磅礴，这首小诗蕴含的内容同样丰富悠远。

去百度搜索石崇，马上出现“斗富”的词条，其实这个人非常复杂：论起野蛮生长，冯仑恐怕也比他不上；比才艺，一首《思归叹》连李白和杜甫都拱手拜服，现今的儒商们哪里能相提并论；讲财富，世界首富都不一定有他多；说起生活奢侈，石崇家里藏娇上万，穿不尽的绫罗绸缎，吃不完的山珍海味。

石崇的老爸叫石苞，官至西晋骠骑将军，临终分家产，唯独不给最小的老六石崇，还说：“此儿虽小，后自能得。”既然没有继承家产，石崇又是怎样做到富可敌国的呢？史书只在他任荆州刺史期间，留下一句：“在荆州，劫远使商客，致富不赀。”解读起来很简单：抢劫、贪污、走私，黑白两道通吃通杀。俗话说：天不怕，地不怕，就怕流氓有文化。为什么呢？这类人胆子太大，估计石崇的胆子晒干了都不比倭瓜小。

论起享受，皇帝们都比不了石崇。《晋书》里说：客人刘寔内急走进石家的厕所，见有绛纱大床，上面的席子非常华丽，十来个漂亮的婢女手持香囊（里面装的是刮屁股用的软木片）侍立。这位穷苦出身的官员吓得赶快出来，以为误入主人的卧室，石崇说："没走错啊，那就是我用的厕所。"那哥们去蹲了半天，还是拉不出来，于是告辞换了个地方，才得以方便。

石家的规矩可不止这些，客人去完厕所后，需要重新更衣，进去时穿的衣服由于沾染了臭气，便被遗弃不用了。至于美女，绝色的就有上千人，王嘉《拾遗记》中说："石季伦……屑沉水之香如尘末，布象床上，使所爱者践之，无迹者赐以真珠百琲。"是说石崇喜欢飞燕型美女，让她们在铺着细细沉香末的象牙床上走过，轻盈得可以不留下脚印者，便赏赐许多珍珠，这就是杜牧《金谷园》头一句"逐香尘"的典故。

据《耕桑偶记》描述，晋武帝得到外国进贡的火浣布，便制成衣衫，穿去了石崇那里显摆。石崇也是成心想气晋武帝，便带了50名打扮得一模一样的艳姬，全都穿着这种火浣衫，他自己却一身常服，貌似正经地接驾，弄得皇上比舅舅王恺被砸了珊瑚树更没面子。

不过也有不给他面子的，有次石崇请王家兄弟饮酒，照例由美女斟酒，如果客人不喝酒，他就让侍卫把美人的头砍掉。善饮的大将军王敦故意不喝，结果使石崇连砍了三颗美人头，还对不忍心的从弟王导说："人家自己砍脑袋玩，你跟着着什么急？"

藏娇总需金屋，石崇在河南金谷涧建了座别院，朝廷官员迎来送往皆在此饯饮，所以号为"金谷园"。金谷园随地势高低筑台凿池，高下错落的楼榭亭阁方圆占地几十里，连郦道元的《水经注》都有记载，赞其"清泉茂树，众果竹柏药草备具"。园内筑百丈高的崇绮楼，主人为美人绿珠，里面饰以珍珠、玛瑙、琥珀、犀角、象牙，可谓极奢极丽，前文诗中的"堕楼人"，说的就是这位绿珠。这也是一段极为凄艳的爱情故事。

石崇做交趾采访使时，路经越地，以珍珠十斛换得这位梁姓女子。

此女娇媚异常，能吹笛又善舞。石崇教她舞名曲《明君》，自己填写新歌词："我本良家女，将适单于庭。……昔为匣中玉，今为粪上英。朝华不足欢，甘与秋草并。传语后世人，远嫁难为情。"全诗贯穿着凄凉婉转之情，令闻者肝肠欲碎。

此女冠绝当时，得石崇三千宠爱于一身。这不光是俩人宿缘深厚，还因为石崇也是位大才子。我曾遍览魏晋南北朝的诗篇，当时能写出"文藻譬春华，谈话如芳兰"以及"迅风翼华盖，飘遥若鸿飞"这种句子的诗人，还真非石崇莫属。他和左思、潘岳等结成诗社，号称"金谷二十四友"，每次在此洞天福地大摆筵宴，但见得：纱裙飘舞、文采飞扬、美酒如海、气势若虹，再加上绿珠这样的绝代佳人助兴，实在让我等后辈悠然神往！《红楼梦》的菊花会与之比起来，何止是相形见绌啊！

有道是：人无百日好，花无百日红。整天与官场中人混的富豪，几乎都没有什么好下场。石崇的靠山是贾谧，待其被诛，对头马上开始找碴。《晋书·石崇传》记载：石崇有妓曰绿珠，美而艳。孙秀使人求之，不得，矫诏收崇。崇正宴于楼上，谓绿珠曰："我今为尔得罪。"绿珠泣曰："当效死于官前。"因自投于楼下而死。

这场政治斗争的背景是"八王之乱"，争夺美人只是个导火索，石崇也很快入狱。他自以为亲朋满天下，最多获罪流放而已，结果仍被处死。他死前感慨："这帮家伙都是贪图我的钱财啊！"押他的人反唇相讥："早知如此，何不散尽家财行些善事？"石崇无言以对，遂受死。

百余年后的杜牧，凭吊废园，还可以发出些落花流水的悠然长叹。而我们再去洛阳故地，看到的已经是拥有六家居委会的窗口社区，七万多居民每天重复奏响着锅碗瓢盆交响乐。如今金谷园的春天或许还依稀可嗅到一丝洛阳八景的当年味道，但人世变幻、繁华若梦，谁能听到石崇那些千年一叹的低吟：

思归引。归河阳。假余翼鸿鹤高飞翔。
经芒阜。济河梁。望我旧馆心悦康。
清渠激。鱼彷徨。雁惊溯波群相将。
终日周览乐无方。登云阁，列姬姜。
拊丝竹，叩宫商。宴华池，酌玉觞。

大唐酒徒

评论抽烟喝酒的好坏，已经意义不大，盖因它们已经成为人们生活的一部分。“吃喝嫖赌抽，坑蒙拐骗偷”是人的十大劣根性，发明酒的杜康做梦也想不到，七蒸八晒得到的这种液体，竟然成了打开凡夫俗子精神境界之媒介，说他比孔夫子伟大，恐怕都有人赞成。

晋人王孝伯的“名士”是指：无事痛饮和熟读《离骚》。到了唐代，从皇帝到百姓无不好酒，他们的丰硕体态足以证明大唐全民的营养过剩；而作为社会明星的诗人们更是无酒不成诗，可以说，不懂酒文化，就不懂唐诗。

杜甫有一首《饮中八仙歌》，这八大酒徒分别为：贺知章、李琎、李适之、李白、张旭、崔宗之、苏晋及焦遂。作为小弟的杜甫，当时还只配捧着酒壶侍立一旁，羡慕地看着那草圣张旭：“脱帽露顶王公前，挥毫落纸如云烟。”

贺知章和张旭当时的名气最大，他们带着几个扛着酒瓮的书童，经常在长安城里走街串巷，谁家的酒好菜好不能不去光顾，谁家的花好草好也要停下小酌，趁着酒意在人家的雪白墙壁上肆意地涂抹几下，好一派逍遥自在。且看张旭：“左手持蟹螯，右手执丹经。瞪目视霄汉，不知醉与醒。”再看贺老：“知章骑马似乘船，眼花落井水底眠。”

某日，大明宫赏牡丹，唐玄宗急召李太白前来赋诗。已烂醉的李白被当头浇了一盆冷水，借着酒劲，非让杨贵妃去磨墨，高力士来脱靴，拿足了架子后，挥笔写道：“云想衣裳花想容，春风拂槛露华浓……”

赋诗已毕，由梨园始祖唐玄宗亲自玉笛伴奏，中国历史上最好的男高音李龟年演唱，第一批梨园弟子伴舞，真是千载难逢的盛会啊！

泾川豪士汪伦捎信给李白：“先生好游乎？此地有十里桃花。先生好酒乎？此地有万家酒店。”被点中要穴的李太白先生，屁颠屁颠地跑去了，才发现一朵桃花也没有，只有一个水坑子叫桃花潭；哪儿有什么一万家酒店，那家小酒店老板姓万而已。李白天性潇洒，也不以为忤，与老汪连喝数日，走前写道：“李白乘舟将欲行，忽闻岸上踏歌声。桃花潭水深千尺，不及汪伦送我情。”

初唐才子李百药纳降杜伏威，半路之上，杜伏威反悔，暗送一坛石灰泡过的毒酒，李百药大病三六九、小病天天有、顿顿不离酒，一气喝完，一顿上吐下泻之后，不但没死，反而以毒攻毒，从此无病一身轻，一直活到84岁，独自完成了《北齐书》。

另一位无名诗人的经历更奇特无比。这位老兄喝高了回家，被山风一吹，醉卧山崖。一只斑斓猛虎见此物不动，难知死活，于是凑近一闻，酒气冲鼻。谁料想，那人因为老虎的胡子伸进了鼻孔，受了刺激，打了一个霹雳般的喷嚏，老虎猝不及防，下意识地一闪，掉下了山崖，呜呼哀哉，居然给摔死了。喷嚏杀虎，可比《水浒传》中的武松厉害多了！

烂煮面，软煮肉，少饮酒，独自宿

据说在漠北草原，乞颜部酋长也速该骑马经过时，发现路边有一摊疑似女人的尿迹，尿得非常深。按蒙古人的习俗，这种女人生出来的孩子往往了不起，于是率手下兄弟打马狂追，不管三七二十一地抢回来做了老婆，果然不久怀了孕。胖小子降生时，部落正好俘虏到一位塔塔儿勇士，蒙古人认为用这人名字，可以获取其勇气，于是名字就这么定下了——铁木真。传说孩子出生后，手中握着一血块，寓意上天授予了人间的生杀大权。

烂煮面
软煮肉
少饮酒
独自宿

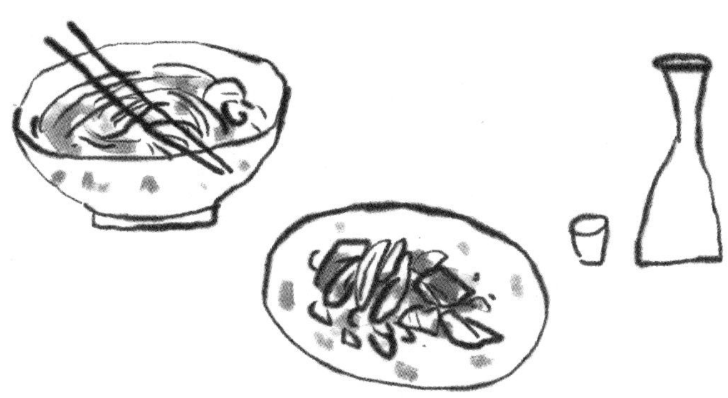

那时，蒙古高原部落林立，蒙古人、塔塔儿人、克烈人、乃蛮人、蔑儿乞人相互攻战不止，铁木真在父亲遭暗算后收集旧部，历经多年征伐，使蒙古帝国在铁与血中屹立起来。1206年，铁木真在斡难河召开忽里台大会，建大蒙古国，即大汗位，号成吉思汗。这次“斡难河大会”酒如海兮肉如山，意味着全蒙古部落终于聚集在了一面王旗之下。

忽里台大会为蒙古国的最高国事会议，初期几任大汗皆由该会议推举产生或认可通过。直至忽必烈时期，黄金家族内部争斗空前激烈，很多成员反对皇帝过分偏向中原的政策，而忽必烈本人干脆废止了这种民主雏形的国会，由是开始出现分裂倾向，四大汗国虽然名义上为蒙古属国，但与元朝已经并列。

作为高原国家，蒙古帝国采取四面见海的战争策略，横扫欧亚大陆。内部的宗教政策很宽松，佛教、道教、伊斯兰教乃至东正教各行其道。蒙古骑兵则成为史上最强大的军事力量，每人数匹马，边走边睡，可以连续行军一个月以上，对火药运用如臂使指，在屠城政策之下，后来几乎无人敢正面抵抗。

蒙古族的最高宴会为诈马宴，“诈马”蒙古语意为去除毛发的家畜，是一种分食整羊整牛的名词。

诈马宴耗资巨大，仅用牛羊就有上万只，烤制全羊及全牛等，还有马奶酒、白酒和葡萄酒。这还是一般用膳，宫廷名肴有108珍：紫驼蹄、麋鹿脯、豣肉、熊掌、飞龙等。宴会不仅气氛隆重，而且礼仪繁缛，喝了醉、醒了喝，除去美酒佳肴，席间摔跤手捉对角斗，舞女们轻歌曼舞，场面热闹非凡。

盛行于北方的“涮羊肉”，是把羊肉切成薄片，放入沸锅里烫一会儿取出，蘸以作料来吃，该吃法源于忽必烈。南征途中，厨师在做清炖羊肉，忽报有敌情，饥肠辘辘的忽必烈心情急躁，抢过刀切下了十几片羊肉，往铁锅沸水中一抛，捞起便吃，打完胜仗，钦点了这道菜，后来成了蒙古宫廷的必备菜。

忽思慧是元仁宗的饮膳太医，1330年出版了中国历史上第一部宫廷御膳谱《饮膳正要》，内容涉猎广泛，共分三卷，该书卷三中记有：“味甘辣，大热，有大毒。主消冷坚积，去寒气。用好酒蒸熬，取露成阿剌吉。”这是关于我国烧酒——蒸馏酒的最早文字记载。忽思慧首倡个人卫生，提出了“食物中毒”这一术语，防止病从口入，连饭后漱口、早晚刷牙、晚上洗脚等都写到了，对于养生，他强调：

“烂煮面，软煮肉，少饮酒，独自宿。”

黑能污白，白不能掩黑

唐诗也好，宋词也好，都抒发着大文化氛围下之极度才情，到了关汉卿写元曲、施耐庵著《水浒》，孤星河汉，早已失去群星灿烂之满天清辉。至于清朝，虽然也有纳兰词之清雅，但终究是文字狱下的一派肃杀，才情中上之士忙于科举和考据，上上之人则留下了不少所谓的闲书。

《幽梦影》描写着“手倦抛书午梦长”的文士，挥霍着“花不可以无蝶”之浪漫生活，引发着心中“杜鹃啼血”的忧国情怀。书中的句子隽永清丽、回味无穷。比如“春雨宜读书，夏雨宜弈棋，秋雨宜检藏，冬雨宜饮酒”，值此春梦良宵，乱翻随情，也许会勾起心灵最深处的那种种悠长的感叹。

清宵独坐，邀月言愁；良夜孤眠，呼蛩语恨。

看晓妆，宜在敷粉之后。

雨之为物，能令昼短，能令夜长。

求知己于朋友易，求知己于妻妾难，求知己于君臣则尤难之难。

痛可忍而痒不可忍，苦可耐而酸不可耐。

目不能自见，鼻不能自嗅，舌不能自舐，手不能自握，惟耳能自闻其声。

不得已而谀之者，宁以口，毋以笔；不可耐而骂之者，亦宁以口，毋以笔。

藏书不难，能看为难；看书不难，能读为难；读书不难，能用为难；能用不难，能记为难。

少年读书，如隙中窥月；中年读书，如庭中望月；老年读书，如台上玩月。皆以阅历之浅深，为所得之浅深耳。

黑与白交，黑能污白，白不能掩黑；香与臭混，臭能胜香，香不能敌臭。此君子小人相攻之大势也。

蛛为蝶之敌国，驴为马之附庸。

酒虽好，不可骂座；色虽好，不可伤生；财可好，不可昧心；气可好，不可越理。

林语堂曾评价此书说："是那样的旧，又是那样的新。"作者张潮于康熙三十八年受陷入狱，提及此事，曾言道："胸中小不平，可以酒消之；世间大不平，非剑不能消也。"正是人世间的坎坷，使得这位心斋居士了悟通达，他评价道：

《水浒传》是一部怒书，《西游记》是一部悟书，《金瓶梅》是一部哀书。

苦瓜和尚

某次，我和两位大哥闲谈，请教在他们的眼中，做什么事情最适合我。结果，一位告诉我去当兵，另一位说应该做画家，我听后几乎笑翻。记得大学军训时，我五发子弹全打在了邻靶上，只得了零分；另一个鸭蛋则是因为初中美术课，我们几个逃课去南大河游泳，因而得到惩罚。

要是说画家，倒是有一丝因缘。在我的书架上，有两本书是看不懂的：《达·芬奇论绘画》和《苦瓜和尚画语录》。但摆在那儿的心理，就跟寻常百姓家也挂些字画一样，懂不懂是一回事，喜不喜欢又是另一回事，自己看着高兴不就得了。买《画语录》，是因为当代国画大家没有不提石涛的，他那传奇的一生也是吸引我的一个重要因素。

石涛本为朱元璋的后代，是靖江王后裔，可惜生逢乱世，与李闯王、张献忠、皇太极等枭雄处在一个时代，其父兵败被囚时，他被宫中仆臣背出，一直从广西逃到武昌。为了安全起见，削发为僧，自称苦瓜和尚，后跟随高僧旅庵本月学习禅理和书画，好在寺院多在风景绝佳处，四处游历参拜，极大地磨炼了他的性情，提高了眼力。

康熙南巡时，驻驾南京长干寺，两次召见石涛，这位开悟佛理的皇帝当众喊出了画家的名字，使其备感荣幸。苦瓜和尚特意作了两首七律以作纪念，其中有诗句曰：“圣聪勿睹呼名字，草野重瞻万岁前。自愧羚羊无挂角，那能音吼说真传。”与“恰似一江春水向东流”的李后主不同，他已经以新朝臣属为荣了。

后来，苦瓜和尚到了北京，虽然画技大为提高，但高门深宅之中的凶险却防不胜防，他在诗中一吐心曲：“诸方乞食苦瓜僧，戒行全无趋小乘。五十孤行成独往，一身禅病冷于冰。”51岁的他买舟南下，定居扬州，画出了《余杭看山图卷》《卓然庐图轴》《溪南八景图册》等名卷。

《画语录》这本书虽艰涩难懂，但里边图画极美，诗词众多，读来清新隽永，直指心底。石涛打破了董其昌“画家以古人为师，已自上乘”的说法，公开宣称：“我之为我，自有我在。古之须眉，不能生在我之面目；古之肺腑，不能安入我之腹肠。”他的画法以造化为师，代山川立言，达到无法而法的境界。

我特别喜欢苦瓜和尚书中的一段议论：“笔墨当随时代，犹诗文风

气所转。上古之画，迹简而意澹，如汉魏六朝之句；中古之画，如初唐盛唐，雄浑壮丽；下古之画，如晚唐之句，虽清丽而渐渐薄矣……倪黄辈如口诵陶潜之句‘悲佳人之屡沐，从白水以枯煎’。”画僧在《面壁图》题道：

画禅能画心，不必文字教。
展此面壁图，意匠何超妙。

八大山人

最近，我把一本图解名家的《八大山人》翻来覆去，玩赏不已，每每展卷，无不有一种清凉气息扑面而来。

石涛初见八大山人，经介绍才知他是当年的“雪个”，赶紧请画大涤堂图。山人一笑，忽问：“有何堪涤？”石涛闻后，大为感叹这种“一念定乾坤”的意境，写了那首著名的长诗，给其戴上了“眼高百代古无比”的大帽子。

八大山人，与石涛一样，也是明末清初的朱家宗室，生性孤傲，聪明绝伦，八岁便能作诗，善书法篆刻及绘画。曾画一枝荷花，横斜水面、香气盈屋。明朝灭亡后，他和去世的父亲相似，喑哑不能说话，合则点头，不合摇头。过了十多年，便去做和尚，号“雪个”。没过多久，就生了癫狂病，经常高歌乱舞，唯酒能止。

过了一年多，他的病才有了好转，更号为“个山”。某日，他抚摸着自己的头顶说：“我既出家，何不以驴命名呢？”于是改号“个山驴”。后来，妻儿俱亡，他感到万念俱灰，但为了传宗接代，无奈又蓄发娶妻，并号“八大山人”，声称：“所谓八大，就是四方四角都以我为大，而没有比我大的。”

山人那时嗜酒如命，必须酒后作画。有些人就置酒而请，将墨汁、纸张放在一旁，酒过三巡，他便乘兴泼墨，有时候以破笤帚洒，或用坏帽子涂，弄得画纸不堪入目，随后提笔渲染，或成山林丘壑，或成花鸟竹石，竟然无不入妙。醒来后，再求片纸只字亦是万难，哪怕百两黄金陈前，他也不屑一顾。

有一次，友人索画三啸图，山人不好断拒，只肯描了几只茎叶，自称手熟什么画什么，这就是所谓的“驴拣湿处尿”做法。后代的潘高寿说“人品不高，落墨无法”，此言极是，国画以境界之不同而成相应的画格。八大山人之作简笔写意，往往笔极疏、意极密，愈简愈远、愈淡愈真，肆意抒发胸中之逸气。即使一些题画之诗作，也是相当精彩：

有人识得真空相，便是长生不老翁。

自性宁薄劣，独步乃幽偏。

谈吐趣中皆合道，文辞妙处不离禅。

若个荷花不有香，若条荷柄不持觞；百年不饮将何为，况值新糟琥珀黄。

茫茫声息足林烟，犹似闻经意未眠。我与松涛俱一处，不知身在白湖边。

古代哲人喜欢以江水湖泊明志，表达自己的道心。济公有过“但愿西湖化酒池，一浪打来饮一口”之喻，也有人说：“达摩西来一字无，全凭心意做功夫。欲在纸上寻佛法，笔尖蘸干洞庭湖。”八大山人则在《题瓜诗》中表示：“无一无分别，无二无二号，吸尽西江水，他能为汝道。”80岁高龄前，这位一生半僧半道的大画家写道：

萋萋望耕籽，谁家瓜田里。

大禅一粒粟，可吸四海水。

人生究竟苦短，对影何必自怜

古典小说中，《镜花缘》算是一个异数，故事从王母娘娘写到百花仙子，从武则天牵出书生唐敖，在波澜壮阔的历史背景下，介绍了30多个国家的奇风异俗。作者李汝珍手法奇特，想象力曼妙，勾画了一出出光怪陆离的神奇之旅。如果说《西游记》是一部道家的童心之作，那么《镜花缘》就是佛家的出离风尘，而后者显然一直被低估了。

我是在大学才读这本书的，一直不明白为什么要叫这个名字。后来学习了一些佛学经典，才了解到，镜花，也叫镜华，是指古时的一种菱形花镜，北周时的庾信对其有过描述："日光钗焰动，窗影镜花摇。"当然，最有名的还是唐代吴均的那首诗：

镜中美女人如玉，子瑜笑咏随风去。
弱冠同怀闻者怜，智者归福终不虚。

至于成语"镜花水月"，自有另外的出处。晚唐有位裴休宰相，才学十分了得，曾写过这样一首诗："泐潭形胜地，祖塔在云湄。浩劫有穷日，真风无坠时。岁华空自老，消息竟谁知。到此轻尘虑，功名自可遗。"他同时也是著名的居士，善于写碑帖，宋代的米芾曾评价："裴休率意写碑，乃有真趣，不陷丑怪。"

例如他写过的《唐赐紫方袍大达法师玄秘塔碑铭》："空门正辟，法宇方开，峥嵘栋梁，一旦而摧，水月镜像，无心去来，徒令后学，瞻仰徘徊。"一直流传后世，被佛家用来表达"无常"的观点，即人的一生是虚幻不实的，正如镜里花、水中月一般不可把握。

裴休素信佛教，曾随圭峰宗密禅师学习华严，好多著述都邀请他撰序，如《圆觉经序》《华严经法界序》《禅源诸诠集都序》等，其中文字般若、笔法智慧。其子裴文德年轻时高中状元，他不愿儿子做翰林为官，而是送入佛门出家，并作了震烁古今的"警策箴"：

含悲送子入空门，朝夕应当种善根。
身眼莫随财色染，道心须向岁寒存。
看经念佛依师教，苦志明心报四恩。
他日忽然成大器，人间天上独称尊。

作偈曰：“江南江北鹧鸪啼，送子忙忙出虎溪。行到水穷山尽处，自然得个转身时。”

这段佳话的结局是，他的儿子正是金山寺的法海和尚，为禅宗开宗立派的祖师人物。后世把他写入了《白蛇传》，绝对是以讹传讹的肆意歪曲，歌手龚琳娜夫妇更是受到了明贤法师等佛教人士的严厉批评。余波尚且如此，实在有必要正本清源。

在北大禅学社的中观课堂，明贤法师曾开示一种破虚的修行法门：修行者先要焚香沐浴，然后赤身裸体对一面镜子独自坐好，从头到脚地夸赞自己，找出所有的优点，连续七天七次；相反，如是批判自己，体无完肤地批判，也是七天七次。我虽然没有试过，但据说此法完全可以破除我相。这正是：

人生究竟苦短，对影何必自怜。

唯有打麻将可以忘记读书

钱锺书先生的《围城》虽是随性之作，但无处不闪烁着智慧之光和人情练达。他建议女人说：嫁人之前，最好先旅游一个月，如果这一个月内，你还没讨厌这男人，大概就可以凑合一生了。从书中也可以读出这样的意思：交朋友之前，不妨先打打麻将，如果他输得起，大概你也交得起。

记得南怀瑾先生在他的一篇作品里介绍说，麻将是郑和发明的。想当年，郑和率两万多人之庞大船队，七次下西洋以扬大明之国威。虽是风光，但几万人成年累月地待在船上，麻烦也越来越多：打架斗殴、争风吃醋、聚众赌博，已成家常便饭，靠打靠杀、靠劝靠管都不行。于是，郑和在纸牌的基础上发明了麻将：

筒，装的是水，是航行的保障；条，代表着帆，是前进的动力；万，代表金钱，是输赢的筹码；东西南北风，是老天爷给船队的指令；中，是中国；发，是发财；白，是将令；然后是春夏秋冬代表四季，梅兰竹菊代表四君子；谁赢了，叫“和”，为了避讳，发“胡”的声音。

郑和安排官办作坊生产了大批麻将，带到了船上。一时之间，大明朝的船队顺风顺水，白天黑夜一片碰和之声，将士们各尽其职，把皇上的差事办得圆圆满满。将士们解甲归田之后，神州大地便四处开花，打麻将开始风行。

“麻将桌上白天也开着强光灯，洗牌的时候，一只只钻戒光芒四射，白桌布四角缚在桌腿上，绷紧了越发一片雪白，白得耀眼。”这是张爱玲的语言，却被《色·戒》中陈冲们的玉手演绎得活灵活现。上海人讲究“搓”，有一种闲来消遣的泰然文雅；北京人讲究“摸”，意味着运气对人生的重要；中原地区讲究“凑”，有请君入局的友好之情；而东北人讲究“打”，表示争凶斗狠之意。

据说，香港的明星们无不喜欢打麻将，有一次，吴姓女星输急了，几步蹿到了敞开的高窗之旁，做跳出之状，见无人理会就大喊：“点解无人襟住我？”牌友们见怪不怪，笑着说：我们不会眼睁睁地看你跳楼的，你跳的时候，我们一定会闭上眼睛。还有一回，她连“听”三回八万都没上手，于是就去了洗手间，接着再打牌的时候，发现缺了一张八万。为了找回这张翡翠牌，坐庄的女星把自己家的马桶都找工人给拆了。

明星们的玩，大多是忙里偷闲，而普通百姓甚至把打麻将当成了专业。有一个下岗工人整天打牌，走前老婆给了一百块钱，再三嘱咐：勾引一个回来最好。半夜时老公回家，给了老婆二十块钱，那女人见状说：“没有二奶，带回俩小孩也是好的。”那男子低头小声地说：“可是孩子他妈已难产死了。”

体育部门曾把麻将列为国粹，几经努力，终也未登大雅之堂。我觉得，打麻将的最大好处是自得其乐地消磨时间。不管你的身份如何，大家坐在麻将桌前都是平等的。我的一位领导一出臭牌就使劲地抽自己的脸，哥几个都觉得特过瘾特好笑，还要做出一种若无其事的样子。打起牌来，每个人的表情都特丰富：有明着较劲的，有暗中发狠的，有输赢关天的，也有满不在乎的。有时候站在旁边看，比上去打还有意思。

有个人说他们四个邻居在停电的情况下，玩麻将玩了一晚上，别人不信，他拍着胸脯做证：“我给举的蜡烛，我还能不知道吗？”为打麻将而死的事，已不算新闻，不少人还挺羡慕这种死法呢。以打麻将来达到某种目的，本身就是这游戏的一部分。北京的很多单位联谊，都是到郊区找个度假村，酒足饭饱之余，摆上几桌麻将，痛痛快快地摸它个八八六十四圈。

梁启超酷爱麻将，每逢大事之前，必大战不止，曾说："予利用博戏时间起腹稿耳。骨牌足以启予智窦，手一抚之，思潮汩汩而来，较寻常枯索，难易悬殊，屡验屡效，已成习惯。"他还这么总结自己的心得：

唯有打麻将可以忘记读书，也唯有读书可以忘记打麻将。

分粥五法

从原始部落开始，财富分配就是所有社会的焦点和难题，而公平和效率构成其两大基本原则。人们常常把社会财富比喻为一锅粥，体制不同，分粥的方式也不同，罗尔斯在《正义论》一书中，精辟地论证了五种分粥的方法。

1.一人负责制：大家很快发现，这个拥有全权的人，总有办法给自己分得最多。于是就撤换掉一人，但结果还是一样。

2.轮流坐庄制：每个人轮换着负责，但结果是，总有一天撑得头昏眼花，而剩下的日子大多饿得眼冒金星。这种方式，不仅更不公平，而且还造成资源的巨大浪费。

3.选举委托制：经过投票和院外活动，大家选出一位德高望重之士。开始时，一切尚好，慢慢地，利益开始分化，围绕在这个人周围的一些人，总有办法享受更多的粥。

4.委员会制度：为了形成分权和制约，于是成立了分粥委员会和监察委员会。经过反复讨价还价，基本做到了公平，但问题是：大家喝的时候，粥早就凉了。

5.最后喝粥制：就是说，不管谁是分粥者，必须把粥分成与喝粥人数相等的份数，而且要等所有人把粥领走后，才能去喝剩下的最后那份。显然，为了使自己不至于吃亏，分粥者只有分得尽量均匀和合理。

人性的善与恶，姑且不论，趋利避害之心，想必人人皆有之。一个组织，是以什么为基础建立起来的呢？在权力的问题上，决不能只依靠对人性的信赖，而要用法律加以约束，使得公共利益得到保障，否则，绝对的权力必然产生绝对的腐败。因此，在民主政治制度下，在市场经济体制中，在一个公民社会里，政府和企业都是以猜疑为基础，而不是以信任为基础建立起来的。用通过人们反复地选择、交易以及博弈所建立起来的法律制度，才能尽可能地保证社会财富分配的公平和效率。

苏格拉底和友人在路上边走着边辩论着，友人看到路边两只嬉戏的小狗，感慨人性的善变和狗性的忠诚。苏格拉底说："是吗？"随手丢出一块骨头，一时间，狗毛乱飞。

让分粥的人最后喝粥，固然是一个简洁精妙的方法，在一个简单的系统中，这并不难做到，但在一个13亿人同时参与的复杂博弈中，想得到一个清晰的"熵值"，显然不是我们目前的智慧所能做到的。

在一座庙宇中，师父们让粥喝或人人乐取最小的那份，是庙宇里最基本的选择方式，这也许是分粥五法之外的启示吧。

地球上只有一个我

周末在北京，赶上了沙尘暴，由于有约在先，我和儿子还是到宣武体校及某校研究生院连踢了两天球，据说这对健康不好，但我俩心里十分快乐。回天津的路上，看到漫天的黄色，竟是压不住满树满田野的绿意，赶紧写了一篇诗《在黄色与绿色之间》。今天，阳光明媚而春风浩荡，在球场上忍不住又创作了一首：

新桃红霞绽，春风燕子翻；更喜草碧碧，踏青笑挥杆。

目前市场上最好卖的书有几种：学生教科书及辅导书、外文书，还有就是谈健康的书。后一种书林林总总，我喜欢的为“刘太医系列”和曲黎敏老师的讲座。曲老师是位中医药大学的教授，谈的大多为常识，遗憾的是，绝大多数人犯的都是常识错误。春天到了，让我们复习一下有关春天养生的知识。

所谓的春天是指立春、雨水、惊蛰、春分、清明、谷雨六个节气，每两个节气一组，春天就是阳气生发积累的三个过程。按照《周礼》的说法，人们在夏天应该吃羹剂，忌大块吃肉；秋天宜酱剂，进食味重之物；冬天注重饮剂，因为阳气内收而清淡较好；春天最好多吃主食，因为粮食是头一年的种子，具备生发之机。

《黄帝内经》提出的春天，只是一种起始的比喻，里面提出四点养生经验：一是“夜卧早起，广步于庭”，就是好好吃、好好睡、慢慢走；二是“披发缓形，以使志生”，意为披头散发、宽衣松心；三是“生而勿杀，予而勿夺”，不起杀心、鼓励生长；四是“赏而勿罚，此春气之应”，顺应万物、好好生发。

世界卫生组织定义“健康”为：“健康不仅仅是疾病或羸弱之消除，而且是体格、精神和社会交往的良好状态。”就是说健康包括身体健康、精神健康和社会交往健康三个方面。西医认为，健康者5%，有病的20%，其余的属于亚健康。中医认为人是靠感觉活着的，不是靠指标活着的，有没有病主要靠自己的感觉。

曲老师说，“经”的原始意象是脐带，经是最权威的讲本质的东西，具有亘古不变的特性，而“纬”是横着的和变化的；“论”代表次序。所以，《黄帝内经》是根本的宝典，而《伤寒论》是治疗学的论著，这是中医两大镇店之物。最后，让我们了解一下《黄帝内经》的四大宗旨：

顺其自然：无论做人或做事，都要守时守位，并始终保持这种情志；

依靠自己：健康长寿不靠医生、不靠药，靠的是养成良好的生活习惯；

天人合一：提高与自然的和谐程度，人法地、地法天、天法道、道法自然；

医易同源：《易经》是中国学问的本源，医疗本身就是阴阳之间的再和谐。

神医扁鹊名重一时，经常有起死回生之举。有一回，他对魏惠王表示，自己的两个哥哥医术更高明，并解释道：“长兄治病，是在病情发作之前而铲除病因，所以只有我们家人知道；中兄治病，是治于初起之时，他的名气只及于本乡里；而我治病于严重之时，因此名声在外。”可见，防患于未然是最重要的。有人说：

我们只有一个地球，所以大家都要爱护地球；地球上只有一个我，所以大家也要爱护我！

武侠迷

1985年那会儿，母校研究生院分别从十一学校、政治学院、后勤学院等几处搬到了八间房，周围除了庄稼就是工地，不过，好歹有了学校的大模样。地方有了，事也来了，几届学生竟然为了组成学生会发生了明争暗斗，参与其中的多是有工作经验之辈，我们这帮小屁孩整天找地踢球，倒也乐在其中。

偶尔一回，发现有人在看武侠书，一问是从左家庄租来的，打小喜欢《三侠五义》的我，顿时来了精神。在魏哥他们瞎忙活的同时，我却在《神雕侠侣》《天龙八部》中找到了空前的乐趣。老大哥们说看武侠是年轻幼稚的表现，我却争辩说，既然武侠小说是成年人的童话，至少说明，哥们我已经步入了成年人的行列。

毕业后，我分到了一家国家研究所，住的地方不远处，有一家专门经营武侠小说的租书部，那里前后左右的架子上摆满了港台原版武侠书，把我都乐疯了。记得租《铁血大旗》和《浣花洗剑录》那回，我和老彭的床上床下坐了七八个人，桌子上是吃剩的猪头肉和黄瓜，地上摆满了啤酒瓶，因为我坐庄，所以先看第一册，那哥几个只好分而读之。那种乐趣，真是今天坐在电脑旁的人们难以想象的。

干什么事都有个圈子，武侠书看多了，再加上口才不错，我竟然有了点小名气。因为租书部离北大也很近，久而久之，就认识了几个北大的哥们，他们侃不过我，就在本校摆下擂台。我先后杀向社会学系、地球物理系客场作战，从未败北，只是侃到最后，往往成了记忆力的比拼，也就兴趣索然，不了了之了。

有了钱后，我更是逢武侠小说必买，光在劲松那家小书摊就花了近万元，后来书多地小，加上电脑阅读的普及，我就把大多数的武侠书，送给了一位东北好友，他开了家特大的桑拿馆，权且当作武侠阅览室吧。据说，看的人挺多，书丢得也不少，听说后，我还是颇感心痛的。

一般武侠迷都知道，金庸的经典武侠很像莎翁的戏剧，大小高潮跌宕起伏，明铺暗叙前呼后应，读来煞是过瘾；梁羽生的作品更像评书，缺乏想象而带有20世纪30年代的传统色彩；古龙的那些书则是标准的电影剧本，无不带有蒙太奇手法，像那本《流星蝴蝶剑》直接翻版于《教父》，总的看来，还是才情大于功力。

说起来，我最喜欢的是铁血江湖派，尤其是柳残阳。每逢心情不好，捧一部柳氏作品，读着读着，血就跟着热了起来，一股江湖豪情油然而生，放下书本竟然有了种活过一回的强烈感受。像《铁血侠情传》《金家楼》《断肠花》等，都值得一读，虽然写得啰唆又直白，但那种煽情确实厉害。

最近几年又看上了玄幻小说，一部《诛仙》让我一追到底，台湾的《英雄志》和大陆江南的“九州”系列也十分耐读；现在每天花上个把小时，追看《斗罗大陆》《卡徒》《长生界》《流氓高手》《叱咤》《朱门风流》，不仅满足想象与本能，更有着以前难得的感悟。

我有个老弟十分聪明可爱，不料初中时迷上了武侠，学校和家长千方百计，也阻止不了他那冲天的热情：在被窝里用手电筒看，冬天躲在菜窖里看，套上语文书书皮偷读，等等。他未能读上大学，我们都惋惜不已。有一次酒桌上，我问八间房兄弟：如果不幸进了班房怎么办？大家各说不一，麦克水问我的选择，某家答曰：

“如果条件允许，我会将《笑傲江湖》默写一遍。”

我只愿面朝大海，春暖花开

20世纪80年代中期，我们一帮学生来到北大西边的颐和园，沐浴在稻田的黄昏里，畅谈学术、诗歌，尽管穿的比今天要饭的还差，可一张张年轻的面孔洋溢着青春的自信。记得一位老兄念了首《在蓝色和绿色之间》，饥肠辘辘的我们全没反应，饭后，我用东北话再将它吟诵了一遍，竟然很有感觉，博得满堂喝彩。

有一位同乡是北大七九级法律系的，后来做了民营律师事务所的主

面朝大海
春暖花开

任，他有一个同学叫查海生，特喜欢写诗，与五四文学社的骆一禾、西川，合称为“北大三诗人”。提起这位名人的时候，他撇撇嘴说：“你说的是海子吧，那小破孩啥也不是。”但在我们心中，顾城和海子是新诗歌星空中最亮的两颗星。

海子1964年3月24日生于安徽怀宁县查湾村，四岁就能背诵50多条毛主席语录，15岁考上北大，比同学小十多岁。有一次登山合影，一老大哥向他挥手说：“来，咱爷俩合个影。”海子喜欢佛教和神秘主义的作品，瞧不起武侠小说，他说：“写武侠还不简单，只要懂点历史，有点文采，什么人都能写。”

海子本人挺喜欢武功，不过练的是气功。他去成都拜访一些诗人，晚上喝着一块钱一瓶的曲酒，然后一起长谈，并打坐、冥想，试图用意念来交流。可惜，除了他自己，没有人欣赏他的那些基本上属于“不中不西、莫名其妙”的长诗。他自己说，这些幻觉是开了“天眼和耳神通”所致。

我们那时候最爽的事情，是抱几把破吉他在北京二环路的桥下，和一帮青年工人或学生吼歌；然后骑着自行车一路狂吼“一无所有”。海子则一个人走在昌平大街上，一手拿着西红柿，一手啃着冷馒头，一边冷眼观瞧市井万象，一边思索人生的终极意义。有一次，他走进一家小酒馆，对老板说：“给我酒喝，让我朗诵我的诗歌。”对方一口回绝：“可以给你口酒喝，但你别在我这儿朗诵。”

1989年肯定是不平凡的一年，海子用自己的生命最早做了祭奠。那年3月25日，他从工作单位中国政法大学走向西直门火车站，到了山海关又逛了一天。26日中午，他沿着铁轨向龙家营方向走去，在这条冰冷的不归路上，注定有火车会呼啸而来。海子用“诗人之死”宣告了一个时代的结束，抑或是开始。

海子最好的作品大多是在自杀前那段时间写的，既有浪漫主义的麦地味道，又像绝望时唱起的赞美诗。他自称：“我是肉，抒情就是血。”而他最铁的哥们西川却如是形容：“仿佛沉默的大地为了说话而一把抓住了他，把他变成了大地的嗓子。”我将《海子最美的100首抒情短诗》翻了好几遍，还是最爱当初的那首：

从明天起，做一个幸福的人
喂马，劈柴，周游世界
从明天起，关心粮食和蔬菜
我有一所房子，面朝大海，春暖花开

从明天起，和每一个亲人通信
告诉他们我的幸福
那幸福的闪电告诉我的
我将告诉每一个人

给每一条河每一座山取一个温暖的名字
陌生人，我也为你祝福
愿你有一个灿烂的前程
愿你有情人终成眷属
愿你在尘世获得幸福
我只愿面朝大海，春暖花开

佛家智慧

《五灯会元》有一个“透网金鳞”的小故事，曾让我沉思很久……世人为了生存，大多身不由己，能脱开利益之网的能有几何？那些被网住又能跳出来的，才是真正的大自在、大解脱。这就像跳过龙门的鲤鱼一样，没有那惊险一跳，何来的成龙机缘！

八风吹不动，一屁打过江

在金山寺，苏东坡问佛印禅师："您看我打坐的姿势如何？""好庄严，像一尊佛。"禅师回答后，也问自己的姿势如何，东坡马上说："像一堆牛粪。"看到佛印无以为答，他很得意地回家告诉了苏小妹，这位慧心的女孩子告诉哥哥："在佛的眼里，任何生命都是佛；在牛的眼里，黄金也会当成牛粪。"

一天，苏东坡吟成一首赞叹佛陀的偈子："稽首天中天，毫光照大千。八风吹不动，端坐紫金莲。"他甚感满意，命书童送给佛印禅师，结果禅师看后，在偈子后面批了"放屁"二字。东坡气不过，追到金山寺连连辩责，佛印微笑说道："八风既然吹不动，何苦一屁打过江？"

在二人游玩途中，佛印禅师礼拜一座马头观音，东坡请教道："既然观音是我们礼拜的对象，那为什么他也挂着念珠，观音大士合掌所念的又是什么呢？"禅师答道："问你自己！"东坡不解："我又哪里知道呢？"禅师再道："求人不如求己。"东坡终有所悟，恭敬地礼拜观音菩萨。

某次，苏东坡微服求见玉泉寺承皓禅师，开口就说："久闻大名，请问如何是禅？"承皓禅师反问道："敢问尊官贵姓？"东坡答道："姓秤，乃称长老有多重的秤。"禅师一声大喝，说道："这一喝有多重？"东坡无言以对，只好礼拜而去。

苏东坡晚年经常与照觉禅师论道，谈及"情与无情，同圆种智"，他深有感悟，挥笔写了三个著名的偈子：

溪声便是广长舌
山色无非清净身
夜来八万四千偈
他日如何举似人

参禅前：

横看成岭侧成峰，远近高低各不同。

不识庐山真面目，只缘身在此山中。

参禅时：

庐山烟雨浙江潮，未到千般恨不消。

及至到来无一事，庐山烟雨浙江潮。

悟道后：

溪声便是广长舌，山色无非清净身。

夜来八万四千偈，他日如何举似人？

好事不如无事

赵州禅师向师父南泉请法："什么是道？"师父回答："平常心是道。"他接着问："是否有目标可循？"南泉说："有目标就错了。"他再问道："没有目标可循，又怎么知道是道呢？"师父说："道不属知，不属不知。知是妄觉，不知是无记。如果真得道之人，应虚怀若谷，无滞无碍，广阔开朗，岂可勉强呢？"赵州禅师闻之，当下悟道。

有僧人问："如何是佛？"赵州禅师答道："佛殿里。"又问道："殿里不只是些泥土塑像吗？"禅师再答："是。"那僧人接着问："如何是佛？"禅师接着答："佛殿里。"僧人只好说："弟子刚入丛林，乞师指点。"于是，禅师问："刚才吃粥了没有？"答曰："吃粥了。"禅师就说："洗钵盂去吧。"这个僧人突然省悟。

一位女尼问赵州禅师："佛门最秘密的意旨是什么？"禅师就用手掐了她一下，说道："就是这个。"女尼吃惊地说："没想到你心里还有这个。"禅师回答："不！是你心中还有这个。"

有一天，赵州禅师在佛堂前扫地。一游方僧很奇怪，问道："您是得道高僧，怎么还扫地？"禅师答道："因为尘埃是从外边飞来的。"那僧人问道："如此清净圣地，怎么会有尘埃？"赵州说道："你瞧，又飞进来了一个尘埃。"

一个官僚问赵州禅师道："和尚还会入地狱吗？"禅师回答："老僧第一个入！"那人不解地问："您是百岁高僧，修行这么好，怎么还会入地狱呢？"禅师说："我不下地狱，谁来教化你们。"

赵州禅师与文远探讨禅理，一起约定：斗劣不斗胜，胜者输果子。文远说：“请和尚立义。”禅师说道：“我是一头驴。”文远说：“我是驴胃。”禅师又说：“我是驴粪。”文远道：“我是粪中虫。”禅师问：“你在其中做什么？”文远回答：“我在里面过夏。”赵州禅师哈哈一笑，把手一伸：“把果子拿来。”

某日，有僧人问赵州禅师：“狗子有无佛性？”答曰：“无。”僧人又问：“上至诸佛，下至蝼蚁，均有佛性，怎么单单狗子没有佛性呢？”禅师答道：“因为它有业识在。”

又一日，又有僧人问：“狗子有无佛性？”禅师回答：“有。”那僧人再问：“既然有佛性，为什么撞入这个皮囊里？”禅师说道：“因为它明知而故犯。”

某新来的和尚跟赵州禅师说：“我从长安来，横扛着这条禅杖，却不曾碰得一个人。”禅师答道：“不是因为没人，而是因为你的禅杖太短。”

有一回，赵州禅师信步来到殿堂，看到弟子文偃在拜佛，就用拄杖打了他一下，问道：“你在做什么？”弟子回答：“我在拜佛！”禅师说：“拜佛干什么？”文偃说：“拜佛是好事啊！”禅师淡然一笑，说道：

“好事不如无事。”

缘缘堂

1926年秋天，弘一法师云游上海，寓居江湾丰子恺家中。一天，丰子恺雅兴大发，想给自己的书房取个斋名。法师让他裁出了许多小方纸片，每个纸片上写一个自己喜欢的字，然后搓成小纸团，撒在佛陀画像前的供桌上，任取两个作为搭配。结果，丰子恺连抓了两次，都是“缘”字，书斋遂以“缘缘堂”为名。

1933年，丰子恺在故乡浙江石门湾，花了六千块大洋建起了缘缘堂，天井里种有芭蕉、樱桃和蔷薇，门外是片桃林，一派田园风光，西厢房是书斋，四壁陈列图书数千卷，钢琴上方挂着弘一法师题写的对联：

真观清净观，广大智慧观；梵音海潮音，胜彼世间音。

为了乡居的情趣，当然也出于常常停电的原因，丰先生在缘缘堂里只点燃油灯，青灯古卷，斯人如梦幻般地不真实起来，那一片书卷之气显得古朴而祥和。大门口楹联用的是王荆公话别其妹长安县君的诗句：

草草杯盘共笑语，昏昏灯火话平生。

至此，丰子恺安居乐业，过了几年无忧无虑、窗明几净的清闲日子，开始了独具一格的漫画创作，同时完成了20多部著述。印度诗人泰戈尔称赞道："用寥寥几笔写出人物的个性：脸上没有眼睛，可以看出他在看什么；没有耳朵，可以知道他在听什么；这是艺术表达的最高境界。"

抗战前夕，丰子恺曾画过一幅《牵羊图》：一个人牵了几只羊，每个羊的脖子上都系着一根绳子。有一天，为他家挑水的乡下小伙看了这幅画，有些不以为然，告诉他说，牵羊时不管有多少头，都是用一根绳子拴住头羊就可以了。丰子恺一听恍然大悟，很有感慨地引用了李清照的两句诗，来说明自己的获益：

巧匠何曾弃樗栎，刍荛之言或有益。

丰子恺是1927年农历九月二十六日在缘缘堂皈依佛门的，弘一法师亲自主持，为他取的法号叫"婴行"，并题联："欲为诸法本，心如工画师。"至此，丰居士吃素戒杀，诸善奉行、诸恶莫作，他的创作更如青天白云，卷舒自如而不求工巧，朱自清说他的画像一首首小诗，橄榄般地回味无穷。

每年的农历四月初八为居士们的放生日，有一次，丰子恺从石门湾缘缘堂带着一只鸡去杭州放生，因为不忍将鸡倒提或捆绑，就撩起长袍兜在怀里。当时处在抗战前，他奇怪的举止，引起了一位便衣的注意，竟一直跟踪他到了杭州火车站。便衣得知真相，遂上前道歉，丰子恺和来接他的好友们不由得一起大笑起来。

在丰子恺逝世十周年后，1985年地方政府在原址恢复修建了缘缘堂，保持了原来的高大明爽之风格，连树木和花卉也悉依原貌。整个建筑看上去雅洁幽静，一位来过的文化老人称之为"宛如一件艺术品"。我和几位朋友都对缘缘堂仰慕已久，期盼能早日造访这座如画江南之"灵的存在"。

把不快乐放下，就是快乐

在我的老家山里，有一座荒废很久的古寺，后来一位佛学院毕业的研究生回到家乡，兴旺了那里的香火。一次，听了乡党委书记轻描淡写的几句介绍，我顿时有了兴趣，和一位好友开车赶了过去。寺院的规模不大，但五脏俱全，有很多的经书，包括一些港台地区印的普及性读本。

那位住持年纪不大，但面色沉毅，举止稳重。我们进行了交谈，颇为相得。同去的企业家也提了很多问题，就是对六道轮回特不理解，他说："我就不信，人怎么会变成牛呢？"

住持指着一口大缸说："如果把你的头摁到水里两分钟，会怎么样？"

企业家说："当然很恐怖。"

住持接着说："那如果松开手呢？"

企业家曾经有过溺水的经历，就说："那就活过来呗。"

住持笑了："恐怖的场景就是地狱啊，同样的一缸水，可以是天堂，也可以是地狱。"

我曾读过这个经典公案，对法师的机智很是佩服。六年多过去了，祈愿这座寺院护佑那一方水土的百姓吧！

所谓天堂和地狱，不过都是些表面色相，一念的差别，可以是舍，也可以是得；可以是烦恼，也可以是宽心；可以是束缚，也可以是放下。

什么是快乐
把不快乐放下
就是快乐

一位大学讲师，向法师请教解脱烦恼之法。法师半天没有说话，随后慢声慢气地说：“我能问你个问题吗？”那人赶紧说：“当然可以。”师父又瞅了他一会儿，问道：“有谁捆住你了吗？”讲师先是愣然，而后回答：“没有啊……”师父笑了：“既然没有人捆住你，又谈何解脱呢？”

觉真法师在《快乐人生》中说过：

什么是快乐？把不快乐放下，就是快乐！

素往来

觉真师父的所有著作中，以《快乐人生》影响最大，而不少人还喜欢的是那本《素往来》。该书采用对话形式，师父与香港饮食杂志的李慧玲编辑，就春夏秋冬的几十种素食展开对话，引发出对人生的种种精彩议论。书一出版，立告售罄，已再版多次，尤其是印刷编排极其讲究，予人以多种享受。

书中推出的第一道菜是干笋慕斯拌多士，独特的清滑口味引出“无缘大慈、同体大悲”的慈悲思想，觉真师父认为嗔心是理性的天敌，所有的功德会因嗔心一起而烧得精光。他说：“慈悲，是对他人，对其他生物，对一切生命的关怀。只有懂得众生平等，信守平等思想的人，才会慈悲，才能做到慈悲。”

李女士就红菜头汤，又发出关于“爱”的问题。师父从三方面做了回答：首先，爱是一种体验，“说似一物便不中”，如同禅一样，是不可说的；其次，是一种很高的心灵素质，心境很低、心量很小、心态不稳的人是很难感受到这种精神状态的；最后，爱是文艺作品的永恒主题，用以表达人性的冲突和升华。

对话双方又借香芒沙律塔，谈到因爱生恨的问题，说34岁的阿秀因男友移情别恋而跳楼自杀。师父对这种愚痴十分痛惜，他认为，阿秀最大的迷误是：该放下的，不放下；不该放下的，放下了；该放下的，是执着；不该放下的，是尊严，是自己的生命！这就是“痴”的可怕后果啊。

关于美食，觉真师父认为：淡而有味，才是最高层次的，这种品味要靠体验，也是一种不可说的东西。佛家有“四食资益众生”：一是段食，如一日三餐；二是细触食，就是眼耳鼻舌身意的六种感官享受；三是意思食，表示某种想望或愿景；四是识食，是人生命存在的真正内因和根据。

品尝着红豆沙，师父说一切财富都可以积累，不仅是指金钱，还有知识、情感、阅历、体验、功德等种种积累，就好比草莓豆腐奶昔这道菜，分量搭配不好的话，味道一定会差。佛家把财富分为外财、内财：金银七宝是外财，福德、智慧、因缘是内财。外财，易得易失；内财，难能可贵，而且永远不会变质。

觉真师父还讲了一个路边小店的故事，店主夫妇生意兴隆的原因，是门外立了一块牌子：天长路远，本店免费供君饮水。夏天，有冰水；冬天，有热水。风尘仆仆的路人们喝到嘴里的不光是淡淡的水，更有深深的情意和关怀。这种利他的行为，就是服务；你为利他而开心，就会有回头客，而回头客是做生意的根本。

“素往来”三个字，一直深受我的推崇，我理解，有三层意思：一是君子之交淡如水，酒醇味厚总相异；二是戒荤腥，代表慈悲和关怀；三是来而不往非礼也，越是好朋友，越需要经常往来：钱物交换，各有所失所得；思想品德的交流，均有所得而无所失，好善之君，何乐而不为也！

花开处处禅

有一位禅师善于作画，不少人慕名来求。某进士世家出身，琴棋书画无所不能，拜会禅师的同时，暗有较量之意。进士拿到禅师最好的画，马上愣住了：是一张白纸。禅师却说："画里面是一头牛在吃草。"进士问："草在哪儿呢？"答曰："被牛吃了。"再问："那牛呢？"禅师大笑起来："牛把草吃光，当然就走了。"

这是台湾王溢嘉先生所著《花开见禅》里的一段故事，当然不是要什么无厘头，东坡先生曾说："无一物中无尽藏，有花有月有楼台。"个中深意，唯"我"自知。好的书画作品的妙义，大多隐在留白之处，据说巴尔扎克的书房里就挂着一幅空白画，创作之暇，给自己留有可以驰骋的无限想象空间。

时下很多饱读之士喜欢读公案，或各类禅意的介绍，对于实修的师父们来说，这样是毫无意义的，任何能说来的都是错的，就像"白"的颜色是永远无法向盲人说清楚的。因为禅的核心是开悟，开悟必须进入"定"境，然后发现世界的真相，所以，不管如何去思维或想象，没有经过禅定，最多是望梅止渴而已。有人问："什么是玄妙？"禅师答："没问之前。"

佛陀曾嘱托，49年的讲法其实什么也没说，故而留下了不可说的"宗"。弟子们记录下来的言行结集为"教"，作为佛弟子，这些"教"即为佛经，是指导解脱的纲领方法，与此同时，难以言传的实践修行，则为解脱的根本与保证。所以，修行者要把宗与教兼并修习，才为宗教徒，无论南传、藏传、汉传佛教都一样。

普通人读读禅书，学学高僧大德的开示，同样会有李白“床前明月光”的感受，只不过网络时代只有语言而极少领悟思考。例如，有人问达摩祖师面壁九年为什么，答曰：睡不着。而大宁禅师回答“释迦牟尼佛拈花，迦叶笑什么”时，也说：“只是忍不住笑。”貌似相像，但对象、情境及发心不同，自心的悟处也不同。

晋追禅师喜欢兰花，培植了数百盆的各式品种，有一次外出，回来发现最珍贵的那些兰花，整架子都摔毁了，负责的弟子惶恐不已，伏地请罚。禅师却一点生气的样子也没有，将弟子扶起来说：“我种兰花是为了供佛，顺便修心养性，兼之美化环境。世间无常，兰花更无常，我可不是为了生气才种它的。”

桂琛禅师被请去地藏经舍开堂说法，到了之后，成天和僧徒们下地干活。有一天，别宗的某位师父来这里拜会他，闲谈中问及：“你们那里的佛法怎么样？”那师父很自豪地回答：“天天讨论，每次都轰轰烈烈。你们呢？”桂琛法师说：“这里只管种田吃饭。”对方很疑惑：“这样能解脱吗？”法师反问道：

“什么是解脱？”

平常心

在古时候，一座深山里有一个小小的禅院，住着师徒二人。三伏天，院子里的草地枯黄了一片，徒弟说："好难看啊，咱们撒些草籽吧。"师父挥挥手："等天凉再说，随时。"

中秋，师父拿出一大包草籽，叫徒弟去播种，没想到秋风起，草籽飘，小和尚十分着急，师父淡淡地说："没关系，被风吹去者，多半中空，撒下去也很难发芽，随性。"

草籽撒完后，山里的鸟不时来啄，小和尚又着急了，师父边翻着经书，边告诉他："草籽那么多，吃不完的，随遇。"

一天深夜，秋雨如泼，徒弟冲进禅房，告诉师父草籽被水给冲走了。老和尚正在打坐，纹丝不动地说："冲到哪儿，就在哪儿发芽吧，随缘。"

过了半个多月，光秃秃的地方长出了一些青草苗，一些未播种的院角，竟也泛出些绿意，看着弟子高兴的样子，师父背着手，对他点点头："随喜。"

这是一个著名的禅宗故事，核心在于用出离心随许世俗，即保持平常心，顺其自然。这种平常心看似随意，其实是思想境界在出世之后，表露出来的一种豁达。禅师经常告诉我们，学禅有三种境界：开始时，见山是山，见水是水；进去了之后，见山不是山，见水不是水；到了悟道出离的程度，见山又是山，见水又是水。

多一些平常心，就会少一些烦恼，心无挂碍之时，反而容易事事

有功。有平常心的人，看似像凡人一样地活着，其实他有着哲人式的思考，更有着诗人一般的鲜活体验。

命自我立

学佛的人需要研读经典，而一部《大藏经》就接近一万卷，还不算同样浩繁的《续藏》，用尽一生，我们仍不过浮光掠影而已，所以，越穷究义理的人，越对佛学有仰之弥高的感叹。学习中，我觉得阅读佛经有三种困难：一是佛经大多为隋唐以前翻译的，不精通古文，肯定难解雅意；二是文中名相极多；三是义理的问题。

就义理而言，可分为两个层次：了解、了悟。很多人读佛书如同做学问，作为知识对象来解读，这种了解还处于“佛学”阶段；了悟并非是用自己的理性去求取知识，而是通过“信、解、行、证”，达到语言和思维难以表达的证悟阶段。除开大利根之士，能进入了解的层次，也算踏上了“善”道。

日前，明贤法师提出了一个问题：“行善是不是必需的？”网络社会已经信息爆炸，很多琐碎、善巧的不良习气不知不觉地影响着人们，鱼龙混杂、泥沙俱下，在社会主流对道德伦理尚不能清晰判断的情况下，与其扬善，还不如止恶，就是说，对好的事物不一定不管不顾地先去追求，而对不善的可以先行堵住。

在如今的社会转型时期，个人与群体均强烈地追求过好日子，在此大前提下，不择手段总是难免的。因为人们很自然地顺从于自己的心理诉求，只不过这种诉求好像是一家毫无节制的自由市场，交易混乱，又无厌无度。法师说，这种情况也像跑得冒烟发红的赛车，一味地加油，早晚要出危险，或者说报废。

历史经验证明，当总系统趋于失控的状态下，建立有效的刹车系统和降温系统是至关重要的，这正是佛教的天然价值，佛教推动不了名利场，只是关注内心的安静。试问，一个现代人最大的问题是什么呢？我觉得不是金钱，金钱能解决的问题，从来不是最大的问题。最大问题是安心，是整个社会及个体的内在安定。

所以，当善变得模糊不清的时候，我们需要反其道而行之：别人复杂，我们简单；别人圆滑，我们率真；别人算计，我们愚直；别人滔滔，我们沉默……检讨自己的本心，比千万种善的标签更可贵！作为居士，尤其要远离是非，将修行当作蜜蜂取蜜，取其香趣而不损于花朵本身。可对比丰子恺所说的三种人，引以为戒：用心很阴暗；说话够伤人；下手特别狠。

明贤法师在《佛宝论》里，谈到了佛陀为什么在人间成佛而不是在天界。首先，在六道中，天、人二道都属于善趣，天由于福寿隆昌而顾不得出离，人生活里的“苦”，恰恰成了化烦恼为菩提的动力；其次，人有八种猛利的根性，是其他众生难以比拟的；最后，人道不能往来于天道，如此成佛不会引起疑惑。我注意到，法师在谈话中多次提到了一个名相，称其为汉传佛教之核心命题：

命自我立。

我不知道

在古代日本，天皇至少需要学禅十年，才算具备教导天下的资格。有一天，天皇心血来潮，就穿着木屐，打着雨伞，冒大雨去拜访天下闻名的南隐大师。两人交谈甚欢，大师忽然发问："您刚才在门廊上，把雨伞放在了木屐的左边还是右边？"天皇无言以对，良久之后，长拜于地，追随大师又修行了十年。

每位学习禅法的人，都希望能改变过去的陋习。某居士经常丢三落四，学佛以后变本加厉，并认为那都是小节。我却觉得学佛应该针对自己最大的习气，只有觉性出来了，悟性才会深，而觉悟了的人绝不会糊里糊涂的。我最近在戒酒和学诗，对此就很有体会，前者需要绝大力量，后者则须用慧眼，细致发现生活中的美和韵味。

有弟子问："高山、河流及星辰，这些世间万物都是来自哪里呢？"师父久久不语，忽而反问："你的问题是来自哪里？"因为参话头要体悟空性，所以师父才粉碎虚空去点悟他。这种修行往往需要十年如一日地打磨。我去过许多寺院，发现师父们极有条理，早晨四点钟起床做早课，晚上九点必定休息，寮房比军营还要整洁。

我有一位多年的朋友，一直患有严重的神经症，自己和家人深受其苦。前一阵子，我们一帮朋友聚会，他祥林嫂似的强调减肥问题，分别的时候，我很认真地告诉他："我们这个岁数，也别整天改来改去的，咱们这样子不挺好吗？"过了几天，他忽然打电话感谢我，说自己开始放下心事，家人也不那么烦他了。

20世纪80年代中期，我所在的单位号称“改革智囊团”，同事们现在不是大官就是大学者，当然也有发财的。有一次聚会，某老兄说了一段话，大意是自己年轻时，一心只想改变这个世界；后来到了中年，就想多挣些钱，帮助自己的家人；现在六十多了，想的是不给别人添麻烦，做一个与世无争的好老头足矣。

有一本获奖的小说，主人公是一位传道士，他刚到那个城市的时候，不少人都来听他布道，但不久以后，人们开始变得心不在焉，最后已经没有一个人来听他的了。一位游客对他的坚持感到不解，传道士无奈一笑，说出了心里话：“如果说刚开始我还想改变这个城市的话，现在只是想自己不要被他们改变。”

学佛的居士经常有聚会，听听师父的开示，或一起诵经拜忏。有一天，一位女居士忽然提出了“人生的意义是什么”这个问题，在场的人开始七嘴八舌起来，有的说开发如来藏，有的说成佛，还有一人说要积福报，下辈子给师父去做侍者。看到眼光都聚在了自己身上，师父微微一笑，说道：

“我不知道。”

非分之想，是祸害之根源

学过佛法的人都知道，佛陀很喜欢采用“善喻善证”的方法，譬喻方式不仅生动，而且容易理解，如著名的“法华七喻”。为僧团制定戒律时，佛陀就涉及不少具体事例，所以譬喻类经典往往被归于律部，二十部派时期甚至出现了譬喻师。译成汉文的，除了那部《百喻经》，还有四部不同的《譬喻经》，里面的故事十分精彩。

有三个喝醉了的人，见到佛陀与众比丘走来，一个从草丛中逃走了；一个马上端坐，打自己的嘴巴自责；还有一个手舞足蹈地说：“我也没喝佛陀的酒，怕他干吗？”佛陀对身边的阿难讲：“逃走的人会在弥勒成佛时，获阿罗汉果位；掌嘴的人在千佛最后，获阿罗汉果位；此外那位，永无解脱之日。”

一对修持五戒的夫妇，某日接待一位上门乞食的比丘，献食已毕，上前行礼说：“我们从未听闻佛法，请教之。”比丘刚刚入佛门，无法作答而低头说：“苦啊，苦啊！”夫妇沉思半晌，恍然大悟，比丘见他们福至心慧，也随之解悟。其师父说，这三位以前几世都是共修佛法的亲兄弟，此生机缘巧合，一起证道。

国王射猎归来，不仅绕塔礼佛，还向沙门频频施礼，大臣们觉得杀生在先，笑他多此一举。国王问道：“锅里水煮如沸，能将里面的黄金捞出来吗？”众皆答：“不能。”再问：“倒进冷水之后呢？”众臣曰：“可。”王于是说：“游乐为欢，就像沸水；烧香礼僧，比如冷水；作为国王，怎可只有恶行而无善行呢？”

所谓的非分之想
就是祸害之根源啊

某沙门走到了别的国家，太晚不及进城，遂坐在城外草丛中。夜叉鬼巡此，抓住他说：“我要吃掉你。”沙门叹息一声，说道：“那以后就离得更远了。”鬼怪而问之，他说：“你害了我，我会转生到忉利天上，而你则下了地狱，这是不是很远啊？”鬼听了赶忙放了他，还连声致谢，随后行礼离去。

过去有只鹦鹉来到一座美丽的大山，与山中的百鸟畜兽十分相得，虽不舍，不久还是飞走了。后来山中失火殃及千里，鹦鹉知道了，就飞来用翅膀沾着水，再撒向山火，如是者一而再、再而三不止。天神笑道：“小家伙，这点水能管什么用！”鹦鹉却说：“兄弟们遭难，我不忍心啊！”天神被其诚意所感，下雨灭了大火。

某国安乐无忧，国王却心血来潮，让一使臣买个“祸”来看看。天神牵了只猪状的家伙，以千万价卖给他，嘱咐道：“此物每天吃一升钢针。”不久，该国人民四处求针，不胜其烦。国王醒悟过来，派人牵“祸”到城外，但刀枪水火皆不能伤，还四处乱窜，所到之处烧为平地，终致国家大乱。通过这个故事，我发现：

“所谓的非分之想，就是祸害之根源啊！”

金钱不等于财富

有一年圣诞节前夕，觉真法师和孙立川博士在香港会展中心，就“仇富”现象进行对话。有一路过旁听者记住了这段话：“金钱，用了，那才是你自己的；不用，留着，你只是一个保管者，将来那都是别人的。”他回去左思右想，觉得说到心里去了，就写信给师父，求教如何把名下的财富变为自己的。师父回信说：

金钱不等于财富，财富也不等于金钱。金钱，是流动的，像水一样流来流去、流进流出。真正的富有，不在这儿。什么叫“富”？心中无缺为富。真正的富人，不光是有钱，还有心灵的富有。有些富人腰缠万贯，可是头脑空空，心中缺少得太多，你能说他富有吗？穷人也并不都穷，人穷志不穷。

子贡问：“贫而无谄，富而无骄，何如？”孔子回答说：“未若贫而乐，富而好礼者也。”这个回答非常精彩。“贫而乐”就是精神上不贫穷。贫而乐，正是心灵的健康。你看孔子赞叹他的学生颜回：“贤哉，回也！一箪食，一瓢饮，在陋巷，人不堪其忧，回也不改其乐。贤哉，回也！”

这个颜回人品高尚、情操圣洁，何贫之有？

富而好礼，礼是社会规范，今天也叫“游戏规则”，不守社会规范、不按游戏规则的“富”，是人品的耻辱，是心灵的丑恶，当然说不上“富”。富而好礼、富而守礼，这就是心灵的充实、心灵的健康了。这才是真正的富。

能不能把财富留住？能不能用留住的财富让自己终生受用呢？能。佛教的智慧就叫种福田。春种一粒粟，秋收万颗子，这是种下因必然收获果的普遍性真理。种善因，得善果，种福田，成长福德因缘。最大的种福、培福，就是舍弃自己、利益他人、关怀社会，包括关怀自己的亲朋好友，甚至不相识却又需要你帮助的人。

你能帮助别人，就是种福：供养三宝，是种福；救济贫困，是种福；拯救苦难，是种福；关怀他人、利益他人，都是种福。种福越多，福德越大，利他正是自利的前提，只有利他，才能自利，但首先是利他。

再说一个《增一阿含经》里的有关佛陀的故事。

在舍卫城祇园精舍，双目失明的阿难无法把线穿进针孔，于是出声求助，正巧佛陀路过，便帮助了他。阿难感到不好意思，佛陀却说："帮助别人，实现他人的幸福，是不分彼此，没有止境的。"阿难说："您不是渡过苦海，到达解脱的彼岸了吗？还有什么要去实现呢？"佛陀回答道：

"即使已到达究竟解脱的境界者，依然有尽不完的责任啊。比方说，布施、施舍不能被划出到此为止的界限，忍辱是无止境的，追求真理也是无止境的。成就他人幸福，更是这样啊！"

透网金鳞

有一次与北大几位教授相聚聊过，出门的时候，我想起了什么似的，追了上去问道："北大的学生大致分农村生和都市生，你们喜欢哪种？"我在以前曾讨论过几次，认为双方各有优劣，而这次几位海归院长异口同声地告诉我，还是农村的尖子更好，主要是心理素质和思想品质过硬。

记得一位哲人说过，破了产的百万富翁，远远不同于那些没有赚过大钱的普通人，这话显然是经验之谈。我认识不少这样的人士，虽然落魄江湖，但精气神仍非常人可比，保不齐又抓住个什么机会，就可以东山再起。

20世纪80年代末，有几个研究生对学习兴趣不大，跟当时的大亨级人物牟其中做生意，老牟随手给了他们几十万元的本钱，结果哥几个全扔在一个海边小城市了。虽然老牟没说什么，但他们索性离开象牙塔，一猛子扎进海里，北海、海南、上海，折腾了一番，却再也上不了岸了。

十几年过去，这几位也都成了大亨。其中一哥们当年困于资金，十分郁闷地去了加拿大，半年后回南方，发现十几万平方米的房地产项目，每平方米涨了一万多；匆匆忙忙办好各种手续，发现房价又涨了一万多。那哥们笑着对我们说："赚钱这东西就像追女人，你越追她越躲；你甭搭理她，她自己就凑上来了！"

史玉柱当年盖世界第一高楼未果，就去卖脑白金，后来又换成了黄金搭档；在资本市场玩得风生水起，一不小心“征途”又上了市，据说现在又搞起了黄金酒，身家怎么也在大陆排前十了。他能有今天，就是靠当年烂尾楼时的一嘴承诺：我欠大伙的钱，将来一定还上！因果不爽，这才是江湖好汉的路数。

《五灯会元》有一个“透网金鳞”的小故事，曾让我沉思很久。两位禅师在湖边漫步，正碰上渔民们在拉网，一条金色鲤鱼脱网而出，年老的禅师赞道：“俊哉！”另一位却不以为然，评价道：“争如当初不撞入网罗好。”意思是，早知如此，何必当初为一口吃的撞进人家的大网。

老禅师却摇摇头道：“欠悟在！”说后者缺少更深的领悟。世人为了生存，大多身不由己，能脱开利益之网的能有几何？那些被网住又能跳出来的，才是真正的大自在、大解脱。这就像跳过龙门的鲤鱼一样，没有那惊险一跳，何来的成龙机缘！这正是：

宠辱不惊，看庭前花开花落；

去留无意，望天空云卷云舒。

修佛不如修自己

前几天一群朋友闲扯，某银行高管故作神秘地说：“哥几个知道吗？沙和尚跟孙悟空说了，二师兄的肉比师父的肉都贵了。”见大家不屑一顾，急忙追问原因，只好告诉他：第一，这是六年前的老段子了，毫无新意；第二，花果山的桃子、高老庄的菜几年来价格翻了几番；第三，衰退照旧，现在又加上了通货膨胀。

这家伙却笑了，问道：“你们知道这几年谁发财了吗？”见我们所说不一，他言道：“我觉得是发信托计划的那些人，这年头有出息的人付利息，没出息的人等利息。”然后说，也不要怪银行和信托公司联手做局，上面什么政策，下面什么对策。肖教授冷哼一声：“在狗眼里，真理永远是肉骨头。”

近两年，为什么生活中的失望越来越多呢？就是因为人们太习惯了去高估未来。中国经济的现状很像我这样的老胖子，发胖是因为：挨饿了整个童年，填吧了整个青年，胡吃海塞了整个中年。旁边有人接口：“再用剩下的所有岁月，去减肥和养生，所以最好做个乐观派。”肖教授问怎么算乐观呢，那人说：“老滕的博客不是说过吗，乐观派得像水壶一样，屁股都烧红了，它还有心情吹口哨。”

我说，人活的就是一口心气，跟钱的关系有限。没钱的提前养生，一走步、二吃素、三打坐、四读书，如果坐不了，练练太极也行；有钱的先学会少操心，人到老了多积德，反正人民币升值，勤去国外溜达溜达。我们社科院校友搞了套“八间房丛书”，其宗旨就是：在哪里跌倒，就在哪里躺下。

证券公司副总笑着说：“郭德纲说过，跟谁过不去，都是跟自己过不去。”听他一讲，旁边好几位都来劲了，异口同声地指责他们站着说话不腰疼，拿着那么高的待遇，还尽干些掏地沟的事。早知道股市这么黑，还不如拿钱买房子去呢，闭着眼都翻番了。这小子一点也不生气，说证券期货还是公平的，谁叫你们愿意入局呢?

泡沫经济这种事在东西方都差不多，利用的就是人性中的赌性，如果蛋糕做大了，肯定见者有份，即使打了水漂，也是怪自己的运气不好，就像赌徒输光了，不能赖发牌的人一样。证券老总说，屁股决定脑袋，你们不入这行不知这一行的难处，至于圈子里为什么总搞些泡沫，项怀诚曾有过很形象的比喻：“股票一如啤酒，如果没有泡沫，那就和马尿一样啦，谁也不会买！”

坐山观虎斗了半天，搞古代文学的肖教授说：“与石头辩论，鸡蛋总是错的。还是滕哥学佛最高明啊。”见大家冲我来了，我一边说“得了，老肖这种恭维像香水一样，能闻，但不能喝”，一边还得解释，学佛这事简单又不简单，并讲了个《禅》刊上的故事：有人跟法师说：“我要修佛！”法师沉默了半晌，轻声答道：

“佛没坏，不用修；要修，去修自己吧。”

图书在版编目（CIP）数据

滕老总讲段子 / 滕征辉著. —北京：民主与建设出版社，2015.4
ISBN 978-7-5139-0589-3
Ⅰ. ①滕…　Ⅱ. ①滕…　Ⅲ. ①随笔—作品集—中国—当代
Ⅳ. ①I267.1
中国版本图书馆CIP数据核字（2015）第 049552 号

滕老总讲段子

出 版 人　许久文
责任编辑　王　颂
监　　制　于向勇
策划编辑　马占国
营销编辑　刘　健
出版发行　民主与建设出版社有限责任公司
电　　话　（010）59417749　59419770
社　　址　北京市朝阳区阜通东大街融科望京中心B座601室
邮　　编　100102
印　　刷　北京天宇万达印刷有限公司
成品尺寸　787mm × 1092mm　1/16
印　　张　20
字　　数　280千字
版　　次　2015年5月第1 版　2015年5月第1 次印刷
书　　号　ISBN 978-7-5139-0589-3
定　　价　36.00元
注：如有印、装质量问题，请与出版社联系。